Chère lectrice,

Comme moi, vous a[...] le décor compte, dans un roman d'amour. Le château, le manoir, la demeure du maître sont la scène idéale d'une rencontre qui vous étreint le cœur. Pas un coup de foudre fulgurant comme sur une plage de Jamaïque, non, plutôt la montée en puissance d'une passion qui partage l'héroïne. En elle, deux femmes s'affrontent : la femme raisonnable, qui devrait fuir la demeure et son ombrageux propriétaire, et la femme passionnée, tout de suite fascinée malgré elle, et qui accepte, le cœur battant, de s'enfermer avec l'homme qui l'attire irrésistiblement.

Pourquoi la fascine-t-il autant, d'ailleurs — cet homme qui semble l'ignorer, la tient à distance et décide de tout ? Peut-être justement parce qu'il attise sans cesse sa passion en la fuyant. Elle vit avec lui dans une constante proximité et pourtant ne le croise qu'aux heures rituelles qu'il impose : au dîner, ou bien encore quand le travail le nécessite, comme entre Jane Eyre et Rochester, dans le célèbre roman des sœurs Brontë.

Alors, que fait-il, quand il n'est pas avec elle ? Quels secrets cache-t-il ? Voilà ce qui la retient auprès de cet homme : son côté sombre, intime, qui lui échappe. Elle veut savoir. Pas par curiosité, mais pour le conquérir tout entier et vivre enfin avec lui une passion sans partage, qu'aucune ombre ne viendra ternir. Qu'est-ce qui empêche Rochester de s'unir à Jane Eyre, alors qu'ils s'aiment ? Le secret que dissimule la porte fermée à clé, interdite à tous, en haut d'une volée d'escalier que Rochester monte toujours seul…

Quand Charlotte arrive dans La maison sur l'île, elle n'a pas du tout l'âme d'une Jane Eyre — c'est une jeune femme moderne, amusée par l'idée de retrouver son premier amour, Liam. Elle pourrait être vous, ou moi. Mais comme Jane Eyre, elle va se laisser gagner par l'atmosphère du manoir, la séduction ténébreuse du maître de maison. Comme elle, elle va devenir une de ces héroïnes de roman telles que nous les aimons : passionnée, généreuse, attachante. Pour votre plaisir, j'espère…

La responsable de collection

Pour l'amour d'Helena

C.J. CARMICHAEL

Pour l'amour d'Helena

éMOTIONS

éditions**Harlequin**

*Cet ouvrage a été publié en langue anglaise
sous le titre :*
A SISTER WOULD KNOW

Traduction française de
ISABELLE GAMOT

HARLEQUIN®

est une marque déposée du Groupe Harlequin
et Émotions® est une marque déposée d'Harlequin S.A.

Photos de couverture
Yosemite National Park : © PHOTODISC / GETTY IMAGES
Femme assise : © STOCKBYTE / GETTY IMAGES

*Toute représentation ou reproduction, par quelque procédé que ce soit, constituerait
une contrefaçon sanctionnée par les articles 425 et suivants du Code pénal.*
© 2001, Carla Daum. © 2005, Traduction française : Harlequin S.A.
83-85, boulevard Vincent-Auriol, 75013 PARIS — Tél. : 01 42 16 63 63
Service Lectrices — Tél. : 01 45 82 47 47
ISBN 2-280-07932-1 — ISSN 1768-773X

Prologue

Helena Fremont sut que son dilemme venait d'être résolu : désormais, elle n'avait plus de devoirs ni d'obligations envers, Davin, son bébé. Tout cela lui avait été retiré cinq minutes plus tôt.

La panique étrangla un cri dans sa gorge. Elle ne pouvait ni bouger ni voir. Une douleur intense irradiait dans sa jambe gauche — probablement cassée —, mais c'était le moindre de ses problèmes.

L'air. Quelle quantité d'air avait été enfermé avec elle ? Combien de temps pourrait-elle tenir ?

L'avalanche l'avait emportée trop loin, ensevelie trop profondément pour qu'elle puisse espérer être secourue. Quand ses poumons auraient absorbé tout l'oxygène qui avait été emprisonné en même temps qu'elle, elle s'enfoncerait dans le néant.

« Je suis désolée, bébé. Pardonne-moi, » murmura-t-elle en son for intérieur.

Une heure plus tôt, au moment où Ramsey et elle s'étaient mis en route pour leur journée de ski, les flocons voletaient, légers et scintillants, dans le soleil de la mi-journée. A présent, dans son cercueil de neige compacte, elle ne voyait plus que l'image de son nouveau-né. Elle le voyait tel qu'il était quelques minutes après être sorti de son ventre, onze ans plus tôt.

Onze ans plus tôt. Autrement dit, la dernière fois qu'elle avait posé ses yeux sur lui.

Le travail, la délivrance, tout ce qui avait suivi... Même aujourd'hui, alors que s'écoulaient ses dernières minutes de vie, elle en gardait un souvenir horrible. Mieux valait partir comme ça, lentement, dans une sorte d'anesthésie de tous ses sens.

Mieux pour elle peut-être, mais... Le poids de la neige qui écrasait sa poitrine s'alourdit soudain de celui d'un effroyable sentiment de culpabilité. Un quart d'heure plus tôt, elle avait ri lorsque Ramsey Carter, son compagnon, l'avait mise en garde contre les risques d'avalanche. Il avait essayé de la dissuader de quitter le chemin de corniche dont il lui avait montré le tracé sur une carte tandis qu'ils prenaient le petit déjeuner au refuge où ils avaient passé la nuit.

Mais la pente couverte de poudreuse, vierge de toute trace humaine, avait été trop tentante. Helena avait planté ses bâtons dans la neige et pointé l'extrémité de ses skis vers le fond de la cuvette. Puis elle s'était lancée sur la pente à 35°. La tempête de la veille avait déposé une épaisse couche de neige dont les cristaux gelés chuintaient, crissaient parfois sous ses lames Aucun autre bruit ne troublait le silence de la montagne.

Sauf, à un moment, le cri de Ramsey :

— Helena !

Elle avait ri et fléchi les genoux pour prendre encore plus de vitesse. Etrange, vraiment, combien il existait de manières de tromper son angoisse. Jamais elle n'aurait imaginé que skier à la limite de ses possibilités soit l'une d'elles. C'était grisant. Elle avait presque l'impression de voler.

Et, tout à coup, elle s'était trouvée réellement propulsée dans les airs. Elle avait baissé la tête... et s'était rendu compte qu'elle ne voyait même plus ses pieds.

Puis quelque chose l'avait frappée par-derrière et elle était retombée, ses bâtons s'agitant en tous sens, tordant les lanières de cuir autour de ses poignets.

La neige n'était plus légère et floconneuse, mais dure et coupante ; elle brûlait sa peau et malmenait ses membres. Ses skis qui, quelques secondes auparavant effleuraient la surface de cristal, étaient devenus des ancres qui l'entraînaient toujours plus bas. Ses bras, après avoir battu l'air, étaient à présent eux aussi prisonniers de la neige qui s'accumulait au-dessus d'elle.

Quand sa chute fut enfin stoppée, elle ne pouvait plus bouger du tout. Un insecte épinglé sur une planche d'entomologiste. Combien de centimètres — de mètres ? — de neige s'étaient accumulés au-dessus d'elle ? Elle n'en avait aucune idée. Tout ce qu'elle savait, c'est qu'elle était prise au piège, et que tout était noir et parfaitement immobile autour d'elle.

Dans cette obscurité, ce fut un choc de réaliser qu'elle pouvait percevoir les bruits de la surface — le sifflement des branches dans la brise hivernale, les cris rauques d'un couple de geais du Canada. Elle essaya de lutter, mais elle ne parvint qu'à remuer ses doigts à l'extrémité de ses bras étendus de chaque côté de son corps.

Si seulement elle avait pu protéger son visage de ses mains avant d'être ensevelie. La neige appuyait sur ses paupières, pénétrait dans ses narines, dans sa bouche, l'empêchant de respirer.

Ramsey avait-il vu l'avalanche à temps ? Avait-il pu se mettre à l'abri ? Elle espérait qu'il ne l'avait pas suivie, qu'il n'était pas en ce moment même en train de risquer sa vie pour elle.

Des flashes lumineux apparurent devant ses yeux. La neige devait être froide, mais son corps, sous le pantalon doublé et le pull de grosse laine, restait agréablement tiède ; et elle ne sentait presque pas sa jambe brisée. Elle écouta avec attention un long moment, guettant la voix de Ramsey…

…Mais n'entendit rien.

Pourvu que lui s'en sorte… Ce ne serait que justice. Lui, après tout, avait une famille qui l'attendait. Ce qui n'était pas son cas.

Elle pensa à Davin, à son bébé, son amour. Pauvre bébé. Le regret coulait doucement dans ses veines, comme son sang, de plus en plus froid. Que faisait-elle ici ? Elle n'aurait jamais dû partir. Ni la première fois ni la seconde.

Cherchant l'air, elle ouvrit la bouche. La neige s'y engouffra avant qu'elle ait eu le temps de réaliser son erreur. Elle essaya aussitôt de la recracher, mais il n'y avait plus le moindre espace entre son visage et la neige qui l'enveloppait. La panique l'envahit, puis explosa. Du plus profond de son être, elle sentit monter un cri terrible, le cri du plus profond désespoir, que personne n'entendrait.

Elle cria néanmoins, cria jusqu'à ce que ses poumons la brûlent, jusqu'à devenir sourde.

Mais dans sa tête, un nom résonnait encore, le nom que portait un visage absolument identique à celui qu'elle voyait chaque matin dans le miroir de sa salle de bains.

« Amalie ! Je ne peux plus respirer ! Amalie, au secours ! »

1.

On était en janvier et il faisait froid pour rester dehors, debout dans la neige, mais Davin Fremont, à onze ans, s'en moquait. Il riait en observant sa tante Amalie envoyer un grand coup de batte vers la *piñata* suspendue au plus grand arbre dans le jardin de son meilleur ami — et la manquer.

— Allez, les garçons, plaida sa tante, aidez-moi. Droite ou gauche ?

— A gauche ! hurla un petit invité, au comble de l'excitation.

— A droite ! cria en même temps Jeremy, l'ami de Davin dont on fêtait l'anniversaire.

Les yeux bandés à l'aide d'un foulard bien serré, Amalie chancelait dans la neige sans se douter que le shérif de papier mâché se trouvait exactement au-dessus de sa tête. Une bourrasque de vent fit tournoyer le mannequin et Davin se sentit tout à coup impatient de découvrir les trésors qu'il recelait. Il y aurait des bonbons, bien sûr, mais peut-être aussi des cartes *Magic* ou *Star Wars*.

— On ne doit rien dire, déclara-t-il, espérant avoir droit à un autre chance. Ce n'est pas juste.

— Ah oui ? Tu ne disais pas ça tout à l'heure, Davin, lorsque tu avais la batte en main.

11

— On devrait peut-être la faire tourner encore un peu, qu'en pensez-vous ? suggéra Jenny, la mère de Jeremy, qui riait presque aussi fort que Davin.

Deux garçons se précipitèrent aussitôt sur Amalie, mais Jenny les retint.

— Je plaisantais ! Elle a déjà assez de mal comme ça.

— Attends que ce soit ton tour, Jen, dit Amalie.

— Oh, je suis sûre que tu l'auras éventré avant ça, s'esclaffa Jenny.

— Jenny, si je savais où tu te trouves, je pourrais être tentée de…, dit Amalie en levant la batte de plastique d'un air faussement menaçant.

Davin vit Jeremy rire et il rit aussi. C'était drôle de voir sa tante et Mme Mitchell se taquiner de cette façon. Elles étaient amies depuis longtemps. Elles avaient fait leurs études ensemble, et maintenant elles travaillaient dans le même hôpital. Jeremy et lui feraient la même chose plus tard.

— Allez-y, frappez, cria un gamin impatient.

C'est alors que Davin vit que sa tante ne bougeait plus. Elle était comme figée sur place. Une seconde plus tard, elle poussa un gémissement et tomba à genoux.

— Tatie ?

Il chercha le regard de la mère de Jeremy, puis celui de son mari. L'inquiétude qu'il lut sur leurs visages l'alarma. Il courut auprès de sa tante et l'entoura de ses bras tandis que le père de Jeremy lui retirait son foulard.

Tatie Amalie semblait à peine consciente de leur présence. Elle se tenait repliée sur elle-même, la bouche ouverte.

— Je ne peux pas… respirer !

Davin resserra son étreinte, plus effrayé qu'il ne l'avait jamais été de sa vie. Est-ce que sa tante était en train de mourir ?

— Ne la serre pas comme ça, trésor, murmura Mme Mitchell en l'écartant doucement.

12

Sa tante était toute recroquevillée sur le sol, à présent, ses mains sur sa gorge.

— Reculez les enfants ! ordonna M. Mitchell avant de se tourner vers sa femme. Faut-il appeler le 911 ?

— Je ne sais pas. Ça ressemble à une crise d'épilepsie, mais Amalie n'est pas…

Accroupie dans la neige à côté d'Amalie, Jennifer tenait la main de Davin tout en observant son amie.

— Elle respire avec difficulté. Amalie, est-ce que tu m'entends ? Où as-tu mal ? C'est ta gorge ? tes poumons ?

— Oui. Non. C'est ma jambe…

Elle se figea de nouveau.

— Je ne peux pas bouger !

Qu'était-il en train de se passer ? Davin se mit à gémir faiblement ; il était terrorisé.

Il sentit la morsure du vent froid quand Jennifer retira son bras de ses épaules. Il la regarda repousser les cheveux de sa tante sur son front, puis soulever délicatement son bras inerte et chercher son pouls à son poignet.

— Ça va, Amalie. Ton pouls est normal.

Sa tante cligna des yeux.

Davin se rapprocha aussitôt et prit sa main, celle que Mme Mitchell ne tenait pas.

Le regard de sa tante se posa sur lui. Elle battit des paupières, puis lui adressa un faible sourire.

— Je crois que j'ai manqué la *piñata*, n'est-ce pas ?

— Tu vas bien ? demanda Davin, qui ressentait un soulagement plus doux que tous les glaçages des meilleurs gâteaux du monde.

— Bien sûr que ça va, chéri.

Il lui trouva pourtant un air fragile qui ne lui était pas habituel lorsque Mme Mitchell l'aida à se redresser.

— Amalie ? interrogeait celle-ci. Que s'est-il passé ?

— Je ne sais pas, Jen. C'était très étrange. Mais je me sens tout à fait bien maintenant. Promis.

Jeremy regarda son père et parut soulagé. Mme Mitchell souriait aussi. Davin se remit sur ses pieds et tendit la main à sa tante pour l'aider à se relever. Si tous les adultes pensaient que tout allait bien, alors il devait en être ainsi.

— Je suis désolée, Jen, mais je crois que nous ferions mieux de rentrer, dit sa tante.

Mme Mitchell la serra dans ses bras avant de proposer :

— Veux-tu qu'Aaron vous reconduise ?

— Non. Merci. Ça va très bien, je t'assure.

Elle souriait vraiment cette fois, et maintenant qu'elle était debout, elle semblait aussi forte et solide que d'ordinaire.

Ils étaient déjà dans la voiture quand Mme Mitchell se souvint soudain des sacs de friandises et envoya Jeremy en chercher un pour Davin à l'intérieur de la maison.

— Merci de m'avoir invité à ta fête, dit Davin en recevant le paquet bleu et jaune des mains de son ami qui le lui passait par la vitre, du côté passager.

— Attention, les garçons, je démarre, dit Amalie.

Il faisait froid dans l'auto. Sa tante était silencieuse. Davin baissa les yeux sur son sac de bonbons qui renfermait sûrement aussi quelques menus gadgets, mais il n'eut pas envie de vérifier.

Il préféra observer sa tante du coin de l'œil. Elle semblait normale, mais ses joues étaient pâles et elle conduisait plus lentement que d'habitude.

Au carrefour suivant, elle tourna la tête et lui dit en souriant :

— Je vais très bien, Davin. Tu n'as pas à t'inquiéter.

— Mais alors, pourquoi… ?

Elle lui caressa l'épaule de sa main gantée.

— Te souviens-tu m'avoir entendue t'expliquer que lorsque Helena avait mal quelque part, je le savais toujours parce que je ressentais la même chose ?

Oh ! oh ! Il aurait dû savoir que ça avait un rapport avec la jumelle d'Amalie. Tout ce qui allait de travers dans sa vie était lié à elle. Cette mère qu'il aurait préféré ne pas avoir.

Davin ferma la bouche et ne posa plus de questions.

Amalie remarqua immédiatement le mouvement de retrait de Davin. Il réagissait ainsi chaque fois qu'il lui arrivait d'évoquer Helena. Le feu passa au vert. Elle retira sa main de l'épaule de Davin et redémarra.

Elle regrettait d'avoir gâché la fin de la fête dont Davin s'était fait tant de joie à l'avance. Et juste au moment où ils s'amusaient tous si bien. Mais comment aurait-elle pu ignorer la nécessité impérieuse qu'elle ressentait de rentrer chez eux ? Peut-être y trouverait-elle un message d'Helena…

Davin et elle habitaient une maison jumelée à quelques minutes de voiture des Mitchell, dans Bloor West Village, un quartier de Toronto qui avait l'avantage d'être desservi par une ligne de métro qui la menait directement à l'hôpital où elle travaillait. Le quartier, longtemps décrié, était aujourd'hui à la mode. Amalie appréciait particulièrement le mélange du neuf et de l'ancien dans Bloor Street où vieilles boutiques et bars à vin branchés coexistaient avec bonheur.

Depuis qu'elle avait achevé sa formation de nutritionniste, elle rêvait d'acheter un jour la maison qu'elle louait, mais les prix que les agences demandaient pour ces habitations de brique aux porches étroits et aux toits pentus, étaient extrêmement élevés. Apparemment, le fait qu'elle soient petites — pour ainsi dire les unes sur les autres —, que l'électricité et

15

la plomberie soient à refaire dans la plupart des cas, n'entrait pas en ligne de compte.

Mais elles étaient *idéalement situées*, ainsi que le répétaient les agents. Près du métro, du centre-ville, du lac, de tout, semblait-il.

Amalie gara sa Jetta derrière la Dodge Omni de ses voisins, puis se tourna vers son neveu.

— Je suis vraiment désolée de t'avoir fait peur, Davin.

Il n'avait pas prononcé un mot depuis qu'elle avait fait allusion à sa sœur. Amalie tendit la main et repoussa une mèche de cheveux blonds, si blonds qu'ils semblaient presque blancs, sur le front de Davin. Dans la lumière de l'après-midi, ses yeux brillaient comme deux aigues-marines. Avec son teint clair, pur, le même que le sien ou celui de sa sœur, il avait été un enfant exceptionnellement beau.

Mais il était en train de changer. Ces derniers mois, ses traits avaient commencé à perdre leur rondeur de petit garçon, ils s'affinaient, s'affûtaient, devenaient plus masculins. Davin grandissait. A l'intérieur cependant, il était toujours son petit garçon. Trop jeune pour comprendre les étranges connexions émotionnelles qui existaient entre elle et sa jumelle.

— Tu as faim ?

Il dit non de la tête.

— Une petite tasse de chocolat chaud, alors ?

Amalie coupa le contact et sortit de la voiture. Comme elle retirait ses gants pour chercher la clé de la maison dans son sac, elle ressentit la morsure du vent du Nord-Ouest sur sa peau. On était presque en février et les jours commençaient à rallonger, mais les récents épisodes de temps très froid rappelaient que le printemps n'arriverait pas avant deux longs mois.

La douce chaleur de la maison et le parfum des toasts à la cannelle qu'elle avait préparés pour le petit déjeuner les accueillirent dès qu'elle eut poussé la porte d'entrée. Laissant

16

son neveu passer devant, Amalie frappa vigoureusement ses pieds sur les planches grises du porche pour débarrasser ses bottes de la neige qui les recouvrait.

Une fois à l'intérieur, elle suivit l'étroit couloir pour se rendre dans la cuisine située à l'arrière de la maison. Ses yeux se portèrent aussitôt sur le téléphone posé sur le comptoir. Ainsi qu'elle s'y attendait, le voyant rouge du répondeur clignotait.

Davin avait disparu dans la salle de séjour. Elle entendait le murmure de la télévision. Il avait abandonné son anorak et ses gants sur le sol, mais, pour une fois, elle décida qu'elle ne le rappellerait pas pour qu'il les range.

Son regard engloba sans les voir les vieux éléments plaqués chêne, le lino jaune terni, le comptoir entaillé. D'une main tremblante, elle appuya sur la touche lecture du répondeur.

« Vous avez un message. »

Elle se laissa tomber sur une chaise et tourna la tête vers la fenêtre. Un vieil érable dominait le petit jardin tout en longueur. Ses branches dénudées lui parurent lasses, lasses d'avoir lutté tout l'hiver contre le froid, la neige et le vent glacé du Nord.

La machine se mit en marche et la voix de sa mère retentit dans la cuisine : « Bonjour, Amalie. Je me demandais pourquoi tu n'avais pas encore appelé ce week-end. Ton père et moi allons bien… Enfin, si l'on veut. Ton père souffre de son dos, il a dû déblayer toute la neige tombée pendant la tempête hier. J'espère que Davin et toi avez pu aller à l'église. Appelle-moi quand vous serez rentrés. »

Pas de message d'Helena, donc. La déception d'Amalie se mêla à la culpabilité qu'elle éprouvait de ne pas être allée voir ses parents ce week-end comme elle le faisait d'habitude, ce qui avait obligé son père à pelleter lui-même la neige qui obstruait la longue allée devant leur maison.

17

Elle savait que c'était un sentiment irrationnel. La fête d'anniversaire de Jeremy était un événement important pour Davin, et il méritait de s'amuser un peu. Les week-ends chez ses parents — ils habitaient une petite ville au nord de Toronto — se déroulaient suivant un scénario immuable : le samedi, elle se chargeait des petites corvées dont ils semblaient incapables de s'occuper eux-mêmes ; le dimanche, ils allaient tous les quatre à l'église, puis rentraient pour se mettre à table devant un plantureux déjeuner. Après quoi, tôt dans l'après-midi, Davin et elle reprenaient le chemin du retour, deux heures et demie de route, par n'importe quel temps.

Parfois, rarement, elle décidait de rester en ville, mais chaque fois que cela se produisait, sa mère en faisait une telle histoire que ses deux jours de liberté en étaient presque gâchés. Cette allusion à l'église, par exemple. Sa mère savait parfaitement qu'étant attendus à 11 heures chez Jeremy, ils n'auraient pas le temps d'assister au service du dimanche.

Son amie Jennifer lui disait souvent qu'elle en faisait trop pour ses parents. « Il faut que tu prennes le temps de te détendre, de te divertir aussi », lui répétait-elle continuellement.

Mais Jenny avait deux frères et une sœur, et ses parents n'étaient pas du genre à se reposer sur leurs enfants.

La famille d'Amalie était totalement différente. Ses parents, allemands d'origine, avaient immigré au Canada alors que sa sœur et elle avaient sept ans, et ils ne s'étaient jamais réellement intégrés dans leur nouveau pays. En vieillissant, ils s'étaient appuyés sur elle de plus en plus et elle avait le sentiment qu'elle leur devait toute l'aide qu'elle pouvait leur offrir.

Surtout depuis qu'elle avait compris à quel point Helena et elle les avaient déçus.

Amalie tendit la main vers le combiné, puis renonça à rappeler sa mère sur l'instant. Mieux valait garder la ligne libre. Avec un peu de chance, elle recevrait bientôt un appel de sa sœur et pourrait cesser de s'inquiéter.

Si seulement elle avait su comment la joindre. Mais les rares cartes ou paquets qu'Helena adressait à Davin ne mentionnaient jamais l'adresse de leur expéditeur. Ses coups de fil étaient encore moins fréquents, et Amalie avait appris à ne pas demander où elle vivait ou si elle avait un numéro de téléphone.

En réalité, les deux sœurs ne s'étaient pas vues depuis la naissance de Davin. Et il avait déjà onze ans.

Pourtant, Amalie n'avait jamais eu besoin de voir sa sœur pour savoir quand celle-ci avait des ennuis.

— Oh, Helena, où es-tu ?

Amalie laissa tomber sa tête au creux de ses bras repliés sur la table de la cuisine. Avoir une jumelle était autant un fardeau qu'une bénédiction. C'était merveilleux de jouir d'une telle proximité avec un autre être humain — on ne se sentait jamais complètement seul —, mais cela signifiait aussi qu'il fallait se battre pour conquérir sa propre identité.

Pour Helena, le combat avait été encore plus rude. Amalie était certaine que c'était ça qui avait poussé Helena à partir et qui expliquait ses silences prolongés.

C'était à cause d'elle. Amalie le savait et en souffrait. Née la première, Amalie s'était toujours sentie responsable de sa sœur. Pourtant, même si elle avait essayé de l'aider, au bout du compte, elle l'avait toujours laissée tomber.

Fermant les yeux, elle essaya de se concentrer sur ce lien subconscient qui les unissait. Elle pressa ses mains sur ses tempes, serra les mâchoires. « S'il te plaît, téléphone, Helena ! »

Ce n'est que le lendemain soir que l'appel arriva finalement. Et ce ne fut pas un appel de sa sœur.

Amalie était en train de soulever le couvercle d'une casserole d'eau quand la première sonnerie retentit. Le couvercle lui glissa des mains et retomba avec fracas sur la cuisinière, projetant des gouttelettes d'eau bouillante qui crépitèrent sur la plaque chaude.

Elle coupa le feu et attrapa le combiné, priant le ciel pour que ce ne soit pas de nouveau sa mère.

— Allô ?

Elle entendit quelqu'un s'éclaircir la voix à l'autre bout du fil avant de se présenter :

— Grant Thorlow à l'appareil. Je suis le responsable du Centre de contrôle des avalanches pour le réseau routier du parc national Waterton-Glacier.

L'homme parlait vite et aucun des mots qu'il prononçait n'était familier à Amalie. Elle saisit un crayon et nota son nom : Grant Thorlow.

— D'où avez-vous dit que vous appeliez ?

— De Rogers Pass, répondit-il. C'est en Colombie-Britannique.

— Oui. Bien sûr.

Qui ne connaissait pas, du moins de nom, le dangereux défilé des Rocheuses qu'empruntait la route Trans-Canada.

— Je me demandais…

Il marqua un temps d'arrêt, puis poursuivit :

—… si vous ne seriez pas parente avec une femme nommée Helen Fremont ?

Et voilà. Amalie crispa ses doigts autour du combiné. Immédiatement, son cœur s'était mis à battre plus fort.

— Vous voulez dire Helena ? interrogea-t-elle, partagée entre la peur et l'espoir.

— Je ne crois pas, non. C'est écrit Helen sur la carte bancaire que j'ai sous les yeux.

Amalie écarta provisoirement ce petit détail. Après tout, Helena n'avait jamais aimé les vieux prénoms allemands que leurs parents leur avaient donnés.

— A quoi ressemble-t-elle ?

Le long silence qui suivit alarma Amalie. Elle eut le temps d'envisager diverses possibilités. Il y avait eu un accident. Helena était à l'hôpital…

— Grande, blonde, yeux bleus, répondit l'homme finalement. Environ trente ans, un peu moins sans doute.

— C'est ma sœur. Est-ce qu'elle va bien ?

Avec de la chance, ses blessures seraient légères.

La réponse de Grant Thorlow ruina ses espoirs.

— Hélas, j'ai bien peur que non. Nous avons cherché toute la journée qui nous devions joindre. Il semble que votre sœur n'ait pas conservé beaucoup de papiers personnels. Nous avons trouvé votre numéro de téléphone dans son appartement, mais il n'y avait pas de nom.

Les atermoiements de l'homme la rendaient folle. Elle serra son crayon et s'efforça de maîtriser sa voix.

— Peu importe. Dites-moi ce qui est arrivé, s'il vous plaît.

— Eh bien…

De nouveau, il se râcla la gorge.

— Je suis vraiment désolé de devoir vous apprendre cela, madame, mais nous croyons que votre sœur a été emportée par une avalanche hier après-midi. Et à cette heure… nous présumons qu'elle est décédée.

Il fit une courte pause, puis ajouta d'une voix un peu plus dure :

— Ainsi que l'homme avec qui elle skiait.

— Attendez. Vous avez dit que vous *présumiez* ? Est-ce que cela signifie qu'il reste une petite chance… ?

— Non, madame. Désolé. Nous n'avons pas pu récupérer les corps, mais il ne fait aucun doute qu'Helen Fremont skiait à cet endroit quand l'avalanche s'est déclenchée. Son sac à dos et ses effets personnels ont été formellement identifiés.

— Mais...

Amalie se rappelait les vacances en famille au mont Tremblant. Helena se plaignait continuellement du froid, de l'inconfort de l'équipement, des files d'attente au bas des pistes pour prendre le remonte-pente.

— Il doit s'agir d'une méprise, affirma-t-elle. Ma sœur ne serait sûrement pas allée skier sur des pistes dangereuses.

Pourtant, cet homme avait trouvé son numéro de téléphone...

Elle lâcha le crayon et porta sa main à son front. Elle craignait d'éclater en sanglots. Si seulement elle pouvait tenir encore une minute ou deux.

— Etes-vous tout à fait certain qu'Helena se trouvait sur cette montagne, monsieur... Thorlow ? acheva-t-elle en jetant un coup d'œil au bloc-notes.

Il s'éclaircit la gorge une fois de plus.

— Ecoutez, je comprends que ce soit un terrible choc pour vous...

— Oui, c'en est un. Mais si vous connaissiez ma sœur...

— Je la connaissais, dit-il d'un ton ferme. Je la connaissais, madame, et je vous assure qu'il ne peut y avoir d'erreur.

Mon Dieu ! Il semblait si affirmatif. Et en même temps si insensible, comme s'il ne *voulait* pas qu'il puisse s'agir d'une erreur, d'un affreux malentendu. Et cette façon qu'il avait d'émailler ses phrases de « madame ».

« C'est ma sœur dont vous parlez ! » se révoltait une voix en elle.

Amalie ferma les yeux, cherchant désespérément à retrouver ce lien mystérieux qui les avait toujours unies et qui lui dirait qu'Helena était bien vivante et non ensevelie sous des mètres de neige.

Mais elle ne sentit rien. Rien.

L'homme ne se trompait pas. Elle l'avait su elle-même. Helena était morte.

Recevoir une pareille nouvelle était une chose, l'accepter en était une autre. Le fait que sa sœur ait pu mourir emportée par une avalanche en haute montagne était tout simplement... grotesque. Et ce Grant Thorlow ne semblait pas le comprendre. Mais bien sûr, ce n'était pas quelque chose que l'on pouvait expliquer au téléphone.

— Je partirai demain, monsieur Thorlow.

Elle songea à son planning à l'hôpital, puis à l'école de Davin.

— Ou peut-être mercredi.

— Vous n'allez pas venir ici !

— Bien sûr que si.

Il allait lui falloir traverser tout l'Ontario, les plaines du Manitoba et du Saskatchewan, puis l'Alberta avant d'atteindre les montagnes Rocheuses.

— Nous ne serons peut-être pas en mesure de rechercher les corps avant un moment, madame Fremont. Les conditions météo...

— Vous disiez que vous appeliez de Rogers Pass — y a-t-il une ville à proximité ? coupa-t-elle.

— Golden à l'est, et Revelstoke à l'ouest. Rogers Pass se trouve à mi-chemin entre les deux. Ici, il y a un centre d'information et un hôtel d'un côté de la route, et les bureaux du Centre de contrôle, d'où je vous appelle, de l'autre.

— Où est l'appartement d'Helena ?

— A Revelstoke, mais...

— Je viens, répéta-t-elle fermement. Et j'emmène mon neveu...

Elle s'interrompit. Davin. Comment allait-il réagir ? Il n'avait jamais été proche d'Helena, bien sûr — elle donnait si rarement de ses nouvelles —, mais elle était quand même sa mère.

— Madame, dit-il, d'un ton à présent presque cassant. Je vous conseille vivement de rester chez vous. Les routes, ici, sont particulièrement dangereuses durant les mois d'hiver. De plus, il n'y a vraiment rien que vous puissiez faire…

Amalie savait ce qu'il voulait dire. Si sa sœur était morte, rien ne pourrait changer la réalité. Dans ces circonstances, pourquoi entreprendre un long et pénible voyage ?

Mais le seul autre parti était de rester à Toronto et ne jamais savoir ce qui s'était réellement passé, ce à quoi elle ne pouvait se résoudre.

— Il n'y a peut-être pas grand-chose que je puisse faire, mais je viens de toute façon.

Un silence suivit. Apparemment, il assimilait l'information.

— Pourquoi ne me rappelleriez-vous pas demain matin, quand vous aurez eu le temps de…

— Je vous appellerai quand je serai sur place. Dans une semaine environ. Et… monsieur Thorlow ?

— Oui ?

— Quand nous nous rencontrerons, s'il vous plaît, laissez tomber les « madame ». Je m'appelle Amalie.

2.

— Monsieur Thorlow ?

Grant leva la tête des papiers qu'il était en train d'étudier et vit le visage d'une femme morte. Helen Fremont.

Il lâcha son stylo, se redressa et la dévisagea.

C'était elle. Exactement. Longs cheveux blonds, traits parfaitement réguliers, yeux bleu clair. Etait-il possible qu'il y ait eu une méprise ? A moins que Ramsey et cette femme aient réussi à échapper à l'avalanche et se soient cachés quelque part pendant une semaine. Mais pourquoi ?

C'est alors qu'il remarqua le jeune garçon à son côté. Il avait le même teint clair, les mêmes yeux bleus et affichait une expression de curiosité qui ne trahissait aucune tristesse.

Le neveu.

La soudaine chaleur qu'il avait sentie monter dans son cou reflua. Il ne s'agissait pas d'un fantôme, mais de la sœur d'Helen Fremont.

— Nous étions de vraies jumelles, dit-elle. J'ai l'impression que vous ne le saviez pas.

Sa voix était différente de celle de sa sœur, moins aiguë, ou peut-être était-ce sa manière de parler, plus lente, plus posée. Mais elle avait la même pointe d'accent allemand.

— Non, je ne le savais pas.

Et il aurait certainement préféré le savoir. Il se leva et tendit la main.

— Je suis Grant Thorlow.

— Oui. Amalie Fremont, et voici mon neveu, Davin.

Il remarqua la légère insistance avec laquelle elle avait prononcé son prénom et grimaça intérieurement. Il était conscient de lui avoir fait une mauvaise impression lors de leur conversation téléphonique, mais elle s'était montrée tellement déraisonnable, à vouloir absolument faire ce voyage. Et tout ça pour quoi ?

Le gamin le dévisageait.

— Bonjour, Davin.

— C'est super, ici.

Amalie fit un pas en avant.

— Davin est le fils de ma sœur.

Waouh. Helen Fremont avait un enfant ? Il ne l'aurait jamais deviné, n'avait jamais entendu la moindre rumeur à ce sujet.

— Officiellement, continua Amalie, je suis sa mère. Je l'ai adopté à sa naissance.

Ce qui signifiait qu'Helen l'avait abandonné dès qu'il avait vu le jour. Ça, par contre, il n'avait pas de mal à le croire.

— Je suis vraiment désolé pour ta mère, Davin — et pour votre sœur, ajouta-t-il en reportant son attention sur la jeune femme.

La ressemblance entre les deux femmes le frappa de nouveau, mais cette fois il discerna aussi leur différence. Quelque chose dans les yeux, décida-t-il. Les yeux d'Helen étaient du bleu d'un ruisseau peu profond, ceux d'Amalie avaient l'intensité d'un lac de montagne, alimenté par un glacier.

— Nous n'avons pas eu de nouvelles d'Helena depuis un moment. Mais je sais qu'elle vivait à Seattle alors. Et je ne vois absolument pas ce qui aurait pu l'attirer ici.

Il reçut l'insulte sans sourciller.

— Et je ne peux l'imaginer skiant sur des pistes dangereuses, poursuivit-elle en s'appuyant des deux mains sur son bureau, ses longs cheveux blonds retombant vers l'avant comme elle se penchait vers lui. Helena était loin d'être téméraire et elle n'a jamais été très sportive.

Pas téméraire ? Grant songea à la femme qu'il avait vue plusieurs fois au pub de Revelstoke, passablement éméchée, habillée de façon provocante, s'accrochant au bras d'un homme, puis d'un autre. Elle dansait avec abandon et attirait, sinon tous, du moins la plupart des regards sur elle. Si la femme qui se tenait devant lui n'avait pas ressemblé autant à Helen, il aurait pu croire qu'ils ne parlaient pas de la même personne. Il ouvrit le tiroir de son bureau, en sortit le portefeuille d'Helen et le tendit à Amalie.

— Le portefeuille de votre sœur, dit-il.

Amalie cilla.

— Où l'avez-vous trouvé ? demanda-t-elle.

— Dans un refuge situé sur la crête Asulkan. Elle et Ramsey y étaient arrivés le samedi et ils y ont passé la nuit.

Il se remémora le choc qu'il avait ressenti en apprenant qu'Helen Fremont accompagnait Ramsey, puis en découvrant l'affreuse brèche que l'avalanche avait découpée sur le versant de la montagne et la longue traînée sous laquelle était enseveli son ami.

Comme si elle partageait ses souvenirs, Amalie pâlit horriblement, au point que son teint devint presque livide. Elle prit l'objet, le portefeuille de cuir souple, brun clair, et presque plat qui avait appartenu à sa sœur. A l'intérieur, il le savait, il n'y avait qu'une carte d'assuré social, une carte bancaire et cinq dollars.

— Oh, Helena, dit-elle dans un souffle.

Grant reconnut le gémissement involontaire d'un cœur submergé de douleur. Elle était si blanche qu'il crut qu'elle allait défaillir. Rapidement, il fit le tour du bureau et approcha une chaise.

— Asseyez-vous. Je vais vous chercher un verre d'eau.

Il apporta deux gobelets en carton, un pour elle et un pour le garçon. Ils burent tous les deux, et Grant resta debout à les regarder, silencieux, fasciné par la ressemblance entre les deux sœurs.

Lorsqu'elle eut fini son verre, Amalie le jeta dans la corbeille à papier, puis elle demanda :

— Pourriez-vous me dire exactement ce qui est arrivé ?

— Je ne peux vous dire que ce que nous croyons qu'il est arrivé. Nous avons commencé les recherches quand Ramsey n'est pas rentré à l'heure prévue ; tous les skieurs qui dorment au refuge doivent passer signer le registre du gardien au retour. Malheureusement, nous n'avons pu être sur les lieux que dix-huit heures après le déferlement de l'avalanche. Venez.

Il la guida vers un mur couvert de cartes topographiques.

— Regardez. Ici, la crête Asulkan et là, le refuge où ils ont passé la nuit. Nous supposons qu'ils sont partis tard dans la matinée du dimanche, dans cette direction, expliqua-t-il en suivant du doigt un tracé qui longeait Asulkan Brook.

« Ils étaient relativement à l'abri sur cette corniche, mais, on ne sait pour quelle raison, ils ont dû s'avancer jusqu'au bord de cette cuvette que l'on nomme Pterodactyl. La pente, couverte de neige fraîche, aurait tenté n'importe quel skieur inexpérimenté. »

Il croisa les bras, pensant à Ramsey. Sans doute celui-ci était-il médecin et non guide de haute montagne, mais il avait grandi ici et il n'était pas inexpérimenté. Ce qui voulait dire qu'Helen était celle qui avait commis la faute, obligeant Ramsey à la suivre.

— Nous pensons qu'Helen s'est lancée la première, provoquant une cassure de la plaque qui a dévalé sur plus de mille cinq cents mètres.

— Qu'est ce que ça veut dire : une cassure de la plaque ? demanda Davin avec des yeux ronds.

— Il y a plusieurs types d'avalanches, vois-tu. Quelquefois, le départ se fait en un point, ct l'avalanche s'élargit au fur et à mesure qu'elle progresse, formant une coulée conique ; d'autre fois, c'est un morceau de la plaque qui se détache d'un seul coup, puis se brise en de gros blocs ; on appelle ça un départ linaire ; c'est ce qui s'est passé la semaine dernière. Ces blocs, en descendant, peuvent accumuler une énorme énergie, ils sont capables de déraciner un arbre, ou détruire un mur.

Amalie, le visage décomposé, posa une main sur l'épaule de son neveu comme pour le protéger de la terrible réalité.

— Mais jusqu'à ce qu'on les ait retrouvés, personne ne peut être sûr…

A l'évidence, la jeune femme ne comprenait pas de quoi il était question. Il essaya de le lui expliquer avec autant de délicatesse que possible.

— J'ai acquis une certaine expérience des avalanches. Il y a plus de dix ans que je travaille pour le Centre de contrôle de Rogers Pass, dit-il en s'appuyant contre le mur derrière lui, les bras croisés sur la poitrine, et hélas, je crois, je sais, qu'il n'y a plus rien à espérer pour votre sœur.

Ni pour Ramsey Carter. Un homme honnête, généreux, qui ne méritait pas de mourir.

Mais Amalie restait sceptique.

— Et si Helena s'était fait voler son portefeuille ? Elle ne s'est peut-être jamais trouvée dans ce refuge.

— Dans ce cas, pourquoi ne s'est-elle pas présentée à son travail le lundi matin ?

— Elle a peut-être déménagé.

— Et comment serait-elle partie ? Elle avait vendu sa voiture peu de temps après être arrivée ici, juste avant Noël. Nous le saurions si elle avait pris un bus, ou réservé un billet d'avion.

— Arrêtez !

Amalie porta la main à son front et Grant réalisa tout à coup qu'il se conduisait comme un imbécile.

— Excusez-moi. Je sais que tout cela doit très pénible pour vous.

Il détourna les yeux, se reprochant son insensibilité. Ce n'était pas la faute d'Amalie si sa sœur avait fait preuve de tant de sottise. Ces gens souffraient, tout comme lui, et comme la famille de Ramsey.

Il s'efforça d'expliquer :

— Je voudrais seulement que vous ne nourrissiez pas de faux espoirs.

Ce qu'elle ne pouvait pas savoir, c'est qu'il avait déjà vécu plusieurs fois de pareils instants.

— Je comprends, dit Amalie d'une voix éteinte. Mais si vous aviez connu ma sœur…

Elle lui avait déjà dit ça au téléphone, mais il avait l'impression qu'il *avait* connu Helen. Du moins, qu'il avait cerné le genre de personne qu'elle était. Il se rassit à son bureau et reprit son stylo pour signer les formulaires placés devant lui.

Amalie revint s'asseoir, laissant Davin devant la carte. Grant sentit sa présence lorsqu'elle se pencha vers le bureau, il releva la tête. D'une voix très basse, elle dit :

— Vous n'aimiez pas beaucoup Helena, n'est-ce pas ?

C'était peu dire. Il avait rencontré la jeune femme peu de temps avant Noël et l'avait trouvée frivole, dure et hypocrite, traits qu'il avait toujours détestés chez tout le monde, homme ou femme.

Et il l'aimait encore moins depuis qu'il savait que c'était son imprudence qui avait provoqué l'avalanche. Ramsey Carter était mort à cause d'elle.

Il aurait voulu qu'elle ne soit jamais venue, qu'elle ne se soit jamais introduite dans leur petite communauté. Selon lui, elle n'avait fait que créer des problèmes, et il était certain que nombreux étaient ceux qui se seraient rangés à son avis si on leur avait posé la question.

En ce qui concernait Amalie, cependant, il ne savait pas trop. Son regard trahissait une intelligence et une réserve qu'il n'avait jamais décelées chez sa sœur. Et puis il y avait cette étrange émotion qu'il avait éprouvée simplement en lui serrant la main. Jamais il n'avait ressenti la moindre attirance pour Helen.

— Je ne peux pas nier que…, commença-t-il.

— Est-ce pour cette raison que vous ne recherchez pas son corps ?

Amalie appuya ses mains sur le bureau à quelques centimètres de ses propres doigts, forçant son attention. Comme si elle ne l'avait pas déjà.

— Ecoutez, Amalie.

Il s'était souvenu de ne pas s'adresser à elle en l'appelant « madame », mais elle n'en parut pas impressionnée.

— C'est ce que je suis en train de faire et il me semble que si vous vous sentiez un peu concerné, il y a longtemps que vous auriez fait quelque chose pour retrouver son corps.

Il posa son stylo.

— L'homme qui était avec votre sœur était mon meilleur ami. Si j'avais pu faire quelque chose pour les sauver, croyez-moi, je l'aurais fait.

— Votre meilleur ami ? Je suis désolée. Je… je ne savais pas.

Elle ferma les yeux et pressa ses doigts sur ses tempes.

Quelque chose dans ce geste le toucha. Il n'aimait pas les gens faibles — Helen l'avait été sans aucun doute —, mais Amalie lui semblait être une personne forte, qu'il venait de surprendre dans un moment de vulnérabilité. Il se demanda si elle avait quelqu'un à Toronto pour la réconforter, si elle avait quelqu'un dans sa vie. Elle ne portait pas d'alliance.

Surpris par la soudaine sympathie qu'il ressentait à son égard, et plus encore par la curiosité que suscitait tout à coup en lui sa vie sentimentale, il se rappela sévèrement à l'ordre. Il savait très bien où ses pensées — et ses hormones — le menaient. Diable, qu'essayait-il de prouver ? qu'il pouvait se conduire aussi stupidement que Ramsey ?

Davin revint près du bureau. Il s'était promené dans la pièce adjacente, examinant les cartes et les photographies.

— Waouh, c'est super ici ! s'exclama-t-il. Est-ce que vous utilisez vraiment des *canons* pour déclencher des avalanches *exprès* ?

Grant hocha la tête.

— Oui, cela fait partie de notre travail.

— Génial !

— Il y a une vidéo très bien faite là-dessus au Centre d'information. Tu pourrais aller la voir si ça t'intéresse.

Davin se tourna vers Amalie.

— On pourrait y aller ?

— Bien sûr, répondit-elle en souriant avec indulgence. Nous serons ici assez longtemps pour en avoir l'occasion.

Assez longtemps ? « Combien de temps exactement ? » aurait voulu demander Grant. Mais la question était sans doute déplacée. D'ordinaire, à cette heure-ci, il serait rentré tranquillement chez lui, il aurait bu une bière devant la télévision ; puis il serait allé au pub manger un sandwich ou serait descendu jusqu'au restaurant de Blaine pour y déguster une de ses délicieuses pizzas.

— Où comptez-vous demeurer ? s'enquit-il.

Amalie parut surprise.

— Chez Helena.

Grant pensa aussitôt à la logeuse d'Helen Fremont qu'il avait rencontrée le lundi après-midi après l'accident. Heidi Eitelbach n'avait pas fait mystère de l'opinion qu'elle avait de sa locataire. Elle ne serait probablement pas enchantée de trouver le double parfait d'Helen sur le pas de sa porte.

— Euh… oui, bien sûr. Votre sœur louait un deux pièces à Revelstoke. Ce n'est pas très loin de chez moi. Vous pouvez me suivre, si vous voulez. Je vous présenterai à la logeuse. Nous avons encore les clés de votre sœur, elles se trouvaient dans ses affaires au refuge.

Il alla chercher dans la pièce contiguë le sac de couchage et le sac à dos retrouvés dans le refuge et les donna à Amalie.

— Vous êtes prête ? dit-il en cherchant ses clés de voiture dans la poche de son jean.

Sur son signe de tête, il décrocha sa veste du portemanteau.

Comme il précédait Amalie et son neveu dans le couloir, il vit que Ralph Carlson était de nouveau dans son bureau.

— Je pense que vous devriez rencontrer cet homme, dit-il à Amalie. Il travaille pour le parc national et est officiellement chargé de toutes les opérations de sauvetage en haute montagne.

— Très bien.

Quand les présentations furent faites, Ralph répéta presque mot pour mot le constat de Grant : aucune mission de recherche ne pouvait être organisée pour le moment.

Sur le parking, Grant reconnu aussitôt la voiture d'Amalie parmi les 4 x 4, une Jetta bleue dont les pneus étaient équipés de chaînes visiblement neuves. Grant en conçut une étrange satisfaction ; trop de conducteurs sous-estimaient les conditions de circulation sur cette portion de la Trans-Canada.

Il attendit qu'elle déverrouille ses portières. Sur le siège arrière se trouvaient deux sacs de couchage, une glacière et des piles de livres et de papiers soigneusement calés entre deux oreillers.

— Votre coffre est plein aussi ? demanda-t-il.

Amalie jeta un coup d'œil par-dessus son épaule pour voir ce qu'il regardait. Elle ne mit pas longtemps à comprendre le sens de sa question.

— Oui, il est plein. Nous avons l'intention de rester aussi longtemps qu'il le faudra. J'ai pris un congé exceptionnel.

— Et sa scolarité ? dit-il en indiquant d'un mouvement du menton Davin qui montait dans la voiture.

— Je lui ferai la classe moi-même tant que nous serons ici. Inutile de vous inquiéter à ce sujet.

Le claquement de sa portière résonnait encore à ses oreilles quand il rejoignit sa propre voiture. De toute évidence, la deuxième impression qu'elle aurait de lui serait encore pire que la première. Elle pensait sans doute qu'il n'était guère compatissant, ni même accueillant.

Et puis quoi ? Elle n'était pas la seule à pleurer la mort d'un être cher. Et d'abord, ne l'avait-il pas dissuadée de venir ?

Les pneus de la Jetta mordirent la neige du bas-côté avec un craquement sourd lorsque Amalie ralentit pour se garer derrière le 4x4 de Grant. Ils se trouvaient à moins de deux cents mètres de la Columbia River, sur Mackenzie Avenue, devant une petite bâtisse de deux étages de style bavarois, ornée de stucs et pourvue de balcons de bois ouvragés à toutes les fenêtres.

C'était joli, mais Amalie était une fille de la ville et cet endroit, bien que plus plaisant qu'elle ne s'y était attendue, n'était ni Toronto ni Seattle.

Et on s'y sentait tellement coupé du reste du monde. Ces montagnes ! Amalie n'avait jamais rien vu de pareil. Mais au lieu d'être saisie par leur beauté, leur majesté, elle les trouvait oppressantes, effrayantes même.

Juste après Golden, la dernière ville qu'elle avait traversée avant d'arriver à Rogers Pass, la haute chaîne de sommets lui avait fait l'effet d'un mur de prison. La route était devenue plus sinueuse et plus étroite, et les rochers sombres et tranchants lui avaient semblé si proches qu'il paraissait possible de les toucher en passant la main par la vitre.

De l'autre côté, c'était pire encore. Elle n'avait pas osé détourner la tête pour admirer la vue sur la vallée au-dessous d'elle, avait même évité de poser les yeux sur le muret de protection censé protéger les usagers d'une chute vertigineuse.

— C'est là ? interrogea Davin en sortant de la voiture.

— Je suppose. Comment te sens-tu ?

Grant, qui était déjà devant la porte, les attendait en faisant les cent pas.

— J'en ai assez d'être en voiture, dit l'enfant en claquant sa portière.

Il se dirigea d'un pas vif vers la maison et Amalie le suivit plus lentement. Elle s'était concentrée sur sa conduite des heures durant et les muscles de ses épaules et de son cou étaient affreusement contractés tandis qu'une douleur diffuse ankylosait le bas de son dos.

Davin avait rejoint Grant et, de sa voix flûtée de jeune garçon, lui posait une question. Amalie ne comprit pas ce qu'il dit, mais quoi que ce fût, cela fit rire Grant.

La neige avait recommencé à tomber au moment où ils quittaient Rogers Pass, et maintenant route et trottoirs étaient couverts d'une couche immaculée. Amalie pouvait voir les empreintes des deux personnes qui l'avaient précédée : les plus petites, aux stries fines et régulières étaient celles des baskets de Davin ; les plus grandes, qui avaient laissé de profondes sculptures en zigzag dans la neige, celles des chaussures de montagne de Grant.

Amalie ne savait vraiment que penser de ce Grant Thorlow. Dans son bureau — comme au téléphone d'ailleurs —, il s'était montré froid, sinon ouvertement désagréable. C'était très déconcertant. Cet homme était-il dénué de toute sensibilité, de toute compassion ? Ses quelques mots de sympathie, offerts du bout des lèvres, avaient trahi une animosité incompréhensible. A l'évidence, il n'était pas content qu'elle ait fait le déplacement depuis Toronto contre son avis.

Par ailleurs, il était manifeste qu'il n'avait jamais apprécié Helena et il semblait avoir décidé qu'il n'apprécierait pas davantage sa sœur. Le message avait été clair.

Eh bien, soit. Elle serait heureuse de lui rendre la pareille.

Sauf que… C'était tout de même injuste qu'il soit si terriblement séduisant. Elle n'avait jamais rencontré un homme comme lui en ville. Ses traits n'avaient pourtant rien de spécial. A vrai dire, il n'était même pas très soigné ; il avait l'air de s'être coupé les cheveux lui-même, un bouton manquait à sa chemise passée, et les pointes de son col rebiquaient.

Mais qu'importaient ces détails en regard de son physique renversant. Grand, superbement bâti, il avait le teint mat et animé des gens qui vivent au grand air et un regard gris-bleu qui vous transperçait. Lorsqu'il bougeait, il avait une parfaite maîtrise de ses mouvements, et lorsqu'il parlait, ses mots, s'ils n'étaient pas d'une grande délicatesse, étaient frappés au sceau de la sincérité.

Non, en toute honnêteté, elle ne pouvait pas dire qu'elle le détestait, même s'il était clair qu'il n'avait que faire d'elle.

— J'ai sonné chez la logeuse, dit Grant quand elle fut arrivée à sa hauteur. Elle ne devrait…

Il s'interrompit comme une petite femme d'une cinquantaine d'années, aux traits anguleux, et en bigoudis, ouvrait la porte.

— Ne restez pas là, Thorlow. Vous faites pénétrer le froid.

Elle recula d'un pas et la surprise se lut sur son visage lorsqu'elle réalisa qu'il était accompagné. Son regard passa de Grant à Davin, puis de Davin à Amalie.

— Aaah ! s'exclama-t-elle, les yeux agrandis par le choc.

— Des vraies jumelles, expliqua tranquillement Grant, un sourire amusé aux lèvres.

Il s'appuya contre la rangée de boîtes aux lettres avant de poursuivre :

— Je vous présente Amalie Fremont, madame Eitelbach, et son neveu, Davin. Amalie, Heidi Eitelbach.

Amalie fit un pas en avant et tendit la main.

— Très heureuse de vous rencontrer, madame Eitelbach. Mon neveu et moi-même espérions pouvoir rester dans l'appartement d'Helena le temps de… de nous occuper des affaires de ma sœur.

— Si vous avez l'intention de régler les affaires de votre sœur, vous pouvez commencer tout de suite, repartit aussitôt la logeuse. Votre sœur avait trois semaines de loyer en retard, et si vous comptez rester plus de deux ou trois jours, il vous faudra payer aussi le mois prochain.

— Combien ? demanda Amalie qui n'avait pas prévu cette dépense.

— Quatre cent cinquante dollars par mois.

Multiplié par deux. Il lui faudrait retirer de l'argent de son compte épargne. Mon Dieu, qu'était-elle en train de faire ?

— Parfait. Je vais vous faire un chèque immédiatement.

La logeuse parut un instant médusée. Elle ajouta néanmoins, après quelques secondes :

— Vous devez savoir que nous sommes plutôt stricts par ici. Pas de fêtes. Pas de bruit après 22 heures.

— Aucun problème, assura Amalie.

Mais Mme Eitelbach n'était pas de celles que l'on convainc aisément. Elle insista :

— Le moindre accroc au règlement et vous vous retrouvez dehors. Et ce n'est pas parce que vous avez un enfant…

Est-ce que tout le monde à Revelstoke était aussi insensible ? Amalie dut faire un énorme effort sur elle-même pour rester polie.

— Il n'y aura pas de fêtes, madame Eitelbach. Même si je connaissais quelqu'un dans cette ville — ce qui n'est pas le cas —, je viens de perdre ma sœur et je n'ai certainement pas le cœur à m'amuser.

Grant intervint précipitamment.

— Amalie a une clé, Heidi. Je vais les accompagner en haut, et je redescendrai vous apporter votre chèque.

— Ne vous laissez pas embobiner, je tiens à récupérer mon loyer, dit la logeuse en pointant son index sur le torse de Grant, exactement à l'endroit où le bouton manquait.

— Non.

Il poussa la porte qui donnait accès à l'escalier et se tourna vers Amalie et Davin.

— C'est au premier.

Amalie suivit Davin, Grant sur leurs talons. La logeuse s'était montrée tout simplement grossière et n'avait pas prononcé ne serait-ce qu'un mot de condoléances. Il était évident qu'elle partageait l'antipathie de Grant envers Helena.

38

Un soudain besoin de pleurer submergea Amalie. Elle chancela et dut se rattraper à la rampe.

— Ça va ?

D'un bond, Grant s'était retrouvé à son coté et elle se demanda comment il pouvait se préoccuper du fait qu'elle avait trébuché dans l'escalier quand il ne semblait pas éprouver la plus légère compassion au sujet de son deuil.

Il posa sa main sous son coude pour l'aider à retrouver son équilibre. Dieu, qu'il était grand. Il la dominait de toute sa hauteur. Solide, inexorable, comme les montagnes.

Et tellement viril.

— Ça va, merci, dit-elle en hâte.

Elle reprit sa montée, s'efforçant d'ignorer les battements de son cœur qui s'étaient accélérés plutôt qu'apaisés durant son court arrêt.

— Première porte à droite, indiqua Grant, arrivé sur le palier.

Davin se précipita à l'intérieur dès qu'elle eut ouvert la porte avec la clé que Grant lui avait donnée. Elle laissa passer son neveu, elle-même hésitant à entrer.

— Ce n'est qu'une impression, mais j'ai le sentiment que Mme Eitelbach n'aimait pas beaucoup ma sœur non plus, remarqua-t-elle.

Grant — ce devait être une habitude chez lui — s'adossa au mur opposé du couloir. Il semblait détendu, mais Amalie sentit qu'il l'observait avec une attention nouvelle.

— C'est une vieille chouette acariâtre, Amalie, mais elle n'est pas méchante. Elle n'avait pas l'intention de vous blesser. Elle a dû supporter pas mal de choses.

Amalie tira son chéquier de son sac, puis chercha un stylo-bille.

— Je suppose que vous voulez dire de la part d'Helena ?

Il continua de la fixer, mais ne répondit pas.

39

Amalie rédigea le chèque de neuf cents dollars. Sa main tremblait en le signant. C'était beaucoup d'argent. Ses parents penseraient qu'elle était folle s'ils savaient.

Lorsqu'elle eut terminé, elle considéra son compagnon. La lampe du palier projetait des ombres allongées sur le visage de Grant. Elle remarqua une petite écorchure sous sa lèvre inférieure qu'elle n'avait pas vue jusqu'alors ; peut-être s'était-il coupé en se rasant.

— Qu'est ce que vous avez exactement contre ma sœur ? Que vous a-t-elle fait ?

Grant s'écarta du mur.

— Ce n'est pas tant ce qu'elle m'a fait que ce qu'elle a fait à mon ami.

— Oh ?

— L'homme avec qui elle skiait, précisa-t-il.

Amalie essaya de se souvenir.

— Euh… Ramsey… ?

— Ramsey Carter, dit-il d'un ton brusque, plein d'une colère rentrée. Mon meilleur ami. Mon meilleur ami *marié*.

Amalie le dévisagea.

— Vous ne pouvez pas vouloir dire…

— Votre sœur avait une liaison avec un homme marié, si. Maintenant, il est mort, et sa femme devra élever leurs deux enfants toute seule.

Saisissant du bout des doigts le chèque qu'elle lui tendait, comme s'il s'agissait de quelque chose qu'il aurait préféré ne pas toucher, il conclut :

— Ceci est *un* des griefs que j'ai contre votre sœur.

3.

Amalie reçut un véritable choc en découvrant l'appartement d'Helena. Elle resta un moment figée, le dos contre la porte refermée — les paroles de Grant Thorlow résonnant encore à ses oreilles —, à regarder autour d'elle.

— C'est bizarre, hein ? dit Davin.

Il avait allumé la télévision et essayait de changer de chaîne en appuyant sur tous les boutons du poste.

— Je veux dire, il n'y a rien ici. Même pas une lampe.

C'était vrai. Le seul éclairage venait d'une ampoule nue au plafond. Un vieux canapé, dont on aurait pu trouver le double abandonné sur le trottoir au coin d'une rue, occupait le mur le plus long du séjour ; en face, un téléviseur était posé directement sur un tapis usé jusqu'à la corde.

— Je suppose qu'Helena n'avait pas beaucoup d'argent, commenta-t-elle.

Ou bien elle n'avait pas prévu de rester très longtemps dans cette ville.

Amalie posa son sac, puis s'engagea dans le petit couloir qui s'ouvrait sur sa droite. La salle de bains et deux chambres. La première était vide, la deuxième était celle d'Helena. Un matelas était posé à même le sol, garni de draps et de couvertures en désordre.

Il y avait une vieille commode en chêne dans un coin de la pièce, à côté d'un placard dont les portes étaient restées ouvertes. Impatiente de trouver quelque chose, n'importe quoi, qui relierait cet endroit et la sœur méticuleuse dont elle se souvenait, Amalie ouvrit les tiroirs de la commode l'un après l'autre, mais là aussi, tout était sens dessus dessous.

Machinalement, elle se mit à trier et à replier et ne reprit conscience de ce qu'elle faisait que lorsque ses doigts entrèrent en contact avec la laine incroyablement soyeuse d'un fin pull-over. Du cachemire… Amalie chercha l'étiquette, celle-ci portait le nom d'un couturier renommé.

Intriguée, elle examina de plus près le reste des effets. Parmi les vêtements provenant, comme les siens, des rayons de mode des grands magasins, elle découvrit quelques autres trésors : un cardigan ouvragé fait à la main et des articles de lingerie luxueux.

Dans le placard, même contraste. Un ensemble Anne Klein et un pantalon de cuir souple voisinaient avec des jeans sans marque et des T-shirts de coton.

Sans doute les vêtements les moins chers avaient-ils été achetés ici, à Revelstoke, mais c'étaient les autres qui troublaient Amalie. Ils laissaient supposer qu'Helena avait eu de l'argent à une époque — hypothèse confortée par le contenu du coffret de bois sculpté posé sur la commode. Lorsqu'on l'ouvrait, une légère odeur de santal s'en échappait et des notes cristallines s'égrenaient, reproduisant la mélodie de *My favorite things*, un des airs de *The Sound of Music*.

Amalie sourit en se remémorant la première fois qu'elle avait vu la comédie musicale avec sa sœur, lors d'une sortie au théâtre organisée par des amis. Leur mère était devenue livide lorsqu'elle l'avait appris. La danse était en effet une activité rigoureusement interdite par leur église, et quand elle les avait vues tourbillonner en chantant au beau milieu du séjour, elle les avait privées de sortie pour une période indéterminée.

Les sévères principes religieux de leurs parents les avaient enfermées durant toute leur enfance dans un véritable carcan. Amalie savait que c'était sa sœur qui en avait le plus souffert. Elle-même y avait souvent trouvé, et y trouvait encore, une espèce de réconfort, même si, dans le secret de son cœur, elle appréhendait sa religion avec beaucoup plus de modération que ses parents ou leur pasteur et s'était affranchie des règles d'obéissance les plus strictes.

A l'intérieur de la boîte se trouvaient plusieurs petits sacs de velours. Amalie en prit un et tira doucement sur le cordon de soie qui le fermait. Un saphir gros comme l'ongle de son pouce, monté sur un anneau d'or, tomba dans sa main. Le souffle coupé par la surprise, elle le remit dans son aumônière et en ouvrit une autre.

Cette fois, elle trouva une petite chaîne d'or ornée de diamants. Où Helena avait-elle trouvé l'argent pour acheter ces bijoux ? A moins qu'ils ne lui aient été offerts ?

Amalie referma songeusement le couvercle de la boîte. Elle allait la reposer et s'en détourner quand elle remarqua une petite encoche dans la sculpture d'une rose à la base du coffret. Comme poussée par une intuition, elle enfonça l'ongle de son index dans la petite fente. Un minuscule tiroir jaillit d'un compartiment dissimulé dans le socle. Posés sur le velours rouge, un petit sac d'herbes sèches et quelques minces feuilles de papier.

Amalie n'eut pas à sentir l'unique cigarette roulée pour savoir ce qu'elle avait trouvé.

Elle retira le tiroir de son logement, l'emporta à la salle de bains et jeta la marijuana dans les toilettes et les feuilles de papier dans la poubelle.

Puis elle retourna dans la chambre, remit le tiroir en place et dissimula le coffret sous une pile de lingerie.

Pour autant qu'elle le sache, Helena ne s'était jamais droguée, pas plus à l'époque où elle vivait seule à Toronto que lorsqu'elle habitait encore chez leurs parents. L'alcool et le tabac constituaient des tabous majeurs, mais la drogue était tout simplement quelque chose d'inconcevable.

Helena, bien sûr, avait pu changer. Mais quand ? Et surtout pourquoi Amalie n'avait-elle rien senti, dans le ton ou les paroles de sa sœur, lors des échanges qu'elles avaient toujours continué d'avoir, même s'ils étaient devenus rares ? Amalie referma la porte de la chambre à coucher derrière elle et rejoignit Davin, qui était toujours rivé devant la télévision.

— Tu as faim ? demanda-t-elle.

— Ouais, dit-il en hochant la tête, mais sans quitter le poste des yeux.

Une ouverture pratiquée dans une des cloisons de la pièce principale donnait accès à une kitchenette. Amalie fut soulagée de voir que le plan de travail et la cuisinière étaient propres. A côté du réfrigérateur cependant, étaient entassées des bouteilles de vin et de bière vides qui lui rappelèrent l'avertissement de Mme Eitelbach : « Pas de fêtes, pas de musique après 22 heures. »

Ayant repoussé du pied un carton de bières Kootenay Montain, Amalie inspecta le contenu du réfrigérateur, puis celui des placards. Il n'y avait pas grand-chose, hormis des boîtes de macaronis au fromage.

Elle sourit. Elle avait oublié combien Helena aimait les pâtes. Exactement comme Davin.

Elle en ouvrit un paquet et mit de l'eau à bouillir. Il y avait du lait dans le frigo, mais il avait tourné. Il lui faudrait dissoudre la sauce au fromage dans de l'eau et ajouter un peu de margarine. Demain, à la première heure, elle irait faire des courses.

En mettant la table, Amalie songeait à ses économies qui fondaient comme neige au soleil. Ce voyage allait lui coûter beaucoup plus qu'elle ne l'avait prévu, repoussant un peu plus loin dans le futur son rêve de devenir un jour propriétaire de sa maison.

Pourtant, elle ne regrettait pas d'être venue. Malgré tous les jugements dérangeants qu'elle avait entendus à propos de sa sœur. Ou peut-être à cause d'eux.

Le lendemain, Amalie fit un grand ménage de l'appartement et garnit les placards et le réfrigérateur de nourriture pour au moins quinze jours. Elle s'arrêta à la Quincaillerie Principale pour acheter quelques bricoles et y trouva même un matelas en mousse pour Davin.

Un appel téléphonique passé à ses parents dans la soirée renforça l'opinion qu'ils avaient déjà de sa décision de se rendre sur les lieux où Helena était morte.

— Tu perds ton temps et ton argent, avait dit son père depuis le poste qui se trouvait à l'étage.

— Que fais-tu de ton travail et de l'éducation de Davin ? avait renchéri sa mère.

— J'ai pris un congé exceptionnel à l'hôpital. Et j'ai parlé avec l'instituteur de Davin avant de partir. Il m'a très gentiment expliqué le programme à suivre afin que Davin ne prenne pas de retard. J'y veillerai.

Un bruit de vaisselle cassée la fit se tourner vers le comptoir de la cuisine. Davin, qui essuyait la vaisselle, avait laissé échapper un bol qui était tombé sur le carrelage.

— Ce n'est rien, chéri. Je nettoierai tout à l'heure, dit-elle en couvrant de sa paume le micro du combiné. Tu peux allumer la télévision, c'est presque l'heure de ton émission favorite.

Lorsqu'elle porta de nouveau le combiné à son oreille, ses parents voulaient savoir combien de temps elle pensait que l'hôpital lui garderait son poste si elle se conduisait de cette façon.

— Franchement, ce n'est pas ce qui me préoccupe pour le moment, maman. Tu n'as pas idée de la manière dont Helena vivait ici. Il n'y a presque rien dans son appartement.

Si l'on faisait abstraction de la bière et de la drogue.

Cela n'avait toujours aucun sens pour Amalie. Elle avait supposé que sa sœur, à vingt-neuf ans, avait fait quelque chose de sa vie. Ses lettres laissaient entendre qu'elle avait un emploi, des amis, une existence normale — même si elle n'entrait jamais dans les détails.

— Ecoutez, maman, papa, je dois raccrocher. Davin a besoin de moi. Je rappellerai dans quelques jours pour vous tenir au courant.

Elle raccrocha, soulagée d'en avoir fini, et se dirigea vers le placard pour y prendre le balai et la pelle. Comme elle jetait les débris de verre dans la poubelle, le téléphone sonna.

Ses parents sûrement. Quelle recommandation avaient-ils oublié de lui faire ?

Mais il s'agissait de Grant Thorlow. Immédiatement, Amalie fut sur ses gardes. Les mots durs qu'il avait eus la veille, son attitude glaciale, l'avaient touchée en plein cœur. Et pourtant, elle n'aurait pas pu dire qu'elle était mécontente de l'entendre.

— Je me demandais si Davin aimerait visiter le Centre de contrôle demain, commença-t-il. Il avait l'air de s'intéresser à nos méthodes de déclenchement des avalanches l'autre jour. Et il y a ce film dont je vous ai parlé…

Combats de neige, se souvint-elle, impressionnée par la proposition et en même temps un peu méfiante. Pourquoi se montrait-il tout à coup aussi gracieux ?

— C'est très gentil à vous.

— Euh, oui… eh bien…

Il s'éclaircit la gorge.

— Je n'avais pas l'intention de me montrer brutal, hier… surtout devant l'enfant.

Thorlow remonta d'un cran dans son estime. Son désir de s'excuser parlait en sa faveur, et Amalie aimait les gens qui avaient un faible pour les enfants et qui les respectaient.

— Il est vrai que vous vous êtes exprimé de la manière la plus directe, mais je suis venue ici pour connaître la vérité.

Il y eut un bref silence à l'autre bout du fil. Puis Grant Thorlow reprit, un peu plus hésitant :

— Vous êtes tout à fait certaine de cela ? Peut-être serait-il préférable pour vous deux de ne pas savoir…

— Ne pas savoir quoi ? demanda-t-elle vivement, saisie par une soudaine bouffée d'anxiété.

— Rien. C'est juste que vous avez tous les deux l'air d'être de charmantes personnes.

— Tout comme l'était Helena.

Amalie se tourna vers le mur et baissa la voix afin que Davin ne puisse pas l'entendre.

— Il lui est peut-être arrivé de faire de mauvais choix dans sa vie, mais au fond Helena était une chic fille, quelqu'un de très gentil.

— Une chic fille ? répéta-t-il.

Son incrédulité était évidente, même au téléphone.

— Ecoutez, elle était votre sœur et vous pouvez croire ce que bon vous semble, mais sans elle, Ramsey serait encore vivant aujourd'hui. Denise Carter aurait encore son mari, et deux enfants ne pleureraient pas leur père.

Il y avait quelque chose de tellement injuste dans le jugement de Grant. Amalie enroulait fébrilement le cordon du téléphone autour de son doigt, luttant pour ne pas perdre son sang-froid.

— Un autre point de vue est possible, monsieur Thorlow. Personne, après tout, n'a forcé Ramsey à grimper sur cette montagne avec Helena. Ne vous est-il jamais venu à l'esprit que cette excursion était peut-être une idée de Ramsey ? Que c'est peut-être par *sa* faute que ma sœur a trouvé la mort ?

— Plus de cent trente couloirs d'avalanches croisent la Trans-Canada dans le secteur de Rogers Pass, expliquait Grant à Davin le lendemain, après qu'ils eurent assisté à la projection de *Combats de neige* dans la salle de conférences du Centre d'information.

Il était encore un peu en colère contre lui-même. Même s'il avait prétendu organiser cette distraction pour faire plaisir à Davin, il ne se voilait pas la vérité. Il avait voulu revoir Amalie.

— Certaines parties du monde ne sont peut-être pas destinées à être habitées, remarquait-elle à présent en examinant une photo du canon de 105mm utilisé, dans certains cas, pour déclencher les avalanches.

— Il faut bien que les trains franchissent ces montagnes, d'une manière ou d'une autre, répondit-il tranquillement. Ainsi que les automobilistes. Ce défilé était le meilleur passage.

— Mais c'est si *dangereux*.

Malgré son épais gilet de laine, Amalie semblait frigorifiée. Elle serrait étroitement ses bras sur sa poitrine, le regard fixé sur la vue que l'on avait de la montagne au travers des baies vitrées.

48

— Oui, c'est dangereux, convint Grant. En moyenne, nous recensons 1500 coulées chaque année le long de cette route, vous imaginez combien se produisent hors secteur ?

Davin émit un petit sifflement.

— Mais vous pouvez contrôler les avalanches, n'est-ce pas, monsieur Thorlow ? Avec le canon.

— C'est mon travail, mais le contrôle des avalanches est loin d'être une science exacte.

Grant enfonça les mains dans les poches de son pantalon. Amalie s'était dirigée vers une autre partie de l'exposition.

« Ne la regarde pas ! s'ordonna-t-il. Cette femme n'est pas pour toi, et tu sais pourquoi. »

— Nous surveillons en permanence la vitesse et la direction des vents, la température ainsi que le pourcentage d'humidité de l'air, poursuivit-il. Nous mesurons aussi régulièrement l'épaisseur des couches de neige successives qui constituent le manteau. Néanmoins, les gens qui pensent que nous pouvons prédire l'heure exacte et l'importance d'une avalanche se racontent des histoires. Même celles que nous déclenchons nous laissent parfois complètement ébahis nous-mêmes.

— Pourquoi y a-t-il tant d'avalanches sur cette partie de la route ? demanda Davin tout en observant la reproduction en trois dimensions de Rogers Pass et de ses environs qui occupait la plus grande salle du Centre d'information.

— Les versants sont très abrupts, et il tombe beaucoup de neige, répondit Grant en haussant légèrement les épaules. Les facteurs de base sont réunis.

Amalie, maintenant, tournait autour de la maquette. Elle était sur le point de s'adresser à lui quand il remarqua quelqu'un devant la grande porte vitrée du centre.

Denise Carter, ses cheveux bruns noués en queue-de-cheval, les joues rosies par le vent froid, venait d'entrer. Elle le repéra aussitôt et il alla vers elle pour l'embrasser.

— Denise, comment vas-tu ? Comment vont les enfants ?

Elle ignora sa première question, ne répondant qu'à la seconde :

— Les enfants… Ils font face, je suppose. Je les ai laissés avec mes parents.

Elle se laissa aller entre ses bras, comme une poupée molle.

Puis elle vit Amalie.

— Helen ?

Le choc d'abord, puis la haine déformèrent ses traits et raidirent son corps.

— Non, je suis sa sœur jumelle, Amalie Fremont, s'empressa de dire Amalie.

— Tu ne m'avais pas dit qu'Helen avait une sœur… qu'elle allait venir… Qu'elle lui ressemblait autant…

Denise regardait Grant comme s'il l'avait trahie.

— Amalie vit à Toronto. Je ne pensais pas qu'elle entreprendrait ce voyage, essaya-t-il d'expliquer, avant de s'arrêter, frappé par le tourment qu'il lisait dans les yeux de la jeune femme. Je suis désolé, Denise. J'aurais dû te prévenir quand je l'ai su. J'ai eu un choc moi-même lorsque je l'ai vue pour la première fois.

Amalie avait porté ses mains à son visage, comme si elle avait tenté de dissimuler l'image qu'ils avaient tous en tête et qui était celle d'une autre femme.

— Vous n'auriez pas dû venir, dit Denise en faisant un pas vers Amalie.

Elle avait enlevé son gant et pointait sur elle un doigt accusateur.

— Denise, intervint Grant en lui prenant le bras. Il y a quelqu'un d'autre ici que je voudrais te présenter. Un enfant. Il s'appelle Davin.

Entendant son nom, l'enfant releva la tête.

— Bonjour, dit-il d'un ton incertain en regardant la femme qui le dévisageait, une curieuse expression sur le visage.

Denise se tourna vers Amalie.

— Votre fils ?

— Je l'ai adopté et l'élève depuis sa naissance, dit Amalie, mais en fait… il est le fils d'Helena.

— Helen avait un enfant ? s'exclama Denise.

Elle tourna vivement la tête vers Grant.

— Tu le savais ?

— Non. Mais ça ne doit pas te bouleverser, Denise. Viens, je vais te raccompagner chez toi. A moins que tu ne préfères aller prendre un café ? Nous pourrions…

Libérant son bras de l'emprise de Grant, Denise pivota pour faire face à Amalie et pointa de nouveau son doigt tendu dans sa direction.

— Ramsey était un bon mari jusqu'à ce qu'il rencontre votre sœur ! s'écria-t-elle.

Puis, en un instant, le désespoir se substitua à la colère. Elle se mit à pleurer à gros sanglots douloureux. Grant l'attira doucement à lui, mais ses yeux restèrent fixés sur Amalie.

« Vous n'auriez pas dû venir. » Amalie lut le message dans les yeux de Grant aussi clairement que s'il avait répété les propres mots de Denise.

« Helena aussi était une personne ! » Voilà ce qu'elle aurait voulu leur crier à tous les deux. Sa sœur méritait qu'on la pleure, qu'on la regrette, qu'on se soucie d'elle.

Réalisant que Davin était en train d'observer la femme en larmes que Grant soutenait en la guidant vers la sortie du Centre d'information, Amalie se rapprocha de lui et passa un bras protecteur autour de ses épaules.

— Pourquoi est-ce que tout le monde déteste autant Helena ? demanda-t-il au bout d'un moment. Elle était vraiment méchante ?

Oppressée par le ressentiment qui l'étreignait, Amalie tourna le dos à la porte, à ces gens qui disaient connaître sa sœur. Certes, Denise souffrait, mais c'était une mère aussi. Comment pouvait-elle prononcer de telles paroles devant Davin ?

— C'est juste qu'ils ne la connaissaient pas bien, Davin.

Et moi non plus, reconnut-elle en son for intérieur, avant de se pencher pour embrasser son neveu.

4.

— Tu sais que Ramsey avait entrepris de rénover notre sous-sol, n'est-ce pas ? demanda Denise.

Elle s'était enfin arrêtée de pleurer. Elle était assise dans son séjour, avec, à la main, une tasse de thé que Grant avait préparée en désespoir de cause. Elle n'avait pas voulu retourner chez elle et ne s'était pas sentie capable non plus d'affronter un lieu public. Aussi l'avait-il emmenée chez lui.

Grant était un homme d'action, un homme que les situations de crise ne privaient pas de ses moyens. Il avait dirigé de nombreuses opérations de sauvetage en montagne, était capable de prodiguer des soins d'urgence aussi bien que n'importe quel médecin, et il avait même survécu à une rencontre inattendue avec deux grizzlis.

Mais réconforter une femme en pleurs n'était pas vraiment son fort.

Il se tenait maintenant assis, assez raide, au bord de son fauteuil, les coudes sur les genoux, et pensait à la question que Denise venait de poser. Il savait bien sûr que Ramsey était en train de terminer l'aménagement du sous-sol de la maison qu'il habitait avec Denise et leurs deux enfants, Colin et Chrissy. Il l'avait aidé à jointoyer un mur de pierres sèches, deux semaines seulement avant sa disparition.

— Que vais-je faire maintenant, Grant ? J'ai un sous-sol à moitié fini et n'ai pas les moyens de payer un artisan pour achever les travaux ; des traites à payer tous les mois ; et deux enfants qui adoraient leur père et qui ne comprennent pas pourquoi il était en train de skier avec une femme alors qu'il nous avait dit qu'il s'absentait pour son travail.

La douleur dans les yeux de Denise était insupportable à voir. Grant baissa le regard vers sa tasse. Il réfléchit quelques instants aux problèmes qu'elle venait de soulever et s'attaqua au plus facile.

— Ne t'inquiète pas pour l'argent, dit-il. Les assurances prendront sûrement en charge tout ou partie des traites.

Ramsey était homme à avoir envisagé l'avenir et à avoir pris des dispositions pour protéger sa famille. Ce qui ne laissait pas d'obscurcir encore l'énigme de ses dernières heures. Car que faisait un homme comme lui en montagne avec Helen Fremont ? Avait-il totalement perdu la tête ?

Pour Grant, c'était incompréhensible. Surtout lorsqu'il songeait à la constance avec laquelle Ramsey revenait à la charge pour l'encourager à se trouver une épouse et à avoir des enfants. Apparemment, la vie de famille n'avait pas été aussi idyllique que Ramsey avait voulu le lui faire croire.

— Je ne parviens pas à croire qu'il l'ait emmenée là-bas, au refuge d'Asulkan, reprit Denise d'une bouche pincée par l'amertume. C'est là qu'il m'a demandé de l'épouser. C'était son endroit, *notre* endroit. Chaque fois qu'il avait une importante décision à prendre…

Elle ravala un sanglot, s'efforça de calmer sa respiration.

— Grant, est-ce que tu savais qu'il voyait quelqu'un ?

Il secoua la tête, soulagé de n'avoir pas à mentir.

— Je n'en avais pas la moindre idée.

Personne n'avait été plus surpris que lui de découvrir qu'Helen Fremont avait accompagné Ramsey dans sa retraite.

Il ne faisait aucun doute qu'ils avaient passé ensemble la nuit du samedi au dimanche au refuge, et cette révélation n'en finissait pas de torturer Denise.

Grant aussi se sentait trahi. Ramsey lui avait menti, tout comme à Denise en dissimulant une relation qui allait à l'encontre de tous les principes que le jeune médecin défendait.

— Qui va emmener Colin à ses matchs de hockey maintenant, gémit Denise, les yeux pleins de larmes de nouveau. Ma voiture a besoin d'une vidange — Ramsey avait prévu de s'en occuper le week-end dernier...

La première impulsion de Grant était de lui dire qu'il se chargerait de toutes ces corvées. Il terminerait les travaux du sous-sol, il conduirait Colin à son club de hockey, il entretiendrait la voiture et ferait tout ce qu'il était nécessaire de faire. Après tout, il avait été le meilleur ami de Ramsey. Celui-ci aurait trouvé naturel qu'il aide sa famille. Et Grant ne demandait qu'à être fidèle à son ami.

Mais quelque chose lui disait que Denise attendait autre chose que l'aide matérielle qu'il pouvait lui apporter. Elle avait besoin d'un soutien moral, de quelqu'un à qui elle pourrait se confier et qui la réconforterait. Et Grant n'était pas certain de pouvoir assumer ce rôle. C'était si dur de la regarder pleurer. Il ne savait tout simplement pas quoi *dire*.

— Ton thé est assez sucré ? Veux-tu que j'aille te chercher quelque chose à manger ?

Il y avait une boîte de mini-pizzas dans le congélateur qu'il pourrait réchauffer au four à micro-ondes.

— Le thé est très bien et je n'ai pas faim, merci.

Denise se pencha en avant, posant sa tasse sur la table basse de bois brut entre eux.

— Tu es un tellement bon ami, Grant. C'est précieux d'avoir une épaule sur laquelle pleurer. Je ne peux pas me confier aux enfants bien sûr, et mes parents sont trop âgés pour que je me repose sur eux. Je leur ai dit que Ramsey était parti skier avec une collègue. Par chance, ils n'ont entendu aucune des rumeurs qui courent en ville.

Grant avait demandé à la première équipe de secours dépêchée sur place de rester discrète quant aux circonstances de l'accident, mais il savait qu'on ne pouvait échapper aux bavardages. C'était inévitable dans une petite ville comme Revelstoke.

— Voir sa sœur tout à l'heure au Centre d'information… reprit Denise. Ça a été terrible. Pendant un moment, j'ai cru que c'était Helen, qu'elle avait survécu, d'une manière ou d'une autre.

— Je sais. J'ai eu la même réaction lorsqu'elle est entrée dans mon bureau hier.

La ressemblance était saisissante. Et cependant, déjà, il avait cessé de voir Helen en elle. Il y *avait* une différence. Dans la manière dont elle se tenait, dont elle parlait…

Malgré toutes les préventions qu'il avait eues contre elle, il ne parvenait pas à ne pas l'aimer, ou du moins à ne pas commencer à l'apprécier. Elle affichait une sorte de dignité qui faisait qu'il se sentait coupable dès qu'il disait quelque chose d'un peu dur à propos de sa sœur. Cependant, elle prétendait vouloir apprendre la vérité, et les faits étaient là, qu'il faudrait bien qu'elle affronte.

— Tu lui as dit que c'était trop dangereux d'essayer de retrouver les corps pour le moment ? reprit Denise.

— Oui.

— Alors, elle va repartir bientôt ?

Elle le suppliait presque du regard et il aurait voulu pouvoir la rassurer.

— Je ne sais pas. J'ai l'impression qu'elle pourrait bien rester jusqu'à ce qu'il soit possible d'entreprendre les recherches.

— Mais ce ne sera peut-être pas avant des semaines !

Grant haussa les épaules Il savait cela aussi bien que Denise, mais qu'aurait-il pu faire ?

Elle détourna la tête, baissa les yeux vers le sol ; sa bouche formait un pli amer.

— Je suis désolé que tu aies à traverser tout ça, Denise. Toi et les enfants, vous étiez tout pour Ramsey. Je le sais. Helen…

Grant à son tour détourna les yeux, cherchant autour de lui les mots qui convenaient, les mots qui expliqueraient sans blesser…

— Elle ne représentait rien, comparée à toi et aux enfants, dit-il finalement. Ramsey se serait repris très vite. J'en suis sûr.

— Pour l'instant, pour moi, c'est ça le plus difficile à supporter. Ne pas savoir si Ramsey m'aimait vraiment. Comment puis-je pleurer un homme qui me trompait, Grant ? Tu peux me le dire ?

Il secoua la tête. Non, il ne le pouvait pas.

Denise sanglotait de nouveau, le visage enfoui dans ses mains. Non sans embarras, Grant quitta son fauteuil pour aller s'asseoir à côté d'elle et lui tapota maladroitement l'épaule. L'instant d'après, avant que Grant n'ait eu le temps de réaliser, Denise pressait sa tête contre sa poitrine, s'accrochant désespérément à lui. Ses sanglots étaient si violents à présent qu'il craignait qu'elle ne se rende malade.

— Chut, chut…, dit-il, terriblement conscient de son impuissance.

— Tu ne ferais jamais une chose pareille à une femme, n'est-ce pas, Grant ?

L'haleine de Denise était chaude et moite dans son cou et il sentit une goutte de sa propre sueur rouler sur son front.

— Je peux faire la vidange de ta voiture, Denise. Je peux m'en occuper tout de suite, si tu veux.

Elle s'apaisa dans ses bras, puis releva la tête et le dévisagea.

Mais la gêne qu'il éprouvait l'empêchait de croiser le regard de Denise.

— Et je pourrais aussi aller jeter un coup d'œil à ton sous-sol, continua-t-il. Il ne reste peut-être pas autant de travail à faire que tu te le figures.

Denise repoussa une mèche des cheveux de Grant sur son front.

— Tu es plutôt bel homme, sais-tu ? Je l'ai toujours pensé.

— Merci. Toi aussi. Je veux dire, tu es une très jolie femme.

Cela semblait être la chose qu'il fallait dire à ce moment-là, bien que Grant, n'ayant jamais regardé Denise de cette façon, n'eût aucune opinion sur le sujet. Elle était la femme de son meilleur ami, et ça s'arrêtait là.

— Et si je te raccompagnais, maintenant ? suggéra-t-il. Tes parents risquent de s'inquiéter.

Puis il se rappela que la voiture de Denise était restée garée sur le parking du Centre d'information, et ajouta :

— Je ferai appel à un de mes collègues pour te rapporter ta voiture lorsque j'aurai fait la vidange.

Ce disant, il avait fait en sorte, sans trop savoir comment, qu'ils se retrouvent tous les deux debout. Il se pencha pour prendre leurs tasses et les emporta dans la cuisine où il les déposa dans l'évier. Lorsqu'il revint, Denise avait enfilé son manteau et ramassait son sac.

Tout allait bien. Il commença à siffloter, s'arrêtant aussitôt ; les muscles de son visage, trop tendus, ne coopéraient pas. Il avala sa salive, sortit ses clés de sa poche, puis ouvrit la porte pour elle. En passant devant lui, elle lui adressa un faible sourire.

Grant ressentit un soudain accès de commisération. Pour tout ce qu'elle avait perdu, tout ce qu'il lui restait à affronter. Ce qui ne fit qu'accroître encore sa colère contre Helen Fremont. Tout cela ne serait jamais arrivé si elle n'avait pas emménagé en ville.

Et il n'aurait jamais rencontré sa sœur…

Dès l'instant où il avait compris qu'elle viendrait à Rogers Pass quoi qu'il puisse objecter, il s'était attendu qu'elle soit pour lui une constante source d'irritation. Le pressant probablement d'entreprendre des recherches alors que le temps l'interdisait ; lui rappelant, par sa seule présence, tous les ennuis qu'avaient causés Helen depuis le début.

Au lieu de quoi, il éprouvait de la sympathie envers elle. Pire, elle l'attirait. Réactions qu'il ne parvenait pas à s'expliquer, et qu'il pourrait encore moins faire comprendre à Denise. Il se devait d'être totalement loyal envers les gens de sa communauté, il le savait Et cependant, il savait aussi qu'il ne s'écoulerait pas longtemps avant qu'il ne cherche un nouveau prétexte pour rencontrer Amalie.

— J'ai vraiment de la peine pour Denise, mais…, commença prudemment Amalie en laissant tomber sa cuillère dans sa tasse de chocolat.

Elle leva les yeux vers Grant, assis en face d'elle à la table de la cuisine.

Il était arrivé sans s'être annoncé, tard dans la soirée, alors que Davin était déjà couché, soi-disant pour lui demander d'excuser l'attitude de Denise Carter la veille au Centre d'information, mais jusque-là il n'avait rien fait d'autre que la justifier.

— Je sais que vous n'êtes pas d'accord, continua Amalie, mais je trouve vraiment injuste que tout le monde jette le blâme sur Helena. Si l'on y réfléchit — elle leva sa cuillère pour souligner ce point —, c'est *lui* qui était marié.

Grant ne parut pas frappé par la force de son argument.

— C'était un homme stable, qui aimait sa famille. Il n'aurait pas succombé si elle ne l'avait pas cruellement mis à l'épreuve.

— Davin était bouleversé, hier soir. Denise a dit des choses affreuses.

C'était ça surtout qu'elle ne parvenait pas à pardonner. Elle comprenait la douleur de cette femme, sa colère, mais devant un enfant...

— Il se pourrait que de pareilles scènes se reproduisent, vous savez. Peut-être serait-il préférable pour tout le monde, et en particulier pour Davin, que vous repartiez dans l'Ontario.

Amalie se rappela soudain ce que Grant lui avait dit à propos de son « antipathie » pour Helena : la liaison qu'elle avait eue avec Ramsey était *une* des raisons pour lesquelles il ne l'aimait pas.

— Est-ce un avertissement ?

— Pas exactement. Oh, en fait si, corrigea-t-il après une courte pause. Je vous mets en garde. Comme j'ai essayé de vous l'expliquer lorsque je vous ai parlé au téléphone, il n'y a rien que vous puissiez faire ici. Votre sœur est morte, et que nous retrouvions son corps demain, la semaine prochaine ou après la fonte de printemps n'y changera rien.

— Après la fonte de printemps ?

Amalie frémit en pensant à sa situation financière.

— Cela pourrait vraiment être aussi long ?

— Ça pourrait, dit-il en lui jetant un regard de côté pour observer sa réaction. Etes-vous prête à attendre le temps qu'il faudra ? Avez-vous pensé à Davin ? Sans parler du fait qu'il manque l'école, il va devoir affronter les commentaires que font les gens d'ici au sujet de votre sœur. Et je vous préviens, beaucoup ne sont pas bienveillants.

Amalie refusait d'écouter. Grant était prévenu contre Helena. Elle remuait distraitement son chocolat, d'une main ralentie par la mélancolie qui l'envahissait. Sa sœur et elle n'étaient plus proches depuis des années, mais c'était dur de penser qu'elle était partie maintenant. Pour toujours.

— Je vois que je ne réussirai pas à vous faire changer d'avis, dit Grant, visiblement déçu, au bout d'un moment.

— C'était ça, n'est-ce pas, la véritable raison de votre visite ?

Il n'était pas venu pour excuser le comportement de Denise, mais pour lui demander, à elle, de partir. Elle qui avait cru qu'il s'était inquiété pour elle et pour Davin… Quelle bêtise ! Il resterait fidèle aux siens, aux gens parmi lesquels il avait toujours vécu, des gens comme Denise Carter.

— Votre départ contribuerait à apaiser les esprits.

Denise, sans doute, y trouverait un certain soulagement. Et Davin et elle aussi peut-être, dans un premier temps. Mais elle savait que les questions reviendraient la hanter et finiraient par la rendre folle. Ni elle ni Davin ne sauraient jamais comment Helena s'était retrouvée à Rogers Pass, pourquoi elle se droguait — *si* elle s'était vraiment droguée —, comment elle en était arrivée à vivre une aventure avec un homme marié. Il y avait sûrement des explications à tout ça ; les gens ne changeaient pas sans raison.

— Je dois à Davin de découvrir la vérité sur la mort d'Helena. Sur sa vie aussi.

— Pourquoi ? Il semble plus intéressé par mon travail que par ce qui est arrivé à Helen. Il ne la connaissait même pas, je me trompe ?

La critique implicite hérissa Amalie.

— Ils correspondaient. De temps en temps.

61

— Correspondaient ? répéta Grant en levant les sourcils. Ne lui rendait-elle jamais visite ?

Non, elle ne l'avait jamais fait. Pas une fois en onze ans. Amalie elle-même ne le comprenait pas, mais elle devait reconnaître qu'elle n'avait jamais non plus fait de démarches dans ce sens.

— Grant, elle était la mère de Davin et ma sœur. Nous ne pouvons pas simplement hausser tristement les épaules et retourner à Toronto comme si elle n'avait jamais existé.

Il comprenait. Amalie avait eu le temps, avant qu'il ne se détourne d'elle, de lire dans son regard la compassion qu'il éprouvait à leur endroit. A cet instant, elle réalisa que Grant n'était pas l'homme froid et insensible pour lequel elle l'avait pris ; c'était un homme tourmenté par un conflit intérieur, écartelé entre des sentiments contraires. Ce qui lui permit de ne pas s'appesantir sur les mots pleins de sous-entendus qu'il prononça ensuite :

— Ce ne sera pas facile pour vous. Vous n'aimerez probablement pas du tout certaines des choses que vous allez découvrir.

Amalie ne voyait pas comment la situation pouvait être pire.

— Nous saurons accepter la vérité.

Grant la regarda dans les yeux avec une intensité qui n'y était pas un instant plus tôt.

— Vous êtes très déterminée. Obstinée, en fait.

Sa voix était changée, plus grave, plus sourde. Il y avait même, dans cette affirmation, quelque chose comme du respect, qu'il n'aurait admis qu'à contrecœur. Amalie crut même déceler une lueur d'admiration dans son regard qui l'incita à s'expliquer plus avant.

— J'ai le sentiment que je le dois à Helena. Tout a toujours été plus facile pour moi. C'est envers elle que la vie ne s'est pas montrée tendre.

— Que voulez-vous dire ?

— Grandir auprès de mes parents… Oh, ce sont des gens bien, mais ils ont toujours été tellement rigides, si exigeants dans leurs attentes.

En partie à cause de leur religion, en partie parce qu'ils n'avaient jamais cessé de craindre que leur nouveau pays, ce pays libre, corrompe leurs filles.

— Ah ?

— Rien de ce que faisait Helena n'a jamais eu l'heur de plaire à mes parents. Tandis que…

Elle haussa les épaules avec dédain.

—… que je ne semblais jamais leur causer aucun souci. C'était injuste, et cela n'a fait que s'aggraver lorsque Helena est tombée enceinte. Mes parents étaient indignés. Pour eux, être enceinte sans être mariée constituait la pire des disgrâces. Impardonnable. Et comme s'il ne suffisait pas de devoir supporter leur rejet, Helena a eu de graves ennuis de santé. Elle a beaucoup souffert, croyez-moi.

— Elle a cependant abandonné son fils à la naissance, observa-t-il d'un ton sévère.

Il ne comprenait pas. Amalie n'en était pas surprise. Comment aurait-il pu comprendre que lorsque leur mère avait dit à Helena qu'elle n'était pas capable d'élever un enfant, celle-ci l'avait crue.

Grant frotta sa joue d'une main lasse. Il avait l'air éreinté. Amalie se souvint l'avoir entendu dire à Davin que ses journées débutaient chaque matin à 4 h 30. Et il n'était pas loin de 22 heures à présent.

— Il est tard. Vous devez être fatigué.

— Non, non, ça va.

Mais ses traits tirés démentaient ses paroles. Comme il étouffait un nouveau bâillement, elle se leva pour débarrasser leurs tasses.

Il la suivit des yeux quelques secondes, puis se leva finalement, occupant toute la place dans la minuscule cuisine d'Helena. Amalie en laissa échapper le torchon qu'elle tenait à la main. Ces larges épaules, ce torse puissant, ces bras musclés… tout en lui évoquait la force. Rien d'étonnant à ce que Denise se soit effondrée dans ses bras la veille, au Centre d'information, en quête d'un soutien. Il était assurément taillé pour ce rôle.

— Vous avez raison. Je ferais mieux de partir, dit-il d'une voix rauque.

Amalie se tourna vers lui, croisa son regard et fut surprise d'y découvrir quelque chose qu'elle n'y avait jamais observé auparavant : de la douceur, une vibration… presque comme si…

Mais… non, il ne pouvait pas se sentir attiré par elle. Certes, elle avait ressenti, à plusieurs reprises dans la soirée, comme une sorte de trouble entre eux, mais cela ne signifiait rien.

— Amalie ?

Il fit un pas vers elle, sans la quitter des yeux.

Elle dut se retenir pour ne pas tendre les bras vers lui. Il baissa alors les yeux vers sa bouche et elle devina qu'il se demandait à quoi ressemblerait un de ses baisers.

Réalisant tout à coup qu'elle était en train de divaguer, elle se détourna vivement. Son imagination lui jouait des tours. Il ne l'appréciait même pas un peu, avait presque paru la détester par moments — enfin, peut-être ses sentiments s'étaient-ils légèrement adoucis à son égard depuis leur dernière rencontre, mais cela ne constituait en rien un prélude à…

— Vous êtes sérieuse quand vous dites vouloir en apprendre davantage sur la vie de votre sœur ? demanda-t-il.

La question l'étonna, mais elle répondit aussitôt :

— Bien sûr.

— C'est demain vendredi. Je pourrais vous conduire au bar dans lequel elle travaillait. Vous pourriez parler à certaines personnes là-bas.

— Helena travaillait dans un bar ?

— Oui. Le Rock Slide Saloon.

— Dans cc cas, oui, j'aimerais beaucoup y aller.

Il se rapprocha de quelques centimètres. Peut-être n'avait-elle pas rêvé tout à l'heure, à propos de cette étincelle. Durant un instant, elle crut vraiment qu'il allait l'embrasser. Cette fois, elle ne reculerait pas à la dernière seconde.

Mais il la surprit en disant, au lieu d'approcher les lèvres des siennes :

— Je continue de penser que vous devriez retourner à Toronto.

Cependant, l'avertissement n'était plus aussi ferme, il lui souriait avec une chaleur nouvelle.

— Et je dis que je reste.

— Donc, nous avons rendez-vous ? Demain, au Rock Slide Saloon ?

— Oui.

Un rendez-vous avec Grant Thorlow. Jamais elle n'aurait imaginé que la soirée se terminerait ainsi.

Davin écouta le bruit que fit la porte en se refermant puis celui du verrou qui coulissait dans la gâche.

Il se retourna dans son sac de couchage en faisant attention à ne pas glisser du mince matelas de mousse.

Grant était parti. C'était vraiment dommage qu'il soit venu si tard. Davin s'était levé pour boire un verre d'eau, espérant que sa tante l'inviterait à s'attarder avec eux autour de la table de la cuisine, mais ni elle ni Grant n'avaient dit quoi que ce soit jusqu'à ce qu'il retourne dans sa chambre.

Il n'avait pas entendu ce qu'ils disaient, seulement le murmure de leur voix.

Mais cela concernait sûrement Helena. Tout le monde semblait vouloir parler d'elle ici. Et personne ne paraissait avoir grand-chose de gentil à dire à son propos.

Tante Amalie persistait à affirmer que c'était parce que les gens ne la connaissaient pas. Mais Davin commençait à penser que, peut-être, ils la connaissaient tous très bien et que c'était sa tante qui se trompait.

Helena avait été une personne mauvaise. C'est ce que Grant pensait. Et aussi cette femme qui avait pleuré au Centre d'information, la veille.

Davin était plutôt d'accord avec eux. Abandonner son enfant à sa sœur n'était pas quelque chose qu'on faisait, normalement. Il avait compris ça dès la maternelle.

Quelquefois, il se prenait à souhaiter que sa tante ne lui ait jamais parlé d'Helena. Elle aurait pu dire qu'elle était sa mère, et alors ils auraient été une famille comme les autres, et il aurait pu l'appeler maman — ce qu'elle était, après tout.

Plus qu'Helena en tout cas. Une mère n'était pas quelqu'un qui vous écrivait ou vous envoyait un paquet une fois de temps en temps, quand elle en avait envie. De toute façon, ses cadeaux tombaient toujours à côté : les vêtements n'étaient pas à sa taille, les jouets ne l'intéressaient pas…

Parfois, le soir, il inventait des histoires avant de s'endormir. Il imaginait que sa tante entrait dans sa chambre et lui expliquait que tout cela était un énorme malentendu, qu'elle était en réalité sa mère, et que la femme qui lui écrivait était sa tante.

Seulement, ce n'était qu'un rêve.

Helena était sa mère, et maintenant elle était morte, et ça ne lui faisait rien du tout.

Les yeux fixés au plafond, Davin se rappelait le jour où sa tante l'avait appelé dans la cuisine, à Toronto, pour lui parler de l'avalanche et lui expliquer qu'ils devaient partir à Rogers Pass.

Au début, l'idée l'avait excité. Ils allaient faire un grand voyage et, en plus, il manquerait l'école. Ça avait eu un goût d'aventure : plier bagage, parcourir des centaines de kilomètres en voiture, découvrir l'endroit où sa mère avait habité et ce qu'elle y faisait.

Et ç'avait été super de rencontrer Grant et d'apprendre tous ces trucs incroyables qu'ils faisaient par ici pour contrôler les avalanches.

Mais cet appartement... c'était un lieu si bizarre qu'il en avait parfois la chair de poule ; on aurait dit qu'Helena ne possédait rien du tout. Tante Amalie et lui n'avaient pas beaucoup d'argent non plus, mais leur maison était confortable et chaleureuse, avec tout ce que la plupart des gens ont d'habitude : des chaises, des coussins et des lampes, des cadres aux murs.

Et puis, il y avait autre chose. Il n'avait vu aucune photographie dans l'appartement. Quelques rares fois, Helena avait noté son adresse au dos d'un paquet ou d'une lettre, et sa tante en répondant, avait joint trois ou quatre photographies à leurs remerciements. Il s'était toujours imaginé qu'Helena les accrochait sur son réfrigérateur ou en faisait encadrer certaines pour les poser sur sa table de nuit. Maintenant, il savait qu'Helena devait les jeter à la poubelle aussitôt qu'elle les avait reçues.

5.

— Oh, tatie ! Ce truc sur la Chine, c'est nul !

Davin reposa sans délicatesse son stylo sur la table et croisa les bras.

— A quoi ça sert de travailler sur un pays qui se trouve de l'autre côté de la Terre ?

— Mais, Davin, cela fait partie de ton programme, dit Amalie, attendrie malgré elle par le petit air buté de son neveu.

— Je m'en fiche ! Pourquoi est-ce que je ne pourrais pas faire des recherches sur quelque chose d'intéressant ?

— Comme quoi, par exemple ? demanda Amalie en se penchant pour ramasser le stylo qui avait roulé sur le sol.

— Les avalanches !

Davin tourna la tête pour regarder par la fenêtre. Une épaisse couche de neige recouvrait tout le paysage, jusqu'aux antennes de télévision et aux lignes électriques.

Vivant à Toronto, ils étaient habitués à la neige bien sûr, mais pas dans ces quantités. La veille, Grant leur avait dit que le parc national du Glacier avait enregistré le record annuel de chute de neige et Amalie le croyait volontiers.

Au moins les températures n'étaient pas aussi basses que dans les plaines intérieures. Mais même ce mince atout avait son revers : c'étaient les vents humides et doux venus de l'Ouest

68

qui étaient à l'origine de l'instabilité du manteau neigeux, et donc des avalanches.

— Tu voudrais étudier les avalanches au lieu de la Chine ?

Comment se pouvait-il qu'un sujet qui l'effrayait autant puisse fasciner Davin à ce point ?

Il est vrai qu'il n'avait pas fait l'expérience angoissante qu'elle avait vécue le jour de l'anniversaire de Jeremy. Le souvenir des souffrances d'Helena ne la quittait pas. Cette sensation d'étouffement, la terreur de ne plus pouvoir aspirer la plus petite bouffée d'air... Etre enseveli sous une avalanche était une façon horrible de mourir.

— A quoi pensais-tu exactement ? interrogea-t-elle.

— Je voudrais faire un dossier qui expliquerait pourquoi il y a des avalanches et combien elles sont dangereuses ; et qui parlerait aussi du travail de Grant, comment ils font pour les contrôler. Je pourrais prendre des photos et faire des recherches au Centre d'information. Et je suis sûr que Grant répondra à toutes mes questions si je lui dis que c'est pour l'école.

Le sérieux de Davin amusait Amalie. Grant répondrait à ses interrogations quelles que soient les circonstances, elle en était certaine. Elle l'avait déjà vu à l'œuvre avec Davin, patient et attentif à ses questions, même les plus naïves. Cependant, elle objecta :

— J'ai promis à ton maître que nous respecterions le programme.

Le sourire enthousiaste de Davin disparut. Il fixa son regard sur la table.

— Mais c'est nul, la Chine, répéta-t-il d'une voix plaintive en repoussant loin de lui le livre emprunté à la bibliothèque.

Amalie reconsidéra la question. Peut-être était-il aussi important de faire confiance à l'enfant, à son désir d'apprendre, à sa curiosité, que de suivre le programme à la lettre ? D'autant que ce projet lui permettrait de développer des qualités d'organisation, de synthèse, d'initiative…

— Bon, peut-être pourrions-nous faire une exception dans cette matière, concéda-t-elle finalement. A condition que tu me promettes de faire tout ce qui est demandé dans les autres.

— Génial ! s'exclama Davin en bondissant de sa chaise pour l'embrasser.

— En particulier en littérature, insista-t-elle. Un livre par semaine.

Davin roula des yeux, mais même le rappel de cette ennuyeuse obligation n'effaça pas son sourire de son visage.

— Ça va être super chouette. Les copains vont être drôlement impressionnés.

— Nous pourrons commencer demain. Je crois que tu as assez travaillé pour aujourd'hui. D'ailleurs, il est l'heure de déjeuner. Qu'aimerais-tu faire cet après-midi ?

— Est-ce qu'on pourrait aller faire du ski de fond ?

Du ski ? La réponse de Davin la consternait.

— Tu es sûr que tu ne préférerais pas aller faire un tour en ville ? Qui sait ? il y a un peut-être un bon film à voir. Nous pourrions aller à la séance de 16 heures.

— On peut aller au cinéma n'importe quand. J'aimerais mieux explorer le coin, déclara-t-il en repoussant sa chaise. On peut louer des skis et des chaussures, tatie. On n'a pas besoin d'acheter l'équipement.

Le fait qu'il pense aussitôt à l'argent que cela leur coûterait serra le cœur d'Amalie. Comment lui refuser ce plaisir ?

— Eh bien, je suppose qu'il existe des sentiers faciles que nous pourrions essayer.

— Allons au Centre d'information, proposa Davin. Ils pourront sûrement nous renseigner.

Le Centre d'information. Grant Thorlow s'y trouverait peut-être. Tout à coup, la proposition de Davin lui semblait beaucoup plus séduisante.

Comme ils se rendaient à la voiture garée devant le chalet, Amalie et Davin tombèrent sur Heidi Eitelbach. La logeuse portait une grosse pile de journaux ficelés ensemble, et Davin, sans qu'elle le lui demande, courut pour lui tenir la porte. Amalie les suivit au sous-sol, où étaient entreposées les différentes poubelles, une pour les ordures ménagères, une pour le verre et une pour le papier.

Ce jour-là, Heidi était affublée d'un curieux ensemble violet — pantalon et haut à manches longues coupés dans un tissu pelucheux — qui avait tout du pyjama. Elle était en pantoufles et n'avait pas retiré ses bigoudis.

Lorsqu'elle eut déposé les journaux dans la poubelle idoine, elle se tint debout, les mains sur les hanches, et les dévisagea.

— Alors ? Que comptez-vous faire aujourd'hui ? s'enquit-elle, tout en détaillant le manteau de daim doublé de fourrure d'Amalie.

Le manteau était une folie qu'Amalie s'était offerte au printemps précédent pendant les soldes. Il allait très bien avec son pantalon de velours marron et son pull à col roulé ivoire.

— Nous allions nous renseigner sur les pistes de ski de fond. Je pensais louer nos équipements aujourd'hui et partir en randonnée demain. Auriez-vous un magasin à nous recommander ?

Les yeux pâles d'Heidi étincelèrent.

— Après ce qui est arrivé à votre sœur, j'aurais cru que vous vous tiendriez éloignée de nos montagnes.

L'observation de la logeuse amplifia les propres réserves d'Amalie à ce sujet, néanmoins elle s'efforça de rester rationnelle.

— Nous n'allons certainement pas nous aventurer hors-piste. Nous pensions seulement prendre un peu d'exercice en suivant un sentier facile et sûr.

Heidi approuva du chef, mais ses yeux gardaient un éclat inhabituel difficile à interpréter. Elle indiqua à Amalie le nom d'un magasin de location et, alors qu'ils s'apprêtaient à partir, posa rapidement sa main sur le bras d'Amalie en disant :

— Il y a eu un terrible accident en 1993, au col de Bruins. Je n'irais pas par là si j'étais vous.

Amalie hocha la tête et se détourna pour partir, mais Davin, fasciné, fixait Heidi de ses grands yeux bleus.

— Qu'est-ce qui s'est passé ? demanda-t-il.

— Eh bien…, commença Heidi en s'appuyant contre le mur de béton tandis qu'Amalie se résignait à patienter jusqu'à la fin de l'histoire. C'était au printemps 1993. Deux hommes étaient partis skier ensemble. Le 17 mars, précisément. On ne voyait pas un seul point de verdure sur la montagne. Le risque d'avalanche était élevé, et seulement deux jours auparavant, il était tombé près de vingt-cinq centimètres de neige.

— Ça fait beaucoup ? demanda Davin, qui ne la quittait pas des yeux.

— Oh, oui. Il arrive qu'une chute de neige importante provoque une avalanche à elle seule, répondit Heidi. Un des deux hommes a donc voulu rebrousser chemin, mais l'autre a insisté et ils sont montés jusqu'à deux mille cinq cents mètres.

— Waouh !

— Ils se trouvaient sur un sentier horizontal à flan de montagne quand le skieur de tête — celui qui n'avait pas voulu faire marche arrière — a heurté un amas de neige fraîche qui s'est effondré. Ça a suffi à déclencher une avalanche. Ils ont été emportés tous les deux.

— Et ensuite ? demandèrent ensemble Amalie et Davin.

— Eh bien, le deuxième gars, celui qui avait voulu renoncer, s'en est sorti. Il a réussi à libérer ses fixations à temps, il s'est débarrassé de son sac à dos et de ses bâtons et il s'est laissé glisser. Quand ç'a été fini, il avait parcouru trois cents mètres et il était toujours en surface.

— Et l'autre homme ? questionna Davin, retenant sa respiration.

— Il n'a pas eu autant de chance, dit-elle en frottant sur son pantalon ses mains noircies par l'encre des journaux. Il a pu jeter ses bâtons, mais il n'a pas réussi à faire sauter les sécurités de ses fixations.

— Oh, mon Dieu, murmura Amalie, qui n'avait pas cessé une seconde de penser à Helena.

Elle chercha à tâtons un appui derrière elle. La rugosité du mur sous ses doigts la sécurisa suffisamment pour prêter de nouveau attention à Heidi qui poursuivait son récit.

— La seule chose intelligente qu'ils aient faite, c'était d'avoir emporté des ARVA…

— Qu'est-ce que c'est que ça ? demanda Davin.

— Ce sont des petits appareils qui en émettant un signal en continu, permettent de retrouver les victimes plus vite. L'homme qui a survécu s'est mis à chercher son compagnon dès qu'il a eu recouvré ses esprits, et il l'a finalement localisé cinq cents mètres plus bas. Quinze minutes s'étaient écoulées quand il a commencé à creuser pour le dégager.

— Et ?

— C'était trop tard. Il a envoyé un message de détresse, puis il a essayé de ranimer son compagnon. Il s'est escrimé pendant une demi-heure, mais ça n'a servi à rien.

— Il est mort ? dit Davin d'une voix étranglée.

— Il est mort, confirma Heidi. Maintenant, vous savez tous les deux qu'il faut être extrêmement prudent là-haut. Vous devez rester sur le sentier, vous entendez ? Et n'oubliez pas d'emporter des ARVA.

L'histoire qu'avait racontée Heidi était un avertissement superflu pour Amalie que la seule idée de partir en randonnée dans ces montagnes terrifiait. Mais cette randonnée était sans doute une bonne chose pour Davin, qui, comme la plupart des enfants, était enclin à se croire invincible.

— Pourquoi crois-tu que ces deux hommes étaient partis skier alors qu'ils savaient que c'était dangereux ? lui demanda-t-il soudain.

Amalie n'avait pas de réponse à cette question. Mais elle trouvait étrange que Davin paraisse plus secoué par l'histoire d'Heidi qu'il ne l'avait été lorsqu'elle lui avait appris l'accident de sa propre mère.

La mort d'Helena n'avait pas semblé le toucher vraiment, peut-être parce qu'elle n'était dans sa vie qu'un personnage lointain, une silhouette aux contours flous. Et bien qu'il soit douloureux à Amalie de se l'avouer, c'était un peu la même chose pour elle. Son chagrin n'était pas aussi violent ni aussi profond qu'il l'aurait été onze ans plus tôt. Le temps et l'éloignement avaient fait leur œuvre. Mais à présent, alors qu'elle avait toujours pensé que c'était Helena qui dressait des murs autour d'elle, Amalie se demandait si elle n'aurait pas pu faire plus d'efforts pour garder le contact.

Au magasin, ils trouvèrent sans difficulté tout l'équipement dont ils auraient besoin : ski, bâtons et chaussures, qu'Amalie loua pour une semaine à un tarif intéressant. Puis ils empruntèrent la Trans-Canada pour rejoindre le Centre d'information qu'ils atteignirent quarante minutes plus tard. Là, on leur donna plusieurs brochures qui décrivaient les chemins de randonnées les plus accessibles à des débutants.

Ayant empoché les dépliants, Davin insista pour traverser l'autoroute et entrer dans les bureaux du parc national.

— Il faut que je commence ma recherche demain, argumenta-t-il.

— C'est vrai. Allons-y.

Les services administratifs du parc étaient situés au premier étage d'une construction basse en brique. Il n'y avait pas de zone de réception, seulement un long couloir étroit de chaque côté duquel se répartissaient les différents bureaux. Ils trouvèrent Grant dans le sien, occupé à travailler devant un écran d'ordinateur. Amalie remarqua qu'il était en jean ce jour-là, mais il portait son éternelle chemise bleue.

— Nous étions au Centre d'information. Nous sommes allés chercher des renseignements sur les chemins de ski de fond, expliqua Amalie, légèrement embarrassée de faire ainsi irruption dans son bureau.

Mais loin de paraître contrarié, Grant avait l'air content de les voir et elle en fut grandement soulagée.

Il s'était coiffé, semblait-il, ce qui ne faisait qu'attirer l'attention sur sa coupe étrange, aux mèches de longueurs inégales. Sa chemise bleue, qu'il portait sur un T-shirt blanc, avait tous ses boutons, mais elle n'avait pas été repassée.

Cependant, aucun de ces détails n'entamait le charme extraordinairement viril qu'il dégageait. En réalité, le fait qu'il ne semblait guère se préoccuper de son apparence plaisait beaucoup à Amalie.

— Qu'est-ce que vous êtes en train de faire ? interrogea Davin en regardant par-dessus l'épaule de Grant.

— J'étudie les bulletins météorologiques. Dans nos régions reculées, la téléinformatique est capitale, tu sais. Chaque matin, je me connecte à Internet et j'étudie les cartes et les vues satellites à partir desquelles j'établis un bulletin régional. Mais il m'arrive souvent de faire une mise à jour en cours de journée. Tout à l'heure, j'ai reçu un appel de gens qui s'apprêtent à partir en randonnée sur le sentier Copperstain ; ils veulent s'assurer que les conditions climatiques sont bonnes.

— Où c'est, Copperstain ?

Grant indiqua une ligne en pointillés sur la carte topographique punaisée au mur derrière lui.

Amalie chercha sur la carte le col dont avait parlé Heidi. Elle repéra Bruins Pass sur le versant nord-ouest du mont Cheops et ne put s'empêcher d'y passer doucement son index.

— Et les ours, Grant ? Est-ce qu'il y en a beaucoup dans ces montagnes ? continuait Davin.

— Bien sûr. Des ours noirs et des grizzlis. Généralement, ils évitent les êtres humains, précisa-t-il en jetant un coup d'œil à Amalie. Les avalanches et les chutes de pierres représentent un risque beaucoup plus grand, bien que les randonneurs ne semblent pas en avoir conscience.

— Les chutes de pierres ? répéta Davin, captivé. Est-ce que des gens en sont morts ?

— La montagne peut être dangereuse, il faut le savoir, Davin. Il y a quelques années, il y a eu un tragique accident non loin d'ici, sur la Trans-Canada. Un homme et une femme roulaient tranquillement quand un bloc s'est détaché de la montagne. Un des morceaux a fait voler en éclats la vitre côté passager et frappé la tête de la femme de plein fouet. Eh, oui, elle est morte, Davin.

— Comment des choses pareilles…, murmura Amalie, stupéfaite qu'un tel accident puisse se produire.

— C'est un fait isolé, dit Grant d'un ton qui se voulait rassurant.

Amalie ne releva pas, mais il était clair pour elle que ces montagnes étaient aux antipodes de ce qu'était dans son esprit une région hospitalière.

— Vous avez déjà fait du ski de fond ? s'enquit Grant.

— Non. Seulement du ski de descente. Mais nous avons l'intention de rester en terrain plat, nous nous en tiendrons aux pistes faciles qui se trouvent aux abords de la ville.

— Pour commencer, précisa Davin.

Amalie haussa les sourcils.

— Tu dis ça après l'histoire que nous a racontée Mme Eitelbach ?

Grant appuya sur quelques touches de son clavier et l'écran devint gris.

— De quelle histoire s'agit-il ?

— Un accident de ski qui a lieu en 1993.

— Un des deux hommes est mort, dit Davin avec excitation. L'autre a essayé de le sauver, mais il n'a pas pu. C'était trop tard. Ma tante dit que je peux faire mon dossier sur les avalanches plutôt que sur la Chine. Est-ce que vous voudrez bien m'aider ?

Il avait parlé si vite qu'Amalie fut surprise que Grant ait réussi à suivre.

— Je me rappelle très bien cet accident. Deux de nos hommes étaient sur les lieux dans l'heure qui a suivi.

« Pour ramener le corps », songea-t-elle. Grant n'avait pas besoin de terminer sa phrase, elle avait compris. Elle pensa à Helena. Et à Ramsey. Et elle se demandait comment Grant pouvait supporter l'idée qu'ils étaient toujours là-haut.

— Quant à ton dossier, Davin, ça me semble une idée très intéressante. Et tu es au bon endroit pour récolter des informations. Je crois avoir quelque chose ici par quoi tu pourrais commencer.

Joignant le geste à la parole, il sortit un fascicule d'un tiroir de son bureau et le lui montra. La photo de couverture montrait une portion de la Trans-Canada qui paraissait bloquée par des coulées de neige. Mais une observation plus attentive révélait les tunnels de bois placés au-dessous qui permettaient à la circulation de s'écouler librement malgré les congères.

— Waouh ! s'exclama Davin encore une fois. Est-ce que ce sont ceux sous lesquels nous sommes passés en venant de Calgary ?

— Hum. Tiens, je te le prête, dit Grant en lui tendant le fascicule. Et si tu veux commencer tout de suite, tu peux t'installer sur un des bureaux inoccupés dans la pièce d'à côté.

— Chouette !

Davin se dirigea aussitôt vers l'autre pièce, le nez déjà collé à la revue.

— Je ne l'ai jamais vu aussi emballé par un livre, dit Amalie en le suivant des yeux, éberluée.

— Il a peut-être attrapé le virus. Certaines personnes tombent littéralement amoureuses de cette région.

— Vous êtes sérieux ?

A l'évidence, un certain nombre de gens — dont Grant —, se plaisaient ici. Mais elle ne pouvait pas comprendre pourquoi. Que trouvaient-ils d'attrayant dans ces paysages désolés, ce climat rude, cet isolement ?

Qu'est-ce qui fascinait Grant ? Etait-ce le défi que représentait son travail ?

— Grant ?

— Oui ?

— Est-ce que vous avez déjà eu à ramener des corps dans la vallée ?

— Oui, cela m'est arrivé. Mais nous sommes fiers du degré de sécurité que nous réussissons à maintenir dans le parc. Ces dernières années, nous n'avons eu que très peu d'accidents mortels, en particulier le long de la route et de la voie ferrée.

Comme attirée malgré elle par les majestueux sommets, Amalie alla à la fenêtre et leva la tête vers les crêtes.

— Je suppose que ma sœur fait partie des malheureux qui n'ont pas eu de chance.

— C'est vrai, elle et Ramsey n'ont pas eu de chance. Mais la fatalité n'est pas seule en cause. Le vrai problème, c'est l'inconscience, le manque total de discernement.

Amalie se détourna et réfléchit à ce qu'il venait de dire. Finalement elle demanda :

— Pourquoi était-ce leur faute ?

Grant se leva et alla s'appuyer contre le montant de la fenêtre, à côté d'Amalie.

— Le risque d'avalanche était estimé élevé et Helen et Ramsey n'avaient rien à faire sur cette montagne. Le redoux du début de la semaine avait été suivi par plusieurs jours de blizzard. Or, tout changement brutal de température peut affecter la stabilité des couches qui forment le manteau neigeux. Et de nouvelles précipitations ne font qu'accroître ce risque. Tout cela, Ramsey le savait.

— Mais Helena ne le savait peut-être pas.

— Je vous l'accorde. Cependant, leur principale faute a été de quitter la corniche sur laquelle ils étaient. S'ils ne s'étaient pas aventurés hors-piste, ils seraient probablement vivants à l'heure qu'il est. Dévaler cette cuvette, c'était du suicide.

Amalie s'approcha de la carte accrochée au mur et suivit du doigt le parcours de Ramsey et de sa sœur le long d'Asulkan Brook. Grant, qui se tenait à présent derrière elle, guida son doigt avec sa main.

— Ici se trouve le refuge dans lequel ils ont passé la nuit, et là, c'est le Pterodactyl, la cuvette.

Il ôta sa main, mais elle continuait de le sentir derrière elle. Son torse contre son dos. La chaleur, juste à ce point de contact — et qui gagnait tout son corps comme une onde.

— Vous pensez que c'est Helena qui s'est lancée la première, n'est-ce pas ?

Il répondit d'une voix douce, mais ferme :

— Je sais que c'est elle.

Amalie prit le temps d'assimiler cette affirmation et d'en mesurer la portée.

— Donc, vous rejetez sur Helena l'entière responsabilité de l'avalanche… et de la mort de Ramsey, conclut-elle.

— En vérité, oui.

C'était si injuste !

— Mais vous venez juste de convenir que Ramsey connaissait tous les risques.

— Il lui avait certainement recommandé de ne pas s'écarter de la piste.

— Vous ne pouvez pas l'affirmer.

Leurs regards se croisèrent et ni l'un ni l'autre ne baissèrent les yeux. Amalie pensait qu'elle aurait dû le détester de manifester autant d'intransigeance envers sa sœur. Mais elle ne pouvait pas. Il voulait se montrer honnête avec elle, même s'il se trompait, et c'était quelque chose qu'elle respectait.

— C'est l'autre raison pour laquelle vous n'aimez pas ma sœur, observa-t-elle.

— Oui.

Il se tut quelques secondes. Les traits de son visage s'adoucirent insensiblement, le pli dur de sa bouche disparut, et, l'espace d'un instant fugitif, elle put voir l'expression qu'il avait eue la veille au soir sur le pas de sa porte.

— Mais je *vous* aime bien, Amalie, ajouta-t-il à sa plus grande surprise. En fait, je crois même que je commence à vous aimer un peu trop.

6.

En sortant de sa douche, Amalie cherchait à se rappeler la dernière fois qu'elle avait eu un rendez-vous. Cela remontait à six mois, au moins. L'homme — un manipulateur en radiologie fraîchement divorcé — lui avait été présenté par des amis communs, mais sa réaction lorsqu'il avait vu Davin en venant la chercher chez elle l'avait convaincue d'entrée de jeu que ce premier rendez-vous serait aussi le dernier.

Il ne savait pas qu'elle avait un fils.

Mais Grant le savait.

Bien sûr, son rendez-vous avec Grant n'était pas vraiment un rendez-vous. Il l'emmenait simplement dans un bar où Helena avait travaillé pour lui permettre d'en apprendre un peu plus sur sa sœur. Et, vue sous cet angle, la perspective était plus angoissante qu'excitante.

Que découvrirait-elle ce soir à propos d'Helena ? A cause de ce qu'elle savait déjà, elle ne s'attendait pas à entendre beaucoup de compliments, ni même de commentaires vaguement bienveillants. Mais au moins, elle ajouterait quelques pièces au puzzle que semblait constituer la vie de sa sœur.

Et elle passerait la soirée avec Grant Thorlow…

Amalie se séchait les cheveux, debout devant le miroir de la salle de bains. Tout l'après-midi, les paroles d'adieu de Grant avaient résonné dans sa tête.

Qu'avait-il voulu dire par ces mots : il commençait à l'aimer un peu trop ?

C'était comme si cela l'avait contrarié, tout en le surprenant.

Mais ce qui la préoccupait le plus, ce n'était pas la raison pour laquelle Grant semblait maintenant l'apprécier, mais bien pourquoi *elle* se sentait attirée par lui. Il était tellement injuste à l'égard d'Helena. Au sujet de l'avalanche, et au sujet de Ramsey aussi. Ramsey était un homme marié, il avait trompé sa femme. Pourquoi Helena aurait-elle dû endosser toute la culpabilité de leur aventure ?

Amalie rejoignit sa chambre où elle enfila un jean, puis son pull noir. L'été précédent, avant le technicien en radiologie, elle était allée à une soirée avec un homme que ses amis lui avaient présenté. Il l'avait rappelée une ou deux fois après leur sortie, mais chaque fois elle était occupée.

N'était-ce pas toujours le cas ? Son travail à l'hôpital et son quotidien avec Davin remplissaient ses journées ; quant aux week-ends, elle les passait presque tous chez ses parents, qui avaient toujours besoin d'elle. Où aurait-elle trouvé le temps d'avoir une vie sociale ?

Il fallait regarder les choses en face, son existence ressemblait à celle que sa mère lui avait prédite. « Si tu adoptes cet enfant, avait-elle dit, tu ne trouveras jamais de mari et tu n'auras jamais ta propre famille. »

Amalie sépara ses cheveux fins en trois mèches égales et commença à les tresser. Aussi longtemps qu'elle vivrait, elle ne comprendrait jamais l'attitude de ses parents. Bien qu'il soit de leur chair et de leur sang, ils avaient usé de tous les arguments pour que Davin soit adopté par des inconnus.

Généralement, Amalie se rangeait à leur avis, préférant préserver la paix familiale. Mais cette décision avait été trop importante pour qu'elle accepte leur jugement sans rien dire.

Davin était le fils de sa sœur, il appartenait à leur famille. Aussi les avait-elle défiés en adoptant Davin contre leur avis, espérant qu'avec le temps ils finiraient par admettre qu'elle avait eu raison.

Jusque-là, pourtant, cela ne s'était pas produit. Oh, apparemment, ils acceptaient Davin. Mais ils ne lui témoignaient pas d'attention particulière, ne lui manifestaient pas l'affection chaleureuse dont les grands-parents entourent habituellement leurs petits-enfants. Bien sûr, ses parents n'étaient pas des gens très affectueux de nature.

Ayant attaché sa tresse à l'aide d'un élastique, Amalie appliqua un soupçon de rose sur ses joues. S'examinant dans le miroir, elle eut tout à coup l'impression qu'Helena l'observait.

« Ne les écoute pas, Amalie. Ils ne comprennent pas », disait-elle.

Amalie ferma les yeux, posa une main sur son front. Elle détestait avoir à l'admettre, mais elle commençait à perdre confiance en sa propre sœur. Ce n'était pas bien. Helena était morte. Si elle ne la défendait pas, qui le ferait ?

Le pouls d'Amalie s'accéléra soudain : on avait frappé à la porte. Elle ôta en hâte le petit capuchon de plastique de son parfum favori, en posa une goutte sur ses poignets, une autre derrière ses oreilles, reboucha le flacon et alla ouvrir.

Grant emplissait le vestibule. Aucun homme parmi ceux qu'elle connaissait, et encore moins parmi ceux avec qui elle était sortie, ne lui arrivait à la cheville pour ce qui était de la virilité. Bien qu'il soit parfois un peu trop direct dans sa façon de parler, voire maladroit dans le choix de ses mots, il avait la présence physique, l'assurance, de ceux qui se sont mesurés aux éléments naturels et sont sortis vainqueurs de la bataille.

L'idée que cet homme puisse avoir à lutter contre une attirance qu'il aurait pour elle lui parut tout à coup ridicule.

— Vous avez laissé tomber l'uniforme, nota-t-elle en remarquant qu'il ne portait pas son habituelle chemise bleue.

Sa veste de cuir, ouverte, laissait voir une chemise en velours mille-raies, noire, portée sur un T-shirt, noir également. Dessous, un jean ajusté, bleu foncé — tout neuf, semblait-il —, épousait la forme de ses hanches et de ses cuisses puissantes.

— Je suppose, oui, répondit-il en la regardant comme si son pull noir ou son jean avaient eu quelque chose de spécial.

Quelques gouttes d'eau étaient restées accrochées aux épaules de sa veste.

— Il neige encore ? demanda-t-elle.

— Hum. De parfaites petites étoiles.

— Pardon ?

— Vous savez, ces flocons en forme d'étoiles, comme celles qu'on découpe dans du papier quand on est gosse.

— Est-ce que tous les flocons n'ont pas cette forme ?

— Ah, non. Tout dépend de la température. S'il faisait plus doux, nous pourrions voir beaucoup plus de flocons en forme d'aiguilles. En réalité, les cristaux peuvent s'agglomérer de cinq ou six façons différentes.

Grant regarda autour de lui avant d'ajouter :

— Où est Davin ?

— Il passe la soirée chez Heidi. Il dormira là-bas.

— Chez Heidi ? Vous devez plaisanter ?

— Ça vous surprend, hein ?

Amalie attrapa sa veste, referma la porte derrière elle et tout en suivant Grant à son 4 x 4, expliqua :

— Aussi bizarre que cela paraisse, ils semblent s'être pris d'affection l'un pour l'autre. Davin a été fasciné par l'histoire qu'elle nous a racontée l'autre jour. Et lorsque j'ai demandé à Heidi si elle connaissait quelqu'un à qui je pourrais confier Davin pour la soirée, elle s'est aussitôt proposée. J'imagine qu'elle a bien d'autres histoires d'avalanches à lui raconter.

Grant rit.

— Il a vraiment attrapé le virus, on dirait.

— Oui…

Amalie n'était pas sûre d'approuver. La dernière chose dont elle rêvait pour son neveu était bien un métier aussi dangereux que celui de Grant.

Non que cela risque d'arriver. A trois ans, Davin avait développé une véritable passion pour les pompiers et tout ce qui concernait les incendies. Et ça lui avait passé. Dans deux ans, il serait probablement obnubilé par autre chose. Et avec un peu de chance, quand il serait en âge d'aller à l'université, il s'intéresserait à quelque chose de plus conventionnel comme le droit ou la comptabilité. Plus conventionnel et surtout moins risqué.

Le Rock Slide Saloon était bondé en ce vendredi soir. Ainsi qu'Amalie s'y était attendue, la plupart des gens étaient en jean et buvaient de la bière, et la musique, plutôt forte, qui sortait des haut-parleurs, était exclusivement de la musique country.

— Commençons par le barman, proposa Grant tout en leur frayant un chemin dans la foule grâce à ses épaules carrées.

Amalie avait l'impression que tout le monde la regardait. Et effectivement, visages stupéfaits, regards obliques et chuchotements suspects suivirent sa lente progression jusqu'au vieux comptoir de bois où un homme d'une quarantaine d'années, presque chauve, était en train de servir des bières.

— Toby ! dit Grant en élevant la voix pour se faire entendre dans le brouhaha ambiant.

— Hé, salut Thorlow, répondit le barman avec désinvolture.

Puis il leva les yeux, remarqua Amalie, et émit un sifflement.

— Bon sang, s'exclama-t-il, j'avais entendu dire que vous étiez son portrait craché, mais à ce point là !

Il fit le tour du bar, dévisagea Amalie avec une insistance déplacée — qu'on eût prêtée à un objet curieux dans une vente aux enchères —, et siffla de nouveau. Puis il lui tendit une main chaude, moite, qu'Amalie serra rapidement pour la relâcher aussitôt.

— Toby Ward, se présenta-t-il. J'imagine que vous n'êtes pas à la recherche d'un job, si ?

Amalie sourit avec hésitation. L'homme plaisantait-il ? Il lui assena alors une forte tape dans le dos et elle comprit que c'était le cas.

— Bon Dieu, qu'est-ce que votre sœur nous manque, continua-t-il. Quelle triste fatalité que cet accident. Ça a dû être un choc pour vous, hein ?

Amalie dut cligner des yeux pour refouler son émotion en réalisant que les mots maladroits du barman étaient en fait la première manifestation de sympathie sincère qu'elle recevait depuis son arrivée à Revelstoke.

— Oui, quelle femme c'était, votre sœur ! dit-il encore avant de lui donner une nouvelle bourrade et de retourner derrière le bar. Le premier verre est pour moi, bien sûr. Qu'est-ce que vous prendrez ?

Ils commandèrent deux bières pression, et tandis qu'ils attendaient que Toby remplisse leurs verres, Amalie se demandait ce que le « quelle femme c'était ! » du barman recouvrait exactement.

— La femme la plus sexy que j'aie jamais rencontrée en ce bas monde, dit Toby comme s'il répondait à la question non formulée d'Amalie en posant leurs verres devant eux.

Son regard avait glissé peu discrètement sur les formes d'Amalie et Grant se rapprocha d'elle, la dissimulant en partie à la vue du barman.

— Amalie n'avait pas vu sa sœur depuis un certain temps, dit-il. Elle avait envie de parler un peu avec ses amis.

Toby s'accouda sur le comptoir.

— Rien de plus facile. Que voulez-vous savoir, ma belle ?

Amalie ne savait pas trop par où commencer.

— S'est-elle jamais confiée à vous ? Je ne sais pas… pour vous dire ce qu'elle était venue chercher ici, ou peut-être quels étaient ses projets ?

Toby rit de bon cœur.

— Ses projets ? Ma foi, je dirais que c'était surtout prendre du bon temps. Parfois elle buvait un peu trop pendant le service et j'aurais pu la renvoyer pour ça, mais je ne suis pas fou. Elle attirait les clients.

— Quand Helena a-t-elle commencé à travailler pour vous ?

— Comment l'avez-vous appelée, Helena ?

Il haussa les épaules et reprit :

— Ici, elle était simplement Helen. Et elle s'est présentée pour le job le jour même de son arrivée en ville. Elle est entrée ici avec un garde forestier qui l'avait prise en stop à la station-service. C'était Ralph, je crois, oui, Ralph Carlson. Tenez, il est là-bas, dans le coin.

Amalie suivit le regard de Toby et reconnut l'homme immédiatement. Grant le lui avait présenté le jour où elle était arrivée à Rogers Pass. Mais Toby — qui, de toute évidence, était un homme loquace — reprenait déjà.

— Enfin, j'avais mis une de ces affichettes dans la vitrine, « Recherche employé », vous voyez. Elle l'a prise en passant, est venue la poser sur le comptoir et a demandé tout de go : « Vous cherchez quelqu'un pour quoi faire ? » ; et que je sois damné si elle n'avait pas la voix de Kathleen Turner dans

Body Heat. Un peu rauque, avec juste une pointe d'accent… comme le vôtre. Je l'ai embauchée sur-le-champ.

Enfin, elle rencontrait quelqu'un qui avait réellement admiré sa sœur. Hélas, les qualités que Toby mettait en avant paraissaient bien superficielles. Il ne semblait pas avoir connu la *véritable* Helena.

— Et après ses heures ? s'enquit-elle. Ma sœur avait-elle des amis avec qui elle passait du temps ?

Toby leva les yeux vers un homme plus âgé que lui, au visage fatigué, qui venait de s'asseoir au bar et dit :

— Ses loisirs, c'était la fête, hein, Clinton ?

L'homme opina du chef, puis il se tourna vers Amalie qu'il considéra un moment en hochant la tête.

— Difficile de croire que vous êtes deux personnes différentes, dit-il avant d'annoncer sa commande en frappant du plat de la main sur le comptoir. Une Vraie Blonde, Toby !

Devant l'expression interloquée d'Amalie, il haussa les épaules et écarta les mains d'un air faussement innocent.

— Quoi ? C'est une bière, dit-il. Je vous assure.

Amalie dut lire l'étiquette pour le croire. Effectivement, c'était une bière brassée par Wild Horse à Penticton.

— Une autre pression pour la dame ? proposa Clinton.

Elle secoua la tête en montrant son verre encore plein.

— Merci, mais ça ira pour le moment, dit-elle.

— Vous ne ressemblez pas tant que ça à votre sœur, finalement, commenta l'homme.

— J'étais justement en train de parler à cette jeune dame des fêtes que donnait Helen, intervint Toby.

Il décapsula la canette de Clinton avant de la faire glisser sur le comptoir d'un geste sûr en direction de l'homme.

Clinton l'attrapa adroitement pour la porter aussitôt à ses lèvres et, renversant la tête en arrière, se mit à boire goulûment.

Amalie détourna les yeux. Elle n'avait vraiment aucune envie ni de voir ça ni d'entendre parler des fêtes qui avaient tant déplu à Heidi.

Elle se tourna vers Grant, son épaule heurtant son torse.

— Je ne peux pas supporter ça…, dit-elle à voix basse.

— Il y a des places à la table de Ralph. Voulez-vous vous asseoir ? lui souffla-t-il à l'oreille.

— Oui.

Elle le suivit avec reconnaissance, laissant Toby et Clinton à leurs réminiscences égrillardes.

— Salut, Ralph. Ça ne t'ennuie pas si on s'assoit un moment ?

Ralph se leva à demi de sa chaise et ne se rassit que lorsque Amalie eut pris place.

— Je suis désolée, dit Amalie à Grant. Je crois que j'avais espéré autre chose. Ils parlent de ma sœur comme si elle avait été une personne stupide et… légère.

Grant ne dit rien. Sans doute était-il suffisamment généreux pour ne pas lui rappeler qu'il l'avait prévenue. « Vous risquez d'apprendre des choses que vous préféreriez ne pas connaître », lui avait-il dit.

Elle prit son verre et repoussa le sous-verre en carton sur la table en pin, ses doigts effleurant distraitement le bois brut, patiné par les ans.

— Comment Helena est-elle arrivée à Revelstoke ? demanda-t-elle à Ralph.

Le garde forestier ne portait pas son uniforme vert foncé des parcs nationaux, il était vêtu d'un jean et d'une chemise à gros carreaux rouge et bleu. Les bières qu'il avait déjà consommées l'avaient visiblement relaxé.

— Je l'ai rencontrée à la station-service Petro-Can sur la Trans-Canada. Elle allait vers l'Est et il neigeait vraiment beaucoup. J'avais remarqué que sa petite Mercedes rouge n'était équipée ni de chaînes ni de pneus neige, alors je lui ai dit qu'elle avait tout intérêt à investir dans un équipement adapté si elle comptait voyager dans cette région durant l'hiver.

— Qu'a-t-elle répondu ?

— Elle m'a dit qu'elle n'avait pas les moyens d'acheter de nouveaux pneus.

— Tu lui a suggéré les chaînes ? demanda Grant.

— Oui, bien sûr. Mais elle a dit qu'elle hésitait. Toujours est-il que...

Ralph caressa sa moustache comme s'il découvrait qu'il en avait une, avant de reprendre :

— Je venais juste de terminer ma journée et je lui ai proposé de lui offrir un café. Elle m'a dit qu'elle préférait une bière. Nous sommes venus ici.

A ce point de son récit, Ralph tira avec embarras sur le col de sa chemise.

Aussitôt, Amalie comprit ce qui s'était passé. Le garde forestier avait tenté sa chance auprès de sa sœur ! Grant, qui dissimulait mal un sourire derrière son verre de bière, en était évidemment arrivé à la même conclusion.

— Et puis, je n'ai rien compris. J'étais en train de lui proposer de l'aider à installer des chaînes sur sa voiture, quand elle s'est levée pour aller aux toilettes, et l'instant d'après elle disait à Toby qu'elle voulait l'emploi dont il était question dans la vitrine.

— Quand était-ce, Ralph ? Vous en souvenez-vous ?

— Deux ou trois semaines avant Noël, je crois.

Oui. Ce devait être vers la mi-décembre. Amalie assistait à une réunion à l'hôpital quand elle avait éprouvé tout à coup un épouvantable sentiment d'angoisse. Incapable de lui trouver une explication, elle l'avait chassé de son esprit. Maintenant, elle était presque certaine que quelque chose de terrible était

90

arrivé à Helena. Quelque chose qui l'avait obligée à s'enfuir, à rompre avec sa vie à Seattle.

— Est-ce que ma sœur vous a parlé de l'endroit d'où elle venait ?

Ralph secoua la tête en signe de dénégation.

— Non. Par contre, après s'être renseignée sur le job qu'offrait Toby, elle m'a posé des tonnes de questions. Où elle pourrait trouver un appartement, comment faire pour vendre sa voiture...

— Que lui avez-vous dit ?

— Eh bien, je lui ai conseillé de faire paraître une annonce dans le journal. Ça a marché d'ailleurs, bien qu'elle n'ait pas dû en tirer beaucoup d'argent. Ce n'est pas le genre de voiture qu'on utilise ici, surtout en hiver.

— Je me demande ce qu'elle avait en tête.

Si seulement elle réussissait à le découvrir. Sans qu'elle sache pourquoi, cela lui semblait très important. Elle voulait croire qu'Helena était sur le chemin de la maison, qu'elle avait décidé de rendre visite à sa famille, ou en tout cas à elle et à Davin.

Pourquoi avait-elle changé ses plans ? Pourquoi n'avait-elle pas acheté des chaînes et poursuivi son voyage ? Peut-être auraient-elles été ensemble à présent, au lieu d'être séparées à jamais.

Mais est-ce que ce revirement ne ressemblait pas à Helena précisément ? Pour une fois, les propos qu'elle entendait à son sujet sonnaient juste. La plus insignifiante des difficultés était capable de la désarçonner et de la détourner de ses objectifs.

— Voilà, c'est tout ce que je peux vous dire, je crois, conclut Ralph en repoussant son verre vers le centre de la table.

Sur quoi, il se leva et les salua. Amalie le regarda partir, soudain fatiguée et découragée. Grant avait raison ; elle n'aurait pas dû venir ici. Il était évident qu'Helena ne s'était confiée à aucun de ces gens.

Mais sûrement elle avait eu confiance en *quelqu'un*. Elle avait tout de même vécu presque deux mois à Revelstoke.

Ramsey. Bien sûr. Ce ne pouvait être que lui. Le seul véritable ami d'Helena était Ramsey Carter, mais il ne pouvait pas aider Amalie à comprendre ce qui s'était passé dans la vie de sa sœur car lui aussi était mort.

Oh, tout ça était un tel gâchis.

Grant tendit le bras vers elle et posa sa main sur son avant-bras.

— J'aurais voulu que les choses aient tourné différemment pour elle, dit-il. Pour vous deux.

La radio diffusait une douce mélodie dont les volutes de fumée qui envahissaient le saloon semblaient suivre le rythme lent. Amalie prêta un instant attention aux paroles de la ballade ; elles évoquaient un amant lisant dans le cœur de sa belle et lui remémorèrent le temps où elle devinait les pensées les plus secrètes d'Helena.

Le soudain changement d'atmosphère avait semblé prendre tout le monde par surprise. Les gens parlaient plus bas, se déplaçaient moins brusquement, l'éclairage même paraissait maintenant plus intime.

— Vous dansez ?

Grant s'était déjà levé et lui tendait la main.

Depuis qu'elle avait quitté la maison de ses parents, Amalie n'avait eu que rarement l'occasion de danser, lors de mariages d'amis, ou, une ou deux fois, dans un club de quartier où elle s'était laissé entraîner par Jenny et son mari, et elle n'avait pas vraiment confiance en elle.

— Je ne suis pas sûre de très bien savoir..., commença-t-elle.

— Ça ne fait rien, répondit-il en prenant sa main pour la conduire sur la piste.

Là, il posa son autre main dans le creux de son dos. Ils étaient à présent si proches l'un de l'autre qu'un souffle les séparait.

En tournant à peine la tête, elle pouvait voir l'ourlet de son oreille, la ligne puissante de sa mâchoire, deviner la texture de sa peau brunie par l'air vif des montagnes. Aux endroits où ses mains reposaient — sur son épaule et autour de sa taille —, elle sentait les contours de ses muscles vigoureux sous le velours de sa chemise.

La musique, pleine de nostalgie, envahissait l'espace. Avec les bras de Grant pour la guider, suivre le rythme doux de la mélodie était facile. Lorsqu'elle eut oublié sa nervosité, Amalie se rendit compte que la voix de Grant se superposait à celle du chanteur. Il chantait d'une voix basse, bien timbrée et parfaitement juste. Elle ferma les yeux et se laissa conduire lentement, doucement autour de la piste de danse.

D'autres couples dansaient. De temps à autre, elle entendait le murmure de leurs voix ou sentait un corps effleurer le sien, mais Grant l'abritait dans la forteresse de ses bras, fredonnant à son oreille des mots qui la transportaient ailleurs, loin, en un endroit qui n'avait jamais existé que dans son imagination.

Une sensation étrange, magique, monta en elle, qui lui donna bientôt l'impression que ses pieds ne touchaient plus le sol, que son cœur débordait, et qui emplissait son esprit d'un désir fébrile.

C'était donc *ça*. Ce quelque chose de spécial qu'elle avait toujours cru que les gens exagéraient lorsqu'ils en parlaient parce qu'elle-même ne l'avait jamais ressenti avec aucun des quelques hommes avec qui elle était sortie. Ils l'avaient tenue par la main, enlacée le temps d'une danse, l'avaient embrassée pour lui souhaiter une bonne nuit, mais jamais elle n'avait éprouvé cette espèce d'euphorie prodigieuse.

Au milieu de la chanson, Grant la serra plus étroitement. Maintenant, elle sentait son torse contre elle, ses cuisses, la boucle en métal de sa ceinture. Le désir encore vague qu'elle ressentait se précisa, l'obligeant à reconnaître en elle un besoin physique qu'elle ne s'avouait que rarement.

« J'aimerais... je voudrais... », balbutiait quelqu'un à l'intérieur d'elle-même.

Amalie était devenue mère avant d'avoir eu l'occasion de perdre sa virginité. Elle était passée de la maison familiale où il était de rigueur de se conformer à des règles strictes, à une discipline de vie non moins sévère qu'elle s'était elle-même imposée en se fixant pour principal objectif de construire un foyer stable pour son neveu.

Mais si elle n'avait pas rencontré l'amour, elle le comprenait tout à coup, ce n'était ni à cause de sa famille ni à cause du choix qu'elle avait fait d'adopter Davin.

Non, la vraie raison était qu'elle n'avait encore jamais rencontré quelqu'un comme Grant Thorlow.

Elle leva légèrement la tête, effleurant son cou de sa joue, humant le parfum mâle de sa peau. La réaction de Grant fut immédiate, il resserra ses bras autour l'elle et aspira une longue goulée d'air qui fit gonfler son torse contre ses seins tendus.

Si elle faisait abstraction de l'opinion qu'il avait de sa sœur, Amalie sentait instinctivement que Grant était un homme bien, un homme honnête et sensible. Un homme fort et courageux, le genre d'homme vers qui les femmes couraient naturellement quand elles avaient besoin d'aide.

Toutefois, ce qui l'attirait surtout était la manière dont il la regardait. Pas comme une mère, une sœur ou une amie. Pas comme une jolie fille qu'il cherchait à attirer dans son lit et qu'il oublierait le lendemain.

Grant Thorlow la faisait se sentir femme, une femme que l'on pouvait désirer et aimer.

Amalie aurait voulu que la chanson ne s'achève jamais, mais quelques minutes plus tard, un air country succéda à la douce mélodie, une chanson folk bien rythmée qui invitait les danseurs à se tenir par la taille les uns les autres pour danser en ligne.

Un court moment, Amalie s'abandonna contre Grant qui semblait aussi peu désireux de relâcher son étreinte qu'elle de s'en arracher.

— Je déteste cette chanson, dit-il, mais je m'en accommoderai si vous acceptez de rester ici avec moi.

— Oh, non, Grant. Ils se moqueraient de nous.

Déjà les deux rangs de danseurs se formaient, les repoussant vers le bord de la piste.

Grant ne retira pas sa main du creux de son dos comme ils regagnaient leur table. Amalie allait se retourner pour s'asseoir quand elle remarqua un homme qui l'observait depuis la table où il était installé, à quelques mètres d'eux.

Il était seul, avec deux verres posés devant lui, l'un vide, l'autre plein. Il avait environ trente ans, et quelque chose d'angoissé, de presque désespéré dans l'expression de son visage qui la fit frissonner.

Lorsqu'il vit qu'il avait attiré son attention, il leva son verre comme pour lui porter un toast silencieux. Puis son regard dévia vers Grant et il secoua la tête, signifiant ainsi, semblait-il, sa déception de les voir ensemble.

— Connaissez-vous cet homme là-bas ? demanda-t-elle à Grant quelques instants plus tard. Celui qui est assis tout seul, avec une chemise blanche et une cravate.

Grant chercha du regard l'homme qu'elle désignait, puis répondit :

— Non. Je ne crois pas l'avoir jamais vu. Pourquoi ?

— Il me regardait d'une drôle de façon tout à l'heure. Comme s'il me connaissait.

A moins qu'il ne l'ait prise pour Helena tout simplement. Pourtant, tout le monde ici devait avoir entendu parler de l'accident et devait savoir qu'Helena était morte.

Grant, apparemment, suivait le même cheminement de pensée.

— Sans doute a-t-il été frappé par votre ressemblance.

— Oui, sans doute.

Cependant, elle avait eu la nette impression que l'homme essayait de lui dire quelque chose.

— Déjà minuit ! s'exclama Amalie en jetant un coup d'œil à sa montre-bracelet tandis que Grant ouvrait la porte de son appartement pour elle. Je n'aurais jamais cru qu'il était aussi tard.

— Voulez-vous que j'aille chercher Davin chez Heidi ?

— Non, c'est inutile. Il dort chez elle.

Leurs regards se rencontrèrent et le désir qu'elle avait ressenti sur la piste de danse resurgit sans crier gare.

— C'est vrai, dit Grant en détournant les yeux. Vous me l'aviez dit, j'avais oublié.

— Une tasse de café ? proposa-t-elle en tournant la tête vers l'intérieur de l'appartement.

— Oui, dit-il, s'éclaircissant la gorge. Volontiers.

Le soir, privé de la luminosité naturelle des paysages montagneux, l'appartement d'Helena était encore plus sinistre. De concert, ils évitèrent la morne salle de séjour et finirent par s'asseoir à la table de la petite cuisine en attendant que le café passe.

— Merci de m'avoir accompagnée là-bas, Grant. Et de m'avoir présentée à ces gens.

— Je suis désolé que vous n'ayez pas trouvé de réponses aux questions que vous vous posez.

Amalie hocha la tête, songeuse.

— Peut-être aviez-vous raison. Peut-être n'aurais-je pas dû venir ici.

La cafetière électrique produisit un gargouillement inélégant, signe que le café était prêt. Ils se levèrent en même temps. Grant prit les tasses sur l'étagère au-dessus de l'évier tandis qu'elle sortait un carton de lait du réfrigérateur. Tous deux s'arrêtèrent dans leur élan devant la machine à café. Il posa les tasses sur le comptoir, puis lui prit la bouteille des mains.

— Vous êtes très déçue, n'est-ce pas ? dit-il en posant ses deux mains sur ses épaules.

A son contact, Amalie sentit son cœur s'accélérer.

— Je pensais qu'il fallait que Davin sache la vérité à propos de sa mère. Maintenant, je ne sais plus…

— Allez-vous retourner à Toronto ?

Amélie réfléchit un court instant.

— Non. Pas encore. Je n'aime pas l'idée de repartir alors que le corps d'Helena est toujours là-haut. Nous sommes venus jusqu'ici… autant rester jusqu'au bout.

Grant n'avait pas ôté ses mains de ses épaules. Elle glissa les siennes autour de sa taille, les posa délicatement sur la ceinture de son jean, puis leva les yeux vers lui et étudia son visage.

— Etes-vous contrarié de ne pas être débarrassé de nous ? s'enquit-elle.

— Pas vraiment, dit-il avant de prendre une longue inspiration et de se pencher vers elle.

La bouche qui, un peu plus tôt, avait chanté les mots doux d'une chanson d'amour au creux de son oreille s'approchait doucement de ses lèvres. Toutes les pensées folles qui lui étaient passées par la tête alors semblaient à présent à sa portée. Elle désirait si fort qu'il la touche…

Et cependant, elle avait peur.

— Grant, je…

Mais les lèvres de Grant se posèrent sur les siennes, étouffant les mots qu'elle avait voulu dire sans réussir à les trouver.

7.

Grant ne s'était jamais amusé à comparer les baisers d'une femme avec ceux d'une autre, mais s'il avait essayé avec Amalie Fremont, il aurait échoué. Lorsque ses lèvres rencontrèrent les siennes, timides et cependant impatientes, il sut qu'il n'avait jamais rien connu de pareil.

Sur la piste de danse, il avait ressenti un tel désir pour elle. Pas seulement un désir physique, mais un besoin profond, presque douloureux, qui lui avait rappelé combien il avait été seul ces dernières années. Amalie paraissait si fragile dans ses bras. Il avait eu envie de la protéger contre les tristes révélations qu'on lui faisait sur sa sœur ; non, il avait voulu qu'elle *oublie* sa sœur, qu'elle pense à lui. Seulement à lui. Exactement comme il n'avait plus pensé qu'à elle depuis qu'il l'avait rencontrée.

Elle était si belle. C'était une chose curieuse de penser que sa sœur jumelle n'avait jamais suscité en lui le moindre frisson. Ce qui prouvait bien qu'il s'agissait d'autre chose que d'une attirance purement physique. Mais cela, il le savait déjà. Amalie l'intriguait. Elle était intelligente et forte, mais elle avait aussi ce côté délicieusement candide qu'elle se donnait tant de mal à dissimuler.

Grant avait envie de tout connaître d'elle. Hé, oui, il avait aussi envie de lui faire l'amour. Et s'il en croyait la manière dont elle s'abandonnait dans ses bras, elle le désirait aussi. Les choses auraient donc dû être simples, mais il savait qu'elles ne l'étaient pas. Une maladresse de sa part suffirait à la faire fuir.

Néanmoins, qu'il était difficile de se maîtriser. Son corps tentait de prendre les commandes. « Laisse glisser tes mains sur ses hanches. Attire-la plus près. Montre-lui que tu la désires », lui murmurait-il.

Mais tous ces élans exquis se voyaient contrariés dès qu'il envisageait la situation sous un angle émotionnel. Le désir qu'il éprouvait était-il réciproque ? Ou bien était-il en train de tirer avantage du fait qu'Amalie était encore bouleversée par la mort de sa sœur ?

Il ne s'était pas montré très compatissant à ce propos. Et il le regrettait maintenant qu'il connaissait mieux la jeune femme. Même Toby s'était débrouillé pour dire quelques mots gentils, alors que lui, qui s'attendait à sa visite, contrairement au barman, n'avait offert aucune parole de sympathie.

Au prix d'un suprême effort, il s'écarta d'elle légèrement, caressant ses cheveux d'une main. Si seulement il avait pu tout effacer et recommencer tout différemment depuis le début.

— Amalie.

Il adorait prononcer son prénom. C'était une mélodie à ses oreilles, aussi évocatrice que la ballade nostalgique sur laquelle ils avaient dansé. Il l'embrassa de nouveau, prenant son visage entre ses mains et effleurant délicatement de ses lèvres tour à tour ses joues, ses sourcils, la fine arête de son nez.

— C'est absurde, murmura-t-elle.

— Ne dites pas ça.

— Même si c'est vrai ?

La déception le fit redescendre sur terre. Il reprit conscience de ses pieds, de sa respiration irrégulière, de l'odeur de café qui planait dans la pièce, du cliquetis que produisait le radiateur.

— Je n'avais pas prévu ce... cet épisode, dit-elle.

— Moi non plus, croyez-moi.

Loin de là. Il avait même cru qu'il haïrait la sœur d'Helena. Combien il s'était trompé !

— Grant, il faut que vous sachiez quelque chose. A mon propos. A propos de cette nuit...

C'était donc ça, pensa-t-il. Il l'avait senti. Il y avait quelque chose en elle qu'il reconnaissait en lui-même. Cela faisait partie de l'attirance qu'ils avaient l'un pour l'autre...

Mais Amalie se dégageait de son étreinte.

Il lui sembla qu'un courant d'air froid traversait la cuisine.

— Tout ça va trop vite, dit Amalie. Quoi que vous ayez pu penser d'Helena, je ne suis pas...

Il l'interrompit :

— J'ai cessé de vous comparer à elle dès le lendemain de notre rencontre.

— Alors, que sommes-nous en train de faire ?

— Nous *étions* en train de nous embrasser.

— Exactement. Et nous savons tous les deux où cela nous menait. Ecoutez, Grant, je ne suis ici que pour quelques semaines, ce ne serait pas une bonne chose pour nous de nous impliquer dans une relation.

Grant ne voulait pas l'écouter. Il ne disait rien non plus, désarmé devant ses objections. Pourtant, il savait que les mots justes se trouvaient là, quelque part, les mots qui lui feraient comprendre ce qu'il ressentait lorsqu'il la regardait, lorsqu'il la tenait serrée contre lui.

Bon sang. Il avait tout gâché.

Il prit sa veste sur le dossier de la chaise et la jeta sur son épaule.

— Je regrette Amalie. Je n'ai jamais eu l'intention de vous blesser.

— Oh, Grant, dit-elle en tendant la main vers son bras, puis la laissant glisser le long de sa manche. C'est juste que je ne suis pas de ce genre de femmes qui ne dédaignent pas une aventure.

— Pas comme votre sœur.

Il regretta ses mots aussitôt qu'il les eut prononcés. C'était mesquin et grossier de sa part.

— Pardonnez-moi, s'empressa-t-il de poursuivre. Je comprends ce que vous voulez dire. Mais je crois que je ne peux pas m'empêcher de me sentir déçu.

— Moi non plus, dit-elle doucement.

Ce qui plongea Grant dans la plus grande perplexité. Si elle aussi regrettait, alors pourquoi… ?

« Nom de Dieu ! » jura-t-il intérieurement en enfilant sa veste. Rien de ce qu'elle disait n'avait le moindre sens. Est-ce que tous les hommes avaient autant de mal que lui à comprendre le sexe opposé ? En allant à la porte, il se rappela tout à coup la promesse qu'il avait faite à Davin de leur donner à tous deux une leçon de ski de fond le lendemain.

— Pour demain…, commença-t-il.

— J'expliquerai à Davin que vous n'avez pas pu vous libérer.

La réaction d'Amalie le surprit.

— J'aurais préféré ne pas le laisser tomber.

— Oh.

— Cela me ferait plaisir de lui montrer les gestes de base, Amalie. Et à vous aussi, si vous voulez bien.

— Je n'ai jamais fait de ski de fond. Davin non plus.

— Je relève le défi.

— Je ne suis pas sûre d'être à la hauteur.

— Bien sûr que vous le serez.

Il jeta un coup d'œil du côté de la porte, puis reporta son regard sur la jeune femme. A présent, il en était certain, il y avait du regret dans ses yeux. Il aurait tant aimé que la soirée se termine autrement. Et il aurait tant aimé comprendre aussi ce qui n'avait pas marché ; avait-il commis une erreur ou les circonstances avaient-elles simplement joué contre lui ?

— Si je me suis laissé un peu emporter ce soir, eh bien… euh, je regrette.

— Ne soyez pas désolé, Grant. Je ne le suis pas.

Il ouvrit la porte, fit un pas sur le palier avant de se retourner une dernière fois. Quelques mèches de ses cheveux blonds retombaient sur son front, ses joues étaient toutes roses, ses yeux si bleus… « Mon Dieu, venez-moi en aide ! » supplia-t-il intérieurement. Comment pouvait-il partir ?

— Juste pour que vous le sachiez, dit-il en hâte, mes sentiments ne sont pas aussi superficiels que vous le pensez.

Sans attendre sa réaction, il se dirigea vers l'escalier qu'il descendit aussi silencieusement que possible pour ne pas déranger les autres locataires. Il allait maintenant rentrer tout droit chez lui et s'effondrer sur son lit. Mais il savait qu'il ne dormirait pas.

Quelle ironie ! Lui qui avait classé Helena dans la catégorie redoutée des femmes dangereuses !

Amalie passa une bonne partie de la nuit à penser aux baisers de Grant et aux sensations qu'elle avait éprouvées en dansant avec lui. Aux alentours de 3 heures du matin, elle commençait à se demander si elle n'avait pas commis une énorme erreur en le repoussant.

Certes, le moment était mal choisi et les probabilités pour que leur attirance mutuelle les mène quelque part faibles, mais Grant était vraiment spécial. Elle ne risquait guère de rencontrer quelqu'un comme lui dans les couloirs de l'hôpital St Mike ou au rayon surgelés de Loblaws.

Alors pourquoi ne pas saisir sa chance lorsque celle-ci se présentait ?

Sans qu'elle s'en aperçoive, sa jeunesse était passée. Aujourd'hui, elle approchait de la trentaine et elle n'était jamais réellement tombée amoureuse. Non qu'elle fût malheureuse. Elle aimait Davin de toute son âme, et n'avait jamais regretté sa décision de l'élever. Son métier lui plaisait et elle avait des amis.

Mais voilà, les bras de Grant lui avaient rappelé tout ce qui lui manquait.

La tendresse et l'amour d'un homme. Le mariage. Avoir un enfant, qui serait un frère ou une sœur pour Davin.

Au matin, après avoir avalé un café et trois toasts, Amalie se prépara pour leur sortie. Puis elle chargea les skis loués la veille sur son épaule et les transporta jusqu'à sa voiture. Pour la première fois depuis leur arrivée, il ne neigeait pas et le ciel était dégagé. Elle s'arrêta un moment pour admirer les sommets enneigés qui se découpaient sur la toile de fond uniformément bleue du ciel. Un bleu pur comme on en voit seulement en altitude. C'était beau, il fallait bien l'admettre.

Elle installa les skis et les bâtons sur la galerie de toit de la Jetta et les arrima avec une longue cordelette, doublant chaque nœud pour être sûre qu'ils tiendraient. Le bruit d'un moteur attira son attention tandis qu'elle finissait. Elle leva les yeux et vit une vieille camionnette blanc sale arriver de l'autre extrémité de la rue.

Quelques secondes plus tard, l'automobile ralentit et s'arrêta juste devant Amalie. Puis le conducteur descendit sa vitre et elle reconnut l'homme du Rock Slide Saloon, celui qui avait levé silencieusement son verre en la voyant. Il paraissait plus

jeune dans la lumière du jour, il devait avoir approximative-
ment son âge, et semblait peu sûr de lui.

Il était sur le point de dire quelque chose quand Heidi
sortit de la maison, vêtue d'un sweat-shirt rouge vif paré d'un
gros Mickey violet. Elle était en bigoudis, une fois de plus, et
Amalie se demanda s'il lui arrivait de les enlever.

— Davin est en train de terminer ses crêpes, dit Heidi.
Venez, je vous en ai mis une de côté.

L'homme remonta sa vitre et redémarra. Amalie fit un dernier
nœud, secoua l'ensemble et jugea que c'était bien ainsi.

— Merci, Heidi, mais j'ai déjà déjeuné, dit-elle en suivant
la logeuse à l'intérieur. J'espère que tout s'est bien passé avec
Davin hier soir.

— Nous avons regardé des films d'horreur jusqu'à minuit,
répondit celle-ci avec une sorte de satisfaction.

Amalie grommela intérieurement.

— Ensuite, nous avons bu un bon grog et nous sommes
allés au lit.

Devant le regard affolé d'Amalie, Heidi s'esclaffa :

— Ha ! ha ! je n'ai pas mis de rhum dans celui de Davin,
bien sûr, mais je vous garantis qu'il y avait ce qu'il fallait
dans le mien.

Elle s'arrêta sur le seuil de son appartement et tourna vers
Amalie un regard sévère.

— Pas assez toutefois pour ne pas vous avoir entendus
quand vous êtes rentrés, Grant et vous, et quand il est reparti
une demi-heure plus tard.

Amalie ne savait pas si elle devait rire ou rougir.

Mais Heidi ne lui laissa pas le temps de réagir.

— Seulement une demi-heure ? nota-t-elle. Je suis certaine
que vous pouvez faire beaucoup mieux tous les deux.

*
* *

— Ce n'est pas une piste très excitante, commenta Grant au départ du chemin, situé en retrait de Summit Road. Mais c'est très bien pour commencer.

Amalie gardait les yeux fixés sur les deux traces parallèles imprimées dans la neige tassée. Grant lui avait dit qu'il suffisait de mettre ses skis sur les rails et d'avancer une jambe après l'autre. « Un peu comme si vous *couriez lentement,* avait-il expliqué en vous aidant de vos bâtons pour garder l'équilibre. »

Cela ne semblait pourtant pas si facile à Amalie. Et en plus, elle avait froid. Grant avait insisté pour qu'elle laisse sa grosse veste de laine dans la voiture et se contente d'enfiler un coupe-vent par-dessus son T-shirt à manches longues et son pull-over. Mais l'air était encore vif et elle frissonnait.

Le visage heureux de Davin, cependant, valait bien ce petit inconfort. Il avait adroitement ajusté ses chaussures sur ses skis et fait claquer ses fixations comme s'il avait fait ça toute sa vie. Et maintenant, il trépignait d'impatience.

— On y va ?

Au bout de trois kilomètres, Amalie se félicita d'avoir écouté les conseils de Grant. Elle avait déjà ôté son K-Way pour le fourrer dans son sac à dos et elle avait encore trop chaud.

Alors qu'elle rejoignait Grant qui s'était arrêté pour l'attendre, elle s'autorisa un semblant de plainte :

— C'est plus difficile que cela en a l'air.

Plusieurs skieurs l'avaient dépassée en quelques enjambées amples et aisées qui l'avaient laissée admirative et perplexe à la fois.

— Qu'est-ce que je fais de travers ? s'enquit-elle auprès de son professeur.

Davin était si loin devant qu'elle ne le voyait plus. Grant ne cessait de faire des allers et retours entre eux deux.

— Vous vous débrouillez très bien pour une débutante. Accrochez-vous, l'encouragea-t-il, nous avons déjà parcouru plus de la moitié du parcours. Cette piste dessine une boucle qui nous ramène à l'endroit où nous sommes garés.

— Ohhh, dit-elle à bout de souffle en plantant ses bâtons devant elle pour s'y appuyer quelques secondes. Est-ce qu'on ne pourrait pas faire une pause ? Où est Davin ?

— Un peu plus loin devant. On peut se reposer dix minutes, si vous voulez, ensuite je n'aurai qu'à forcer un peu pour le rattraper.

— Facile à dire pour vous.

Et à faire. Cette randonnée à ski ne paraissait pas exiger de lui plus d'effort qu'un simple tour de pâté de maisons. Amalie lui enviait sa condition physique.

Et il était tellement séduisant aussi, ce qui était doublement injuste. Sa tenue de ski — veste et pantalon en Goretex bleu — lui seyait à ravir, épousant ses muscles longs et puissants comme pour la narguer. « Tu vois ce que tu as dédaigné hier », semblaient-ils dire.

Misère, même Heidi pensait qu'elle était stupide. « Seulement une demi-heure ? Je suis sûre que vous pouvez faire mieux… »

— J'ai du chocolat chaud et des fruits secs, dit Grant en se défaisant de son sac à dos.

— C'est de cette façon que vous comptez acheter mon silence ? Eh bien, soit, je suis preneuse.

Elle le suivit à l'écart du sentier jusqu'à un tronc d'arbre abattu qui se trouvait abrité du vent par un taillis de persistants. S'étant assise à califourchon sur l'arbre, elle le regarda dévisser la Thermos et verser le chocolat dans des tasses en plastique.

Puis elle accepta une poignée de fruits secs.

— Parmi la douzaine de gens qui m'ont dépassée, déclara-t-elle, il y avait deux enfants qui semblaient à peine en âge de marcher et une femme enceinte avec un bébé sur le dos.

Grant rit et s'assit face à elle. Après l'avoir observée quelques secondes en silence, il tendit le bras pour repousser le large bandeau bleu pâle qui lui descendait sur le front.

— Je vous assure que vous vous débrouillez bien. Vous avez un bon équilibre. Il ne vous reste plus qu'à trouver le bon rythme.

C'était vraiment très étrange cette façon qu'elle avait de réagir au plus léger contact de Grant ; à peine sa main la frôlait-elle qu'un frémissement courait sur sa peau, que quelque chose se mettait à vibrer au-dedans d'elle-même. Elle se rappela ce qu'il lui avait dit au moment de partir la veille, que ses sentiments n'étaient pas aussi superficiels qu'elle le pensait. Qu'avait-il voulu dire exactement ?

Lorsqu'elle eut terminé son chocolat, il prit sa tasse et la posa sur le sol à côté de son sac.

— Merci, Grant. C'était tout à fait ce dont j'avais besoin.

— Vraiment ?

Au ton de sa voix, elle comprit qu'il avait raison. Ce n'était pas de nourriture que son corps avait besoin à cet instant, c'était de quelque chose de très différent, quelque chose qui la faisait tressaillir d'impatience autant que cela l'effrayait. Elle entendait encore sa mère lui dire : « Aucun homme ne voudra de toi, » et elle pensait : « Ce n'est pas vrai ! »

Ou bien si ? Grant se levait et lui tendait la main.

Lorsqu'elle l'eut prise, il la tira si brusquement qu'elle faillit atterrir dans ses bras.

— Hé, dit-il en la rattrapant par la taille. Vous n'êtes peut-être pas la meilleure skieuse de la région, mais vous êtes certainement la plus jolie.

De nouveau, Amalie éprouvait de la difficulté à respirer, mais cela n'avait rien à voir avec l'effort fourni sur la piste. Le regard de Grant lui rappelait celui qu'il avait posé sur elle la veille au soir, à peine moins intense. Si elle avait cru l'effaroucher avec ses paroles définitives, elle s'était lourdement trompée.

Et à ce moment précis, elle en était plus heureuse qu'ennuyée.

— Grant…

Durant quelques secondes délicieuses, elle attendit son baiser. Elle ferma les yeux, se pencha légèrement vers lui, mais juste au moment où les lèvres de Grant frôlaient enfin les siennes, son pied droit glissa, croisant fâcheusement ses skis, lui faisant perdre l'équilibre. Aussitôt Grant resserra sa prise autour de sa taille pour l'empêcher de tomber. Un instant, elle se crut sauvée, mais les yeux de Grant s'élargirent tout à coup, avant qu'il ne tombe en arrière, l'entraînant dans sa chute.

— Aïe !

— Désolée !

L'imbroglio que formaient leurs bras, jambes, skis et bâtons enchevêtrés avait tout d'une délicate partie de mikado. Amalie, dont la chute avait été amortie par le corps de Grant, recommença à s'excuser, mais Grant riait trop fort pour l'entendre.

— Je vous avais bien dit que je n'étais pas douée, dit-elle en essayant de rouler sur le sol pour qu'il puisse se relever.

Sa maladresse la consternait. Ah çà, elle n'avait besoin de l'aide de personne pour gâcher l'un des plus romantiques moments de sa vie. Cependant, les bras de Grant se trouvaient toujours autour de sa taille, et il ne faisait rien pour se dégager.

— Grant ?

Il ne riait plus. Soudain, tout était devenu si calme autour d'eux qu'elle n'entendait plus que leurs deux respirations.

— Ça va ? s'enquit-elle.

— Pas tout à fait.

Et il l'embrassa.

8.

Bien qu'elle ne se plaignît pas, Grant vit qu'Amalie était fatiguée après leur randonnée à ski. Il chargea son équipement ainsi que celui de Davin sur le toit de la Jetta, puis proposa qu'ils aillent manger une pizza ensemble.

— Vous n'êtes même pas légèrement essoufflé, n'est-ce pas ? demanda-t-elle en enlevant son bandeau bleu.

Ses cheveux couleur de blé retombèrent sur son visage et il eut envie de tendre la main pour les repousser en arrière, mais Davin était là, qui s'amusait à briser à coups de pied les stalactites qui s'étaient formées sous le pare-chocs de la voiture.

— J'ai passé la moitié de ma vie sur des skis, lui rappela-t-il en se penchant pour l'aider à se débarrasser de ses chaussures. Etre en bonne condition physique demande un peu de temps.

— Davin n'a pas l'air fatigué non plus.

Grant jeta un coup d'œil au jeune garçon par-dessus son épaule. Armé d'une longue stalactite, il pourfendait un ennemi invisible.

— C'est un enfant. Venez, ce dont vous avez besoin, c'est de vous restaurer. Vous n'avez qu'à me suivre. Le restaurant est sur Mackenzie Avenue.

Il extirpa ses clés de la poche de son pantalon, puis attendit qu'Amalie et Davin se soient installés dans la Jetta.

Un de ses amis avait démissionné de Parks Canada pour ouvrir un Pizza Paradise — dont il avait obtenu la franchise auprès d'une enseigne de Winnipeg —, et Grant, autant parce qu'il tenait à l'encourager que parce qu'il adorait la pizza, était vite devenu un habitué.

Quand tout le monde fut prêt, Grant mit son moteur en route et s'engagea dans Summit Road, attentif à la voiture d'Amalie qui le suivait. En dépit de tout ce qu'elle avait pu dire, il pensait que la jeune femme avait assimilé la technique du ski de fond plutôt facilement. Son expérience du ski de piste y avait certainement contribué. Quant à Davin, il était très à l'aise à skis. Grant était certain que le garçon relèverait avec plaisir le défi que représentait une escapade hors-piste — si, bien sûr, Amalie se laissait convaincre de le laisser partir.

Une fois encore, il se surprenait à penser à l'avenir, alors qu'il savait pertinemment qu'Amalie et lui ne pouvaient envisager un avenir commun, et cela l'inquiéta. Certes, Amalie était différente de sa sœur, mais jusqu'à quel point ? Il ne voulait pas la blesser, ni causer le moindre mal à Davin. Et il ne voulait pas avoir à souffrir non plus.

Tomber amoureux de la sœur d'Helen Fremont était la dernière chose à laquelle il aurait pu s'attendre. Mais c'était exactement ce qui était en train de se produire. Il savait que beaucoup de gens en ville — la plupart de ceux qui le connaissaient —, ne pourraient pas le croire. A commencer par la femme de Ramsey, Denise. Celle-ci était encore bouleversée par la présence d'Amalie à Revelstoke et refusait d'entendre prononcer devant elle la moindre parole en sa faveur.

A l'évocation de Denise, Grant se souvint qu'il avait promis d'aller travailler dans le sous-sol des Carter le lendemain et que Denise l'avait invité à rester dîner ensuite. Les parents de Denise étaient rentrés chez eux, à Kelowna, et il savait qu'elle se sentait seule. Il savait aussi qu'elle serait fâchée si elle apprenait combien de temps il avait passé avec Amalie et Davin. Elle y verrait une trahison, ce qui était ridicule évidemment.

Mais sans doute Denise avait-elle besoin d'un peu de temps. Après tout, elle venait de perdre son mari. Et Amalie ressemblait tellement à la femme qui en était responsable.

Grant ralentit et indiqua du bras une place libre à Amalie, puis il se gara lui-même un peu plus loin. Blaine Macleod l'accueillit à l'entrée du restaurant.

Comme d'ordinaire, Grant le considéra avec une certaine perplexité. C'était si bizarre de le voir portant chemise blanche et cravate au lieu de son uniforme de garde forestier. Grant se demandait s'il s'y habituerait jamais. Et s'il comprendrait un jour la décision de Blaine. Comment pouvait-on choisir de travailler enfermé dans un bâtiment quand on pouvait gagner sa vie à parcourir les montagnes ?

— Salut, vieux, content de te voir ! s'exclama Blaine.

Le regard de Blaine glissa sur Amalie et, comme on pouvait s'y attendre, ses prunelles s'élargirent.

— Comment marchent les affaires, Blaine ? s'enquit Grant. Ah, je te présente Amalie Fremont et son neveu, Davin.

— Bienvenue à vous deux. Je suis désolé pour votre sœur, Amalie. Vous lui ressemblez vraiment à un point extra-ordinaire... Pour en revenir à ta question, Grant, les affaires marchent bien. Venez, poursuivit-il en se dirigeant vers le fond de la salle, je vous accompagne à votre table.

Puis il donna une tape amicale dans le dos de Grant et ajouta :

— Tu peux me croire, mon vieux, être son propre patron, y a que ça de vrai.

— Je suis content que cela te plaise. Est-ce que le franchiseur te fiche un peu la paix maintenant ?

— Pas vraiment, non. Ils continuent de m'envoyer quelqu'un toutes les trois semaines pour voir où j'en suis. Mais le gars reste de moins en moins longtemps, c'est bon signe.

Blaine bavarda quelques instants avec Davin qui lui parla de son projet de recherche sur les avalanches et Blaine dit qu'il avait une histoire à lui raconter.

— Tout à l'heure, promit-il, quand il y aura moins de monde.

Sur quoi, il s'éloigna pour aller à la rencontre d'un nouveau groupe de clients.

— Il a l'air sympathique, commenta Amalie quand il fut parti.

— Bien sûr, nous sommes tous sympas, ici, à Revelstoke.

Amalie sourit, puis ouvrit son menu. Après avoir longuement comparé leurs goûts en matière de garnitures de pizza, ils se décidèrent pour une « géante aux poivrons et au pepperoni ». Revenu pour noter leur commande, Blaine demanda à Davin s'il avait envie de visiter les cuisines.

— Et en même temps, je te raconterai une aventure qui m'est arrivée en montagne, ajouta-t-il en adressant un clin d'œil complice à Grant et Amalie.

Dès que son neveu fut hors de portée de voix, Amalie se pencha par-dessus la table et demanda :

— Dites-moi, comment va Denise ?

— Franchement ? Pas très bien.

Tout en disant cela, Grant s'en voulait d'ajouter encore au fardeau que portait Amalie. Car il savait qu'elle se sentait fautive envers Denise, bien qu'elle ne pût en rien être tenue pour responsable des errements de sa sœur.

114

— Pauvre femme. Elle est probablement encore sous le choc.

Grant acquiesça d'un hochement de tête. Lui-même ne réalisait pas encore que son ami avait disparu pour toujours. Sans doute cela prendrait-il quelques mois.

— Denise et Ramsey étaient mariés depuis onze ans, dit-il. Je les ai toujours vus heureux d'être ensemble. Et dès que Colin est né, Ramsey a été un père formidable. Il y a quelque chose de vraiment révoltant dans le fait que les circonstances de sa mort soient venues ternir sa mémoire.

— J'aimerais tant pouvoir faire quelque chose pour Denise.

— Vous ne songez pas à quitter la ville, n'est-ce pas ? dit-il en lui prenant la main. Je ne veux pas que vous partiez.

— Mais ma présence ici la rend malheureuse, non ?

Il ne pouvait le nier. Et, même si elle était injuste, la réaction de Denise était compréhensible. Cependant, Grant refusait l'idée qu'Amalie et Davin puissent retourner à Toronto. Il ne savait pas trop où son attirance pour elle le conduisait, mais il désirait avoir davantage de temps pour le découvrir.

— Ce doit être difficile d'accepter que quelqu'un vous déteste seulement parce que vous ressemblez à une autre personne, dit-il.

— Oui. Quand nous étions à l'école, cela se produisait souvent. Seuls nos amis réussissaient à nous distinguer l'une de l'autre. Les autres élèves avaient tendance à se comporter avec nous comme si nous n'étions qu'une seule personne.

— Denise vous verrait autrement si elle avait l'occasion de réellement faire votre connaissance.

— Cela ne risque guère d'arriver. Je… je ne serai pas ici assez longtemps.

— Non ?

Il pressa involontairement la main d'Amalie dans la sienne, tandis que son cœur se serrait dans sa poitrine. L'hésitation qu'elle avait eue renforçait son désir de passer le plus de temps possible avec elle durant les jours qui leur restaient.

Davin revint des cuisines à ce moment-là. Grant relâcha à regret la main d'Amalie, puis fit de la place à l'enfant sur la banquette.

— Super ! Blaine m'a raconté comment il a secouru un skieur blessé un jour. Il a dû le tirer sur une luge pendant dix kilomètres ! Vous avez déjà entendu un truc pareil ? Dix kilomètres !

La voix de l'enfant était remplie d'admiration.

— Moi, oui, répondit Grant. Une partie de notre travail consiste à secourir des gens qui ont des ennuis hors-piste.

— C'est génial !

Les yeux de Davin n'auraient pas pu être plus bleus, ni ses joues plus roses d'excitation.

C'était un bel enfant, songeait Grant en l'observant. Et comment aurait-il pu en être autrement quand il ressemblait autant à sa mère — non, pas sa mère, sa tante, rectifia-t-il aussitôt. C'était une chose curieuse, quand on y réfléchissait, Amalie aurait aussi bien pu être la mère de Davin, puisque qu'elle possédait exactement les mêmes gènes que sa sœur.

Et de toute évidence, d'un point de vue affectif, elle l'était. Juste à ce moment, elle tendait le bras vers Davin pour lui caresser les cheveux d'un geste tendre.

— Tu t'es admirablement débrouillé cet après-midi, tu sais. Je me demande comment je vais réussir à te suivre à l'avenir.

— C'était super bien — j'adore ça.

Davin attrapa un toast à l'ail qu'un serveur venait d'apporter.

— Ce doit être encore plus chouette dans la montagne, hein, Grant ? reprit-il d'un air gourmand.

Grant ne manqua pas de remarquer le soudain changement d'expression d'Amalie. Son sourire s'était évanoui et deux petits sillons verticaux s'étaient creusés entre ses sourcils tandis qu'elle joignait ses mains sur ses genoux.

— Oui, mais il faut être extrêmement prudent lorsqu'on sort des sentiers balisés, dit Grant d'un ton sérieux. Surtout en ce moment ; les conditions météo ne sont pas très bonnes. Nous avons eu beaucoup de neige récemment, et on annonce un radoucissement des températures.

— Est-ce que ça veut dire que vous allez utiliser le canon ? demanda Davin en faisant un bond sur la banquette.

— Probablement.

— Quand ?

— Ça dépend de la neige. Mais je ne serais pas surpris que nous ayons à fermer la route avant la fin de cette semaine pour provoquer quelques coulées.

— Super ! Est-ce que je pourrai regarder, Grant ?

— Je ne sais pas.

D'ordinaire, on interdisait tout public sur le site. Une fois ou deux seulement, des cameramen avaient été autorisés à filmer, et une fois, Grant avait laissé ses parents assister à l'opération depuis l'aire de tir tandis qu'au pied des pentes il surveillait la trajectoire des avalanches.

— C'est certainement trop dangereux, se hâta de dire Amalie, prompte à deviner ses réticences, à moins qu'elle n'ait exprimé les siennes.

— Mais il faut absolument que je voie ça, insista Davin. Pour mon projet !

Le visage d'Amalie était devenu livide.

— C'est hors de question. N'est-ce pas, Grant ?

— Pourquoi ? Pourquoi je ne peux pas y aller ?

Grant se sentait déchiré. Il pouvait faire une exception et permettre à Davin d'observer les tirs. Et en même temps, il se doutait qu'Amalie attendait de lui qu'il refuse. Mais Davin se montrait si enthousiaste, comment Grant pouvait-il se résoudre à le décevoir ?

— Ce n'est pas si dangereux que ça si l'on reste sur l'aire de tir, risqua-t-il.

Amalie secoua la tête d'un air contrarié, mais Davin était déjà debout.

— Oh oui, oui ! S'il te plaît, tatie, laisse-moi y aller !

— Vous pourriez venir aussi, si cela vous disait, suggéra Grant. C'est une opération de routine, vous savez, mais vous devrez faire attention à ne pas gêner les gens qui travaillent.

— Et vous ? s'enquit Davin. Vous serez où ?

— Je dois rester au pied des pentes de façon à pouvoir évaluer la quantité de neige relâchée et, au besoin, déterminer le meilleur angle pour les tirs suivants.

— Vous vous tenez sur le chemin de l'avalanche ? demanda Amalie, les yeux agrandis par l'effroi.

— L'idée est plutôt de se tenir à quelque distance.

En vérité, ce n'était pas toujours aussi simple car la trajectoire d'une avalanche n'était jamais totalement prévisible. Il lui était arrivé plusieurs fois de devoir détaler — autant qu'on puisse détaler dans trente centimètres de poudreuse —, une coulée de neige à ses trousses. Mais il ne voyait pas l'intérêt de raconter cela à Amalie pour l'instant.

Davin ne quittait pas sa tante des yeux. Grant n'avait jamais vu un regard plus suppliant.

— Eh bien… je ne sais pas, dit Amalie.

Grant s'en voulait à présent de l'avoir placée dans cette position inconfortable. Il resta silencieux un moment, et quand Davin tenta de nouveau de chercher son appui, il dit seulement :

— C'est à ta tante de décider, Davin.

— Oh, Davin, qu'est-ce qui m'a pris de t'amener ici ?

— Alors, je peux y aller ?

— Non.

Elle regarda Grant de l'autre côté de la table.

— *Nous* y allons. Si tu peux assister à ces tirs, alors moi aussi, dit-elle d'un ton ferme, mais sa main tremblait lorsqu'elle tendit le bras pour prendre son verre d'eau. Cependant, je mentirais si je te disais que j'ai hâte d'y être.

— Une autre part de gâteau, Grant ? demanda Denise.

— Non, merci. Je ne pourrais plus rien avaler. Ton dîner était délicieux. Et très copieux.

Il se laissa aller contre le dossier du canapé, éprouvant une sensation de gêne à la taille qui ne lui était pas familière. Oh, il ne craignait nullement de grossir, la semaine de travail qui l'attendait se chargerait de rétablir l'équilibre.

— C'est vrai, nous n'avons pas été à court de nourriture ces derniers temps. Depuis... euh, l'accident, les voisins ne cessent de nous apporter des gâteaux, des biscuits et même des plats en sauce.

Denise venait de coucher ses enfants. A présent, elle lui resservait du café. La maison était tellement silencieuse que Grant percevait le léger floc floc du liquide contre la faïence. Il était fourbu après ses huit heures de travail au sous-sol et se demandait à quel moment il pourrait s'éclipser sans paraître impoli.

Après cette seconde tasse de café peut-être.

— J'espère que Colin ne t'a pas trop dérangé aujourd'hui, reprit Denise en s'asseyant à côté de lui dans le canapé.

Elle croisa les jambes, et c'est alors seulement qu'il se rendit compte qu'elle s'était changée pour le dîner. Elle avait mis une robe, s'était maquillée et même parfumée.

— Non.

Il s'éclaircit la gorge.

— Colin a été très bien. En fait, il m'a beaucoup aidé.

— Il aime ça. Il passait beaucoup de temps à bricoler avec Ramsey.

Sa lèvre inférieure tremblotait, elle s'interrompit un instant puis reprit d'une voix raffermie :

— Je te suis très reconnaissante de ton aide, Grant, mais j'ai quelque chose d'autre à te demander.

Le café était chaud, mais Grant en avala une grosse gorgée.

— Tu sais que je ferai ce que tu voudras du moment que c'est dans mes cordes, Denise.

— Je veux que tu découvres depuis combien de temps Ramsey voyait cette Helen.

Grant se sentit soudain déprimé.

— Tu es sûre que tu as envie de le savoir ? Ne crois-tu pas qu'il serait préférable de…

— Non, coupa-t-elle en pressant sa main sur la poitrine de Grant. J'y ai longuement réfléchi. J'ai besoin de connaître toute la vérité.

Helen. Encore. La seule femme parmi toutes celles qu'il connaissait dont il aurait préféré oublier jusqu'à l'existence.

— Je ne suis pas certain de pouvoir découvrir quoi que ce soit, tu sais. Cette histoire nous a tous surpris.

— Dans ce cas, peut-être était-ce la première fois qu'ils étaient ensemble. Si je pouvais en être sûre, je crois que cela me réconforterait un peu.

Et si la vérité était tout autre ? Si l'aventure de Ramsey et Helen avait duré des semaines ? Qu'éprouverait Denise alors ? Grant était sûr d'une chose : dans ce cas, il ne voulait pas être celui qui le lui apprendrait.

— Tu pourrais ne pas aimer du tout ce que tu découvrirais, dit-il.

Il se rappelait avoir prononcé les mêmes mots à l'intention d'Amalie. Aucune des deux femmes cependant ne semblait désireuse de suivre ses conseils.

— Rien ne peut être pire que ce que mon imagination me fait endurer, dit-elle en s'affaissant de nouveau dans le canapé.

— D'accord, Denise, céda-t-il, vaincu. J'essaierai de me renseigner.

Elle se détendit un peu.

— Merci, Grant. Je peux toujours compter sur toi.

Il était content qu'elle pense cela, mais il ne pouvait s'empêcher de se demander comment elle le jugerait si elle savait combien de temps il avait passé avec Amalie ces derniers jours. A une ou deux reprises au cours de la soirée, il avait songé à mentionner Amalie, comme en passant, juste pour que Denise s'habitue à l'idée que la jeune femme était toujours à Revelstoke et qu'il l'avait vue, mais chaque fois, il avait battu en retraite. Il était certain que cela la blesserait et il ne voulait pas ajouter à son chagrin. Mais il ne voulait pas renoncer à voir Amalie non plus.

— Je suis flapi, Denise. Je crois que je vais rentrer.

A la porte, elle passa ses bras autour de son cou pour lui dire au revoir et l'embrassa sur les joues.

— Prends bien soin de toi, dit-il en l'embrassant. Et des enfants.

— C'est promis, Grant. Et merci encore.

Dehors, bien que le soleil fût couché depuis longtemps, la température avait remonté. Le redoux s'amorçait, comme prévu. Que penserait Amalie de cette nouvelle mission ?

songeait-il en descendant l'allée de la maison pour rejoindre sa voiture. Il ne savait pas pourquoi, mais il avait l'impression qu'elle n'aimerait pas du tout cette idée.

C'était incroyable la façon dont sa vie était devenue soudain compliquée. Deux semaines auparavant, il avait perdu son meilleur ami. A présent, la femme de celui-ci attendait de lui qu'il comble le vide laissé par la disparition de son mari. Et pour couronner le tout, il était tombé amoureux de la sœur de celle qui avait séduit Ramsey et pour qui il avait trahi son épouse.

Et lui qui avait pensé que contrôler les avalanches était une tâche ardue !

Davin était plongé dans la lecture d'un nouveau livre — « un livre par semaine », avait dit son professeur —, quand Amalie décida de fouiller l'appartement de sa sœur à la recherche de documents qui lui en apprendraient un peu plus sur la vie d'Helena.

Il y avait peu d'endroits où chercher dans le petit appartement. Amalie explora le moindre recoin, soulevant même le matelas, mais elle ne découvrit guère que quelques relevés bancaires qui révélaient une comptabilité presque toujours à la limite du découvert.

Pas de lettres personnelles, hormis une carte d'anniversaire qu'elle avait envoyée à sa sœur quelques années plus tôt ; aucune carte de paiement, ni permis de conduire. Comment pouvait-on se débrouiller aujourd'hui sans cartes de paiement ? Certes, Helena n'avait pas beaucoup d'argent, mais Amalie non plus n'était pas riche et néanmoins, elle en possédait deux. Une pour l'essence et une pour le supermarché, sans compter sa carte Visa.

122

Et qu'était devenu le permis de conduire d'Helena ? Elle en avait eu un, nécessairement, puisqu'elle était arrivée à Revelstoke en voiture. L'avait-elle détruit quand elle avait vendu la voiture ? Cela paraissait quelque peu radical, non ?

C'était presque, pensait Amalie, comme si Helena avait voulu ne laisser aucune trace d'elle dans cette ville.

Mais c'était stupide bien sûr. Cela aurait suggéré qu'Helena avait fait quelque chose de mal, d'illégal peut-être et qu'elle était en fuite. Ridicule.

Amalie se demandait quelle vie Helena avait laissée derrière elle. Il existait sûrement des personnes qui l'aimaient et qui auraient dû être averties de sa mort. Dans cet autre monde, il y avait peut-être des choses à mettre en ordre, des affaires à régler, une assurance peut-être, un testament…

Non, probablement ni assurance ni testament. Les prévisions à long terme n'avaient jamais été le fort d'Helena. Qui, dans ces conditions, hériterait de ses bijoux ? Certains semblaient avoir beaucoup de valeur.

Moi, sans doute, réalisa tout à coup Amalie, étant donné que, légalement, Davin n'était pas le fils d'Helena. Cette idée la troubla au point qu'elle décida de contacter un homme de loi sur-le-champ. Ayant elle-même récemment modifié son testament, elle avait une carte de son notaire dans son portefeuille.

Carte d'identité, tickets de bus… ah voilà. Rapidement, elle composa le numéro du juriste de Toronto.

Après l'avoir succinctement mis au courant de la situation, elle lui demanda s'il pouvait essayer de découvrir où Helena avait habité et si elle avait des amis, des colocataires peut-être, qui devaient être informés du décès d'Helena.

Lorsqu'elle raccrocha, elle vit que Davin se tenait sur le seuil de la chambre.

— Tu écoutais ?

— Pardon, tatie. Je n'ai pas pu faire autrement. Est-ce que tu parlais d'Helen ?

— Helena, corrigea-t-elle automatiquement. J'essaie de trouver où ta mère habitait avant de venir ici. Si elle avait des amis à qui l'on devrait dire qu'elle a eu un accident, tu comprends ?

Davin entra dans la chambre et s'allongea sur le lit à côté d'elle, les yeux au plafond.

— Quand tu auras trouvé, on rentrera chez nous ?

— Je ne sais pas. Peut-être pas tout de suite. J'avais espéré rester jusqu'à… jusqu'à ce qu'on retrouve les corps.

Davin ne sembla pas particulièrement ému par l'évocation de cette pénible opération.

— Je me plais ici, déclara-t-il. Je n'ai pas envie de partir.

— Ce qui te plaît surtout, c'est que tu ne vas pas à l'école.

Elle le chatouilla sous les bras et il se roula en boule comme un hérisson, pris de gloussements frénétiques. Amalie se mit à rire aussi et ils mimèrent bientôt ensemble la plus acharnée des batailles.

— J'ai gagné ! s'écria Davin quand il eut finalement réussi à l'immobiliser, bloquant ses deux bras de chaque côté de son corps.

Amalie lutta quelques secondes, surprise de lui découvrir tant de force. Elle aurait pu se libérer si elle l'avait vraiment voulu, mais pas aussi facilement que quelques mois auparavant.

— Quel est ton prix, félon ? demanda-t-elle, continuant à jouer le jeu.

— Des lasagnes pour le dîner.

— Non ! Non ! dit-elle en se débattant vainement. Tout sauf ça !

124

Davin rit et son emprise se relâcha. Amalie en profita pour se dégager et le maîtriser à son tour, retenant ses poignets au-dessus de sa tête.

— Maintenant, c'est à toi de faire ce que je te dis.

— Quoi… ?

— Finir de lire les quatre chapitres du jour.

— Oh, non !

— Désolé, trésor. Il est temps que tu te remettes au travail.

— C'est pas juste.

Il s'assit sur le lit, et s'apprêtait à se lever quand il attrapa soudain un oreiller et le lança au visage d'Amalie.

— Je t'ai eue ! glapit-il en s'enfuyant vers la salle de séjour.

Amalie souriait en reposant le coussin à la tête du lit. C'est en le tapotant pour lui redonner du volume qu'elle remarqua une photographie qui lui appartenait dans les plis de la couverture. Elle avait dû s'échapper de son portefeuille pendant qu'elle chahutait avec Davin. C'était la dernière photo d'école d'Helena, prise peu de temps avant qu'elle ne quitte la maison.

Elle la ramassa et la contempla. Cela aurait pu être une photo d'elle-même.

— Que faisais-tu dans cette ville, Helena ? Que fuyais-tu ? dit-elle à voix basse.

Il n'y eut, bien sûr, pas de réponse. Amalie se demanda si elle en aurait un jour.

Davin s'effondra dans le canapé avec le livre que Grant lui avait prêté sur le contrôle des avalanches à Rogers Pass. Il ne comprenait pas certains mots difficiles, mais malgré cela, il était bien plus intéressant que le roman que sa maman voulait qu'il lise.

Sa maman.

Il se demanda ce qu'Amalie dirait si elle savait qu'il pensait parfois à elle de cette manière, même s'il l'avait toujours appelée tatie et non maman. Ce qui était étrange, quand on y réfléchissait, puisqu'elle l'avait adopté, élevé, et était la seule mère qu'il ait jamais eue.

Il savait que c'était à cause d'Helena. Amalie ne voulait pas blesser ses sentiments, mais il trouvait ça injuste. Il était peut-être sorti du ventre d'Helena, mais est-ce que ça suffisait pour faire d'elle sa mère ? Sûrement pas. D'autant qu'elle n'avait même pas conservé les photographies de lui qu'Amalie avait envoyées.

Davin roula sur le ventre, il se sentait un peu barbouillé tout à coup. En fait, c'était exactement la même sensation que celle qu'il éprouvait lorsque Helena, rarement heureusement, téléphonait. Il détestait devoir lui parler au téléphone. En général, sa tante s'asseyait à côté de lui et lui soufflait ce qu'il devait dire.

Il était content de ne plus avoir à revivre ça, mais il ne savait pas si cela voulait dire qu'il était content qu'Helena soit morte. Cela aurait pu être intéressant de la rencontrer, juste une fois. Il se demandait quel regard elle aurait eu en le voyant.

Il s'appuya sur un coude, cala un coussin dans son dos et fixa la photographie reproduite sur la couverture du livre de Grant. Il ne voulait plus penser à Helena. Il voulait l'oublier, et une partie de lui espérait qu'Amalie l'oublie aussi.

Mais alors, ils rentreraient à Toronto. Et Davin n'était pas tout à fait prêt à partir.

Il ouvrit le livre, songeur. Amalie le laisserait-elle faire du ski de fond là-haut, dans la montagne ? ou de l'escalade ? Il pourrait essayer ça aussi s'ils restaient jusqu'à l'été.

Un jour, quand il serait grand, il grimperait jusqu'au sommet de toutes les montagnes qu'il connaissait maintenant par leur nom : Avalanche Mountain, Eagle Peak, Mount McDonald.

Il serait explorateur, exactement comme le major A.B. Rogers, celui qui avait découvert le col, ou bien membre d'une équipe de contrôle des avalanches, comme Grant. Et peut-être qu'un jour lui aussi serait emporté par une avalanche, comme Helena, ou cet homme dans l'histoire de Mme Eitelbach. Non, il serait courageux, il garderait son sang-froid, il serait un vrai héros…

9.

Grant posa avec précaution le lourd cube de neige sur la plate-forme inclinée, puis donna un coup sec au-dessous. Une fracture se dessina à mi-hauteur du cube et la couche de neige de surface glissa doucement sur le plateau. Il lut plusieurs mesures sur l'appareil couplé à la plate-forme et les communiqua à Peder Forsberg.

D'ordinaire, Grant recevait les résultats des tests par radio directement à son bureau. Aujourd'hui, il avait décidé de venir faire un tour sur le site d'observation de Fidelity Mountain.

Ayant déjà établi le profil stratigraphique du manteau neigeux, il ne leur restait plus qu'à effectuer un tir d'essai sur la pente numéro un. Grant fit un signe de tête à Peder qui alluma une longue allumette et l'approcha de l'amorce. Lorsqu'il fut sûr que la mèche s'était enflammée, Grant libéra la charge explosive qui se trouva propulsée à quelque deux cents mètres de là, sur la pente qui leur faisait face. Quelques secondes plus tard, la charge explosa, fracturant le manteau et déclenchant une importante coulée de neige.

— Au moins cinquante centimètres, hein ? dit Peder.

Grant approuva du chef.

— Oui, il n'y a pas de temps à perdre. Il faut fermer la route et se mettre à l'ouvrage.

128

Les conditions étaient toutes réunies : rien n'empêcherait les avalanches de se produire. Son travail consistait précisément à les contrôler en décidant du moment où elles auraient lieu.

Tandis qu'ils retournaient à Rogers Pass, Grant pensa à la promesse qu'il avait faite à Denise. Il n'avait rien tenté encore dans ce sens, mais il savait qu'il devrait finalement surmonter ses réticences et essayer d'obtenir quelques informations.

Curieusement, les pensées de Peder s'étaient orientées dans la même direction. Fixant la route enneigée, il remarqua :

— Je me demande quand nous pourrons nous risquer sur le Pterodactyl pour chercher les corps.

— Notre priorité est la sécurité de la Trans-Canada, rappela Grant. Je pense que nous aurons stabilisé toute la zone à la fin de la semaine prochaine. Après ça, peut-être pourrons-nous organiser une opération de recherche. En admettant, bien sûr, qu'il ne se remette pas à neiger.

Peder hocha la tête.

Grant ôta ses lunettes de soleil et dit, après s'être raclé la gorge :

— Je ne peux toujours pas croire que Ramsey soit allé là-haut.

— Moi non plus. C'était du suicide. J'espère qu'elle en valait la peine.

En temps normal, Grant n'aurait pas relevé ce genre de commentaire, mais il pensa à sa promesse et demanda à contrecœur :

— Tu sais si ça faisait longtemps qu'il la voyait ?

Peder lui jeta un regard surpris.

— Aucune idée. Blaine le sait peut-être. Je crois qu'ils ont dîné dans son restaurant un soir.

— Ah oui ? dit Grant, étonné qu'ils se soient rencontrés dans un endroit aussi fréquenté que le Pizza Paradise.

— Je suppose qu'elle aimait les hommes mariés, observa Peder en repoussant ses cheveux en arrière. Elle ne m'aurait même pas donné l'heure si je la lui avais demandée.

— Pardon ?

Grant tourna vivement la tête vers son jeune collègue.

— Elle t'intéressait ?

— Qui n'aurait-elle pas intéressé ? La première fois que je l'ai vue, c'était au Rock Slide. Bon Dieu ! Quelle fille !

— Est-ce que tu es allé à ces fêtes qu'elle donnait ?

— Oh, bien sûr. Elle se déchaînait. Je n'ai jamais vu une femme tenir l'alcool aussi bien qu'elle. Et lorsqu'elle était assez ivre, elle grimpait sur la table de la cuisine et dansait jusqu'à épuisement. Ah, vous auriez dû voir ça, Grant.

Peder passa son avant-bras sur son front comme si le seul souvenir de la jeune femme suffisait à le faire transpirer.

— Et Ramsey ? Il est allé à ces soirées ? interrogea Grant.

Peder tourna vers lui un regard ahuri.

— Ramsey ? Non. Vous l'imaginez dans une ambiance pareille ? C'était vraiment pas son genre !

Il se tut, réalisant apparemment que Ramsey s'était par la suite comporté d'une façon qui ne lui ressemblait pas davantage, et autrement condamnable qu'une soirée bien arrosée.

Il ne neigeait pas, mais un vent violent soulevait la neige en surface, formant un brouillard tourbillonnant. Amalie se protégeait le visage d'une main en regardant Grant parler avec un homme des Forces armées canadiennes.

Le canon de 105mm était monté sur d'énormes roues qui permettaient de le déplacer d'une aire de tir à une autre. L'engin ne pouvant être utilisé par des civils, un groupe de militaires était envoyé chaque année à Rogers Pass et y restait stationné tout l'hiver. C'était à l'un de ces hommes que Grant était en train de parler.

— Il est gros, hein dit Davin en tournant l'objectif de l'appareil photo jetable qu'ils avaient acheté la veille au drugstore vers le canon.

— Très gros, acquiesça Amalie.

Elle aussi regardait le puissant engin qui venait juste d'être installé sur une surface bétonnée et dûment clôturée au bord de la Trans-Canada. Le vent soufflait tellement fort et le ciel était si couvert et qu'elle distinguait à peine les formes des pentes, en face, où seraient tirées les charges explosives.

A côté d'elle se tenait un des membres de l'équipe de Grant, un homme jeune, à l'air accessible, qui parlait avec ce débit légèrement saccadé caractéristique de l'accent norvégien. Il était chargé d'assurer le contact radio avec Grant qui surveillerait la trajectoire de l'avalanche au bas de la pente.

La voix autoritaire de Grant résonna à cet instant :

— Je crois que nous sommes prêts !

Il était chaudement vêtu d'un pantalon de ski et d'un anorak fermé jusqu'au cou, portait un bonnet de laine noir et des gants épais, mais malgré cela, une fine pellicule de givre s'était formée sur ses joues et son nez était rouge vif.

— Comment sauront-ils vers quel endroit tirer ? entendit-elle Davin lui demander. On n'y voit presque rien.

Elle s'était posé la même question et s'approcha pour entendre la réponse de Grant.

— Nous avons des marques tout le long de la route, expliqua Grant en indiquant un point droit devant lui, au-delà du canon, où un ruban rouge flottait, à peine visible dans la brume. Nous allons tirer sur une trentaine de cibles aujourd'hui. Dans trois heures, tout sera fini.

Sur ces mots, il se dirigea vers son 4 x 4 afin de rejoindre l'endroit d'où il surveillerait la première cible. Amalie tenta de se rassurer en se disant que c'était là le quotidien de Grant ; il n'y avait absolument aucune raison de s'inquiéter. Enfonçant ses mains gantées dans les poches de son manteau de daim, elle se mit à faire les cent pas tandis que Davin bombardait Peder de questions.

Elle comprenait maintenant pourquoi Grant avait dit qu'ils seraient en sécurité. Là où ils se trouvaient, ils étaient hors de portée de l'avalanche. Ce qui ne serait pas le cas de Grant, qui serait posté au pied de la pente concernée. Que se passerait-il s'ils avaient mal calculé la quantité de neige relâchée ? Et s'il était emporté et enseveli comme Helena et Ramsey ?

— Vous arrive-t-il de craindre que quelque chose tourne mal, demanda-t-elle à Peder, tout en tapant ses pieds l'un contre l'autre pour se réchauffer.

— Pas vraiment, non. Et vous ne devriez pas non plus, répondit-il en souriant d'un air rassurant. Nous sommes tous entraînés, et nous ne prenons pas de risques inutiles. Grant veille à cela.

La radio grésilla et la voix de Grant leur parvint :

— Préparez la cible numéro trois.

Les hommes s'activèrent autour du canon. L'orientation de l'engin fut annoncée, puis son élévation.

— Bien, dit Grant. Chargez.

Davin prit une autre photo pendant qu'on chargeait le canon.

Amalie réalisa tout à coup que le vent était tombé. Le brouillard de cristaux s'était dissipé et l'on voyait très bien à présent les versants pentus, de l'autre côté de la route.

— Tirez !

— Feu !

Le canon recula, un cylindre de cuivre roula sur le sol. Et de la montagne s'éleva presque aussitôt un grondement sourd semblable à celui du tonnerre.

— Waouh ! hurla Davin en déclenchant son appareil photo plusieurs fois de suite.

Amalie ne quittait pas des yeux le versant opposé. Grant lui avait dit que tous les tirs n'atteignaient pas leur but. Mais celui-ci, à l'évidence, l'avait atteint. Un nuage avait commencé à se former sur la pente face à eux, qui enflait de seconde en seconde.

— C'est l'onde de choc qui déclenche la coulée, expliqua Peder. Regardez attentivement. A mesure que la masse de neige libérée dévale la pente, elle gagne en vitesse et en puissance et entraîne éventuellement des couches inférieures.

— Est-ce que l'avalanche est plus importante que vous ne l'aviez escompté ?

Amalie déglutit péniblement. Pas une seconde, elle n'avait oublié que Grant se trouvait au pied de cette montagne.

— Elle est de bonne taille. Mais ne vous inquiétez pas, Grant sait ce qu'il fait.

Amalie hocha faiblement la tête, serrant ses bras autour d'elle. Elle était frigorifiée, mais la température extérieure n'y était pour rien. Elle pensait à Ramsey qui aurait dû savoir, lui aussi, ce qu'il était en train de faire. Grant avait-il raison ? Etait-ce l'imprudence d'Helena qui leur avait coûté la vie à tous deux ?

Amalie reporta son attention sur la pente, on ne voyait plus maintenant que d'énormes nuages de neige en suspension. Mais le ronflement perdurait, toujours aussi puissant, témoignant de la violence du phénomène. Où était Grant ?

Elle jeta un coup d'œil à la radio, qui n'en finissait pas de rester silencieuse. Quand donc allait résonner la voix de Grant dans l'appareil ?

*
* *

133

Grant était satisfait de la quantité de neige libérée durant les trois heures qu'avait duré l'opération. Une quantité bien supérieure, à vrai dire, à celle qu'ils avaient prévue ; une ou deux fois d'ailleurs, il avait dû se mettre à l'abri en toute hâte. Il pouvait maintenant appeler Peder et lui annoncer qu'ils en avaient terminé pour la journée.

Il grimpa dans son 4x4 et vit que les chasse-neige étaient déjà à l'œuvre sur la route. D'ici à une heure, celle-ci serait complètement dégagée et les automobilistes pourraient circuler de nouveau librement sans courir aucun risque.

Arrivé sur la dernière aire de tir, il retrouva Amalie et Davin qui l'attendaient. Amalie semblait transie et tendue, tandis qu'au contraire Davin affichait un visage radieux.

— Alors ? Ça t'a plu ? demanda-t-il au jeune garçon.

— Est-ce que je pourrai travailler avec toi quand je serai grand ?

Grant jeta un bref coup d'œil à Amalie. La question de Davin avait creusé un peu plus les plis qui barraient le front de la jeune femme.

— Tu auras probablement changé dix fois d'idée d'ici à ce que tu sois en âge de choisir un métier, dit-il en passant son bras autour des épaules de l'enfant.

— Non, sûrement pas.

Davin fit voler d'un coup de pied un petit monticule de neige, puis leva son poing en l'air en signe de victoire. Le spectacle l'avait rendu euphorique. Il avait visiblement de l'énergie à dépenser.

— Tu as déjà fait une promenade à raquettes ? s'enquit Grant.

Davin s'immobilisa, les yeux brillants.

— Non. Mais j'aimerais bien.

— Je t'emmènerai cet après-midi — si ta tante veut bien.

— Vous n'êtes pas fatigué ? demanda Amalie.

— Je ne le serai plus quand j'aurai déjeuné. Que diriez-vous d'aller manger une pizza ?

En retournant chez Pizza Paradise Grant espérait trouver l'occasion d'échanger quelques mots en privé avec Blaine au sujet de ce que lui avait confié Peder. Bien sûr, il devrait agir avec discrétion. Il ne tenait pas à ce qu'Amalie découvre qu'il cherchait à glaner des informations sur la relation qu'avaient eue sa sœur et Ramsey pour le compte de Denise.

Il avait d'abord essayé d'aider Amalie à en apprendre davantage sur sa sœur. Puis il avait promis à Denise de découvrir depuis combien de temps Ramsey connaissait Helen. La situation était devenue tellement embrouillée qu'il commençait à se représenter ce que pouvait être le quotidien d'un agent double.

Au cinéma, tout paraissait facile, mais il en allait autrement dans la réalité. Grant avait l'impression de tromper tout le monde. Il n'aimait ni se renseigner pour Denise à l'insu d'Amalie, ni dissimuler à Denise son amitié grandissante avec Amalie.

Non, décidément, il n'avait pas l'étoffe d'un James Bond.

Bien qu'il ne lui eût pas déplu de tenter cette figure époustouflante de chute libre qui avait valu au héros, lors de ses dernières aventures, de gagner le cœur de la dame…

Grant se renfonça sur la banquette, observant de nouveau combien Amalie était différente de sa sœur. Peder l'avait regardé avec ahurissement lorsqu'il avait compris que Grant n'avait pas été attiré par Helen. Mais la beauté à elle seule n'avait jamais suffi à séduire Grant. Jusque-là, toutes les femmes avec qui il avait eu une relation sérieuse étaient des femmes qui partageaient sa passion pour la vie au grand air et pour l'aventure.

A cet égard, Amalie était une exception. Elle semblait éprouver une peur innée de la montagne. Mais Grant était certain qu'elle la surmonterait un jour. Lorsque le mystère de la relation de Ramsey et Helen serait enfin éclairci.

Ce jour-là, elle portait un pull-over bleu de la même nuance que ses yeux, un bleu limpide qui lui rappelait le ciel pur d'un après-midi d'hiver. Ses cheveux retenus dans une queue-de-cheval dégageaient l'ovale de son visage, ses pommettes doucement marquées, la courbe délicate de son menton. Elle paraissait jeune. Mais pas inconsistante, ou frivole.

Tendant la main, il lissa de son pouce la ligne qui s'était formée entre ses sourcils et qui ne semblait pas vouloir s'estomper.

— C'est fini, Amalie, dit-il. Vous n'avez plus à vous inquiéter.

— Ce n'est jamais fini, Grant. Quand un problème se trouve résolu, il s'en présente toujours un nouveau.

Elle fronça les sourcils, creusant de nouveau les lignes qu'il avait essayé de gommer.

— J'ai l'impression d'entendre ma propre mère quand je parle de cette façon, remarqua-t-elle tristement.

— Est-ce que vous regrettez d'avoir assisté aux tirs ?

Le regard d'Amalie caressa Davin qui était fort occupé à découper sa pizza.

— Comment le pourrais-je ? Je ne l'ai jamais vu aussi surexcité. Même à Noël.

— Vous méritez une mention spéciale pour n'avoir pas laissé vos craintes priver Davin de quelque chose qui était vraiment important pour lui. Beaucoup de mères n'auraient pas eu ce courage.

— En fait, je me suis sentie plus en sécurité que je n'avais osé l'espérer. Le plus dur était de vous savoir...

136

Elle ne termina pas sa phrase, mais l'idée qu'elle s'était inquiétée pour lui lui fit plaisir.

— N'avez-vous jamais été blessé au cours d'opérations comme celle-ci ? demanda-t-elle.

— La première année, je me suis cassé un bras. C'est tout, je crois.

Il lut le doute dans les yeux d'Amalie.

— J'ai toujours l'impression, reprit-elle, que nous ne sommes pas faits pour vivre dans cette région du monde. Pas seulement à cause des avalanches. Je veux dire… si l'on regarde les choses en face, ces montagnes sont pratiquement infranchissables ; il neige la plupart du temps ; et jusqu'aux étés qui se mesurent en semaines plutôt qu'en mois.

— Allons, ce n'est pas tout à fait…

— C'est ce que j'ai lu hier lorsque j'aidais Davin à faire ses recherches.

— Est-ce que les livres disent aussi quelle émotion on éprouve du haut d'Abbott Ridge à contempler les pentes d'Asulkan Valley ?

Grant aurait aimé pouvoir expliquer ce que ces montagnes, ce pays rude, signifiaient pour lui, mais les mots lui faisaient défaut.

Une partie de lui cependant reconnaissait que ce qu'Amalie disait n'était pas tout à fait faux. Cette région du monde était à la fois reculée et sauvage. C'était pour ces raisons que les Indiens ne s'étaient jamais aventurés à l'intérieur des montagnes Selkirk, que ces terres ne figuraient sur aucune carte avant que les premiers explorateurs s'y risquent à la recherche d'un passage capable de recevoir la voie ferrée qui devait réunir toutes les provinces du Canada de Montréal à Vancouver.

Ces mêmes raisons lui avaient coûté une ou deux relations amoureuses par le passé. Et à n'en pas douter, s'engager davantage envers Amalie le mènerait à la même impasse. Sa propre clairvoyance lui imposait donc de faire machine arrière tant qu'il en était encore temps.

— J'ai vu une chouette librairie pas loin, dit Davin en reposant son verre de lait, qu'il venait de vider d'un trait, sur la table. J'aimerais aller voir s'il y aurait quelque chose d'intéressant pour ma recherche. Je peux ?

Amalie acquiesça, se réjouissant visiblement de l'intérêt tout neuf de Davin pour les livres, même si le sujet qui le passionnait la contrariait.

— Vas-y. Et si tu trouves quelque chose d'intéressant, nous irons voir à la bibliothèque s'ils ne l'ont pas en rayon.

Quand le garçon fut parti, Grant se renversa en arrière, étendant un bras sur le dossier de vinyle vert.

— La vie est-elle donc tellement plus agréable à Toronto ? dit-il. Ou bien seriez-vous *foncièrement* quelqu'un de la ville ?

— Je ne dirais pas ça. Helena et moi n'avons pas été élevées en ville. Nous habitions une petite bourgade à deux heures au nord de Toronto. Nous avons eu une enfance très protégée, en fait. L'église tenait une place importante dans notre communauté, et nos parents étaient assez stricts. Ils nous surveillaient de près.

Grant l'imaginait aisément dans cet environnement.

— Pourquoi êtes-vous allée vivre à Toronto ?

— J'y suis allée pour faire mes études. J'avais l'intention de chercher un emploi à Barrie après mon diplôme, une ville plus petite au nord de la capitale, expliqua-t-elle.

— J'en ai entendu parler. Qu'est-ce qui vous a fait renoncer à ce projet ?

— En un mot : Davin. Si mes parents l'avaient mieux accepté, je me serais sûrement rapprochée d'eux à la fin de mes études.

— Que s'est-il passé avec vos parents ? Ils étaient ennuyés par le fait que Davin soit né hors mariage ?

— C'est le moins qu'on puisse dire. Dès qu'ils ont su qu'Helena était enceinte, ils ne lui ont quasiment plus adressé la parole. Et, plus tard, ils ont désapprouvé ma décision de l'élever. Ils auraient voulu qu'Helena abandonne son enfant afin qu'il soit adopté par des étrangers.

— Mais c'était leur petit-fils !

— Je sais. Croyez-moi, j'ai essayé longtemps de comprendre leur attitude. Je pense que seule une profonde désillusion peut l'expliquer. Voyez-vous, ils avaient émigré au Canada pour offrir toutes les chances à leurs enfants, et soudain ils voyaient tous leurs espoirs anéantis. Helena avait quitté le lycée avant d'avoir obtenu son diplôme...

— Mais vous, vous avez fait des études. Vous êtes nutritionniste, n'est-ce pas ?

— Oui. Mais ils auraient voulu que je devienne médecin.

— Ils ne peuvent tout de même pas considérer qu'ils ont échoué avec vous !

Pour lui, la décision d'Amalie d'adopter son neveu était noble et courageuse. Il lui fallait faire un énorme effort d'imagination pour s'imaginer à dix-huit ans assumant seul la responsabilité d'un enfant.

— Vous êtes une femme formidable, vous le savez, n'est-ce pas ?

— Je vous en prie, Grant, dit-elle avec un sourire gêné qui la fit paraître soudain beaucoup plus jeune, ne faites pas de moi une figure de dévouement. Je ne me suis pas sacrifiée pour Davin. En réalité, il est la part la plus heureuse de mon existence.

— Et où se trouvait Helen durant toutes ces années ?

En l'entendant mentionner le nom de sa sœur, Amalie parut dresser entre eux un mur invisible.

— Ne la blâmez pas, Grant. Ma mère s'est montrée très dure avec elle. A cette époque de sa vie, Helena se tenait en piètre estime.

Dans son for intérieur, Grant rendit grâce pour les parents qu'il avait eus. Voyageurs et aventuriers, ils avaient les idées larges et l'avaient laissé libre de faire ses propres expériences, mais Grant avait toujours su qu'ils l'aimaient et avaient foi en lui.

— Est-ce parce qu'elle était enceinte qu'Helen a quitté l'école ?

— Non. Elle était déjà partie à Toronto, où elle vivait avec une amie. Elle a laissé tomber le lycée le lendemain du jour où elle avait été choisie pour tenir le rôle principal dans le spectacle de fin d'année. C'était une comédie musicale.

— Je ne comprends pas.

— Ma mère a refusé catégoriquement qu'elle joue dans ce spectacle.

— Vous plaisantez.

— Hélas, non. Helena a quitté la maison le lendemain. Elle rêvait de devenir mannequin, mais elle a fini vendeuse.

— Et ensuite, elle est tombée enceinte ?

— Oui, répondit Amalie en tournant la tête vers la fenêtre d'un air pensif. Elle ne m'a jamais dit qui était le père. Elle disait qu'il se fichait du bébé et que, de toute façon, il n'avait pas les moyens de l'aider financièrement.

— C'est une triste histoire.

— Oui. Je pense souvent que la vie d'Helena a été remplie de gens qui l'ont laissée tomber. Certains d'entre nous, involontairement.

— D'entre *nous* ? Vous pensez que vous l'avez laissée tomber ? Mais vous avez adopté son fils...

Amalie sourit.

140

— Ça, c'est quelque chose que ma sœur a fait pour moi. Me laisser élever son enfant.

— Je ne vois toujours pas pourquoi vous croyez l'avoir laissée tomber.

— J'ai toujours été celle qui comprenait tout de suite, qui faisait les choses correctement, qui ne mettait pas nos parents en colère. Ce devait être tellement frustrant pour elle de toujours essayer d'être à la hauteur.

— Vous ne pouvez tout de même pas vous reprocher d'avoir été une enfant facile.

— Je ne sais pas. Mes parents auraient sans doute dû faire plus d'efforts pour nous considérer comme deux personnes distinctes. Ils pensaient toujours : si Amalie peut le faire, alors Helena doit pouvoir aussi. Nous étions des vraies jumelles, c'était probablement leur seul raisonnement.

— Des vraies jumelles, mais pas des êtres identiques.

— Exactement.

Amalie posa sa main une seconde sur la sienne, puis s'extirpa du box.

— Je pense que nous devrions partir, si vous voulez essayer les raquettes avec Davin pendant qu'il fait encore jour.

— Oui, dit-il, revenant brusquement au présent.

Il la regarda s'éloigner vers le fond du restaurant. C'était le moment de parler à Blaine.

— J'arrive, j'arrive, dit celui-ci quand il eut repéré Grant qui le hélait de la main. Me voilà. Vous voulez une deuxième tasse de café ?

— Non, je me demandais seulement…

Comme toujours dans les situations embarrassantes, Grant dut s'éclaircir la gorge avant de se lancer.

— J'aurais voulu te poser certaines questions, c'est possible ?

— Tu n'envisagerais pas un changement de carrière, par hasard ?

L'idée de travailler dans une pizzeria fit sourire Grant.

— Confiné dans un local dix à douze heures par jour ? Très peu pour moi.

Il invita d'un geste Blaine à s'asseoir en face de lui.

— Non. Je voulais te demander quelque chose à propos de Ramsey. Et d'Helen, ajouta-t-il en pivotant légèrement sur la banquette de façon à pouvoir surveiller la porte des lavabos.

— Ahhh…

Blaine s'adossa à son siège, une lueur d'étonnement dans le regard.

— Ainsi, tu as entendu dire qu'ils étaient venus dîner ici ?

— Oui.

Grant tapotait du bout des doigts la surface lisse de la table. Mettre son nez dans les affaires d'autrui n'était pas dans sa nature. Mais il avait promis à Denise.

— C'est vrai ? demanda-t-il.

— Ils sont venus une fois. Ils étaient assis là-bas, dit Blaine en pointant l'index vers un box situé à l'écart.

— Tu te rappelles quand ?

— Environ une semaine avant l'accident, je crois. Ils paraissaient discuter très sérieusement. Helen a même pleuré à un moment.

Grant vit tout à coup les yeux de Blaine s'élargir comme il regardait par-dessus son épaule. Grant n'eut pas besoin de se retourner pour comprendre qu'Amalie se tenait derrière lui. Il jeta un coup d'œil dans sa direction. Ses épaules étaient contractées, son expression sévère.

Et lui qui s'était cru adroit !

10.

— Il est temps de partir, je crois, dit Grant en sortant son portefeuille de la poche de son pantalon.

Il se demandait anxieusement ce qu'Amalie avait entendu de son bref échange avec Blaine.

— Vous avez payé la dernière fois, objecta Amalie. C'est mon tour.

S'il en jugeait par le ton de sa voix et la froideur de son regard, elle en avait entendu assez pour comprendre de quoi il retournait. Et il ne pouvait guère lui en vouloir de sa réaction. Il avait été vraiment stupide. Il aurait simplement dû lui dire ce qu'il comptait faire.

Une fois dans la rue, il découvrit qu'Amalie n'était pas de celles qui ruminaient leurs doutes en silence.

— Vous parliez de ma sœur, n'est-ce pas ? Pourquoi l'avoir fait derrière mon dos ?

Il n'existait pas d'autre choix que de tout avouer.

— Denise Carter m'a demandé de découvrir depuis combien de temps Ramsey et votre sœur se voyaient.

— Elle vous a demandé ça ? A vous ? Pourquoi à vous ?

C'était une bonne question.

— Parce qu'elle me fait confiance, je suppose. Parce que j'étais le meilleur ami de Ramsey.

143

Pour ce que ça valait. Car il avait eu beau être son meilleur ami, il n'avait rien su de son aventure. Pour dire la vérité, Denise n'était pas la seule à s'être sentie trahie.

— Et vous ne pouviez pas refuser ?

Comment lui expliquer qu'il se sentait une sorte d'obligation morale de soutenir la veuve de Ramsey du mieux qu'il pouvait.

— Je crois que je comprends ce qu'elle ressent. Vous ne le savez pas, mais le refuge d'Asulkan, où Ramsey et Helen... enfin... Eh bien, c'était *leur* endroit, vous comprenez ; c'est là que Ramsey avait demandé à Denise de l'épouser.

Allait-elle comprendre ? s'interrogeait-il. Oui, il semblait que oui.

— Grant, bien sûr que je comprends combien la situation est difficile pour Denise. Mais cette idée que vous ayez posé des questions à propos d'Helena sans me le dire...

Elle détacha d'une pichenette un glaçon accroché à l'auvent au-dessus de la porte du restaurant et tous deux le regardèrent tomber et se briser sur le trottoir, à leurs pieds.

— Je ne peux toujours pas croire, reprit-elle, qu'Helena ait pu avoir une liaison avec un homme marié. Ça n'a pas de sens.

Grant renonça à lui rappeler les faits. En dépit de tout ce qu'Amalie avait appris sur sa sœur, elle continuait à ne pas vouloir croire que celle-ci avait changé. Il ne voyait pas ce qui pourrait la convaincre qu'Helena n'était plus la même personne que l'enfant et la jeune fille qu'Amalie avait connues.

A moins qu'elle ne soit restée la même, justement ; et qu'Amalie n'ait jamais voulu voir ses défauts et ses faiblesses.

— Venez, Amalie dit-il d'un ton apaisant en passant un bras autour de ses épaules. Allons chercher...

Il ne termina pas sa phrase. Quelqu'un derrière eux venait de l'interpeller :

— Grant !

Oh, non. Etait-ce… ? Il se tourna dans la direction de la voix et vit Denise qui aidait Chrissy et Colin à descendre de la jeep.

— Entrez et retenez une table, dit Denise à ses enfants en les poussant vers la porte du restaurant.

Grant leur tint la porte, évitant le regard de Denise. Elle se tourna vers Amalie, puis de nouveau vers Grant ; sa colère était manifeste.

— *Encore* ensemble ? Il semble clair qu'il se passe ici quelque chose dont je n'ai pas connaissance, dit-elle d'un ton plein de sous-entendus.

— Il ne se passe rien du tout, s'empressa de dire Amalie. J'étais sur le point d'aller chercher Davin à la bibliothèque. Si vous voulez toujours l'emmener essayer les raquettes, ajouta-t-elle, reportant son attention sur Grant, vous nous trouverez là-bas.

Grant hocha la tête, puis la regarda s'éloigner résolument. Il se retrouvait seul face à Denise qui le dévisageait avec suspicion.

— Je ne comprends pas, Grant. Après ce que sa sœur nous a fait…

— Amalie n'est pas Helen, rétorqua-t-il.

Cette fois, il était décidé à défendre son point de vue. Mais quand il vit Denise cacher ses yeux derrière sa main, ses épaules trembler, il ne put s'empêcher d'éprouver un élan de compassion envers elle.

— Je suis désolé, Denise. J'ai essayé de découvrir… ce que tu m'avais demandé.

Elle se calma un peu, prit une inspiration.

— Et… ? demanda-t-elle.

— Une semaine avant l'accident, ils sont venus manger une pizza ici. Blaine dit qu'ils semblaient avoir une discussion très sérieuse et qu'Helen paraissait bouleversée.

145

Denise passa sa main gantée sur son front.

— Donc, ils se connaissaient depuis un moment. Ce n'était pas la première fois…

Grant aurait beaucoup aimé pouvoir contester ce fait, mais lui-même avait abouti à la même conclusion. Si Helen avait pleuré, alors c'est qu'il s'était déjà passé quelque chose entre eux.

— Peut-être Ramsey tentait-il de mettre un terme à leur relation ?

— Oh, Grant.

Denise se laissa aller contre lui, séchant ses larmes avec sa main gantée de suédine.

— Il n'aurait simplement jamais dû l'entamer.

— Je sais…

Il posa une main sur son épaule. Il la sentait tout à coup si frêle sous l'épaisseur de son manteau.

— Entre ses patients et l'hôpital, il avait un emploi du temps tellement serré. Je ne l'ai jamais appelé pour savoir où il se trouvait, ni me suis inquiétée à ce propos. J'avais une totale confiance en lui.

— Je sais, dit-il encore.

— Je pensais que nous étions un couple heureux, qu'il l'était lui aussi. La veille de l'accident, nous avions fait l'amour.

Grant pensa fugitivement que c'était sans doute une bonne chose, mais ce genre de confidence l'embarrassait beaucoup trop pour qu'il y songe davantage. S'écartant doucement, il lui tapota l'épaule.

— Je vais continuer à me renseigner, dit-il sans l'avoir vraiment voulu.

— Merci, Grant.

Lorsqu'elle lui sembla assez solide sur ses jambes, il ouvrit pour elle la porte du restaurant. En la regardant disparaître

146

à l'intérieur, il pensait à la femme qui avait causé tous ces tourments.

Helen. Pour la première fois, il regretta sincèrement qu'elle ait péri dans l'accident. Elle aurait dû être là pour répondre aux questions que Denise se posait. Mais d'après ce qu'il avait vu et entendu, Helen n'avait jamais été très forte pour assumer les conséquences de ses actes.

L'abandon de Davin en était la triste illustration.

Amalie avait décidé de ne pas accompagner Davin et Grant dans leur balade à raquettes. Ce dernier avait semblé un peu déçu, mais le ressentiment qu'avait exprimé Denise en les voyant ensemble devant le restaurant était tel qu'Amalie éprouvait le besoin de réfléchir à la situation.

Elle et Grant s'étaient *en effet* beaucoup vus dans les jours qui avaient précédé. Presque toujours, leurs sorties avaient pour but de faire plaisir à Davin, mais la plupart de leurs conversations ne le concernaient en rien.

Grant était-il attiré par elle ? Même un peu engourdi, son instinct de femme lui soufflait que oui. Mais ce qui l'inquiétait le plus, c'étaient les sentiments qu'elle-même éprouvait à son égard. Quelques heures seulement auparavant, tandis qu'elle observait les avalanches depuis les aires de tir, elle avait été progressivement envahie par une véritable angoisse que, raisonnablement, elle n'aurait pas dû éprouver pour quelqu'un qu'elle connaissait depuis aussi peu de temps.

Malgré son manque d'expérience, et bien qu'elle eût parfaitement conscience de le connaître fort peu, Amalie commençait à comprendre ce qui lui arrivait.

Elle était en train de tomber amoureuse.

Sans doute n'y avait-il pas lieu de s'en étonner. Grant était un homme d'exception. Le voir se débattre entre sa loyauté envers ses amis et sa sollicitude pour elle l'avait rapprochée de lui. Elle s'était elle-même si souvent trouvée dans cette position inconfortable. Entre Helena et ses parents. Entre ses parents et Davin.

Ce qui l'émouvait le plus, c'était la façon dont il s'impliquait, la concentration avec laquelle il s'efforçait de faire ce qui était juste et bien. Un homme comme lui se laisserait facilement piéger par une femme qui saurait éveiller sa compassion ou tirer parti de son sens de l'honneur.

Amalie ne ferait pas ça, bien sûr. Grant méritait une femme remarquable. Pas quelqu'un qui lui faisait de la peine et qu'il se sentirait obligé de protéger. Grant méritait une femme qui serait son égal. Une femme qui partagerait son amour de la montagne, son attrait pour l'aventure, et qui serait courageuse aussi.

Malheureusement, Amalie n'était pas cette femme hors du commun. Et il lui suffisait de se remémorer la peur qu'elle avait ressentie le matin même pour savoir qu'elle ne le serait jamais.

En outre, il y avait la réputation de sa sœur. Durant les deux mois qu'elle avait vécus à Revelstoke, Helena s'était mal comportée, avait commis de graves erreurs. Amalie voulait croire qu'il ne s'agissait que de mauvais choix, lesquels n'étaient pas révélateurs de la vraie personnalité de sa sœur, mais à l'évidence Grant ne voyait pas les choses sous ce jour favorable. Et cela lui faisait mal.

De même qu'elle souffrait de la manière dont les gens de la petite communauté la jugeait, calquant leur opinion sur celle qu'ils avaient eue d'Helena simplement parce qu'elles se ressemblaient, physiquement, comme deux gouttes d'eau. Toute leur vie, Amalie et Helena s'étaient heurtées à cette incompréhension fondamentale. Denise n'en était qu'un exemple de plus.

Bref, Amalie se trouvait dans une situation abominable. Et il n'y avait pas grand-chose qu'elle puisse faire pour y remédier. Elle ne voyait pas comment elle aurait pu cesser d'éprouver des sentiments pour Grant, même si elle faisait de réels efforts en ce sens. Déjà, et bien qu'elle sût qu'elle avait pris la bonne décision, elle se sentait affreusement frustrée d'avoir renoncé à la compagnie de Grant cet après-midi.

Cependant, elle pouvait au moins tirer un parti utile de ce temps libre. Elle téléphona donc à son notaire, puis à ses parents et enfin à l'adolescent qu'elle payait pour relever son courrier à Toronto et déblayer ses cinq mètres de trottoir.

Puis elle chercha le numéro de la bibliothèque et appela pour demander s'ils avaient les livres qui intéressaient Davin, ou s'ils pouvaient les commander. Sur une impulsion, elle chercha aussi le numéro des Carter et le nota rapidement, ainsi que leur adresse, avant d'enfiler son manteau et de quitter l'appartement.

« Tu n'agis pas comme une personne saine d'esprit », se disait-elle en traversant la petite ville avec l'aide du plan qu'elle avait trouvé au Centre d'information. Après avoir passé le pont qui franchissait Illecillewaet River, elle continua tout droit jusqu'à l'hôpital, puis tourna à gauche pour découvrir un quartier boisé, d'apparence plutôt cossue. Elle repéra bientôt la maison des Carter, dans une rue en arc de cercle qui longeait la lisière de la forêt, et se gara un peu plus loin.

C'était une maison de plain-pied, surélevée, avec un double garage attenant. La façade de bois était d'un chaleureux brun-roux et la bordure du toit peinte en vert sapin. L'endroit était net, bien entretenu. Six cèdres aux formes parfaitement équilibrées bordaient la large allée qui menait au garage.

Qui avait taillé ces arbres ? Ramsey probablement. Amalie sentit son cœur se serrer en pensant à cette autre vie qu'il avait eue, à laquelle Helena n'appartenait pas, et qui avait été gâchée pour rien.

Amalie jeta un coup d'œil à l'horloge digitale du tableau de bord et réalisa qu'elle marquait la même heure que celle à laquelle elle avait éprouvé cette effroyable sensation de suffocation, à l'anniversaire de Jeremy, quinze jours plus tôt.

« Oh, Helena. Pourquoi a-t-il fallu que tu meures ? Tu n'aimais même pas skier. Je le sais. Alors, qu'est-ce que tu faisais là-haut ? »

Les larmes lui montèrent aux yeux et elle les laissa couler. Toute sa vie, elle avait essayé de protéger Helena, et toute sa vie, elle avait échoué. En particulier après la naissance de Davin. C'était trop facile de reprocher à Helena de n'être pas restée en contact ; elle-même aurait dû faire davantage d'efforts.

Mais, elle avait toujours pensé secrètement qu'il était préférable, pour eux tous, qu'Helena reste en dehors de leur vie. A présent, elle se demandait si ses motivations n'avaient pas été plus égoïstes qu'elle n'avait voulu l'admettre jusqu'ici. Peut-être avait-elle eu peur de ce qui se passerait si Helena revenait. Peut-être avait-elle craint qu'Helena ne veuille reprendre son enfant si elle le voyait.

Un mouvement dans son champ de vision la ramena au moment et à l'endroit où elle se trouvait. La porte d'entrée des Carter s'était ouverte. Le petit garçon qu'elle avait aperçu le matin devant la pizzeria sortait de la maison, en tenue de hockey, portant une crosse dans une main, un palet dans l'autre. Il se dirigea vers le centre de l'allée principale au bout de laquelle était installée une cage, contre le mur du garage.

Longtemps il resta debout là, le dos rond, la tête basse. Puis il posa le palet sur le sol et, d'un coup de crosse, l'envoya dans les buts. Les rideaux de la pièce du devant bougèrent ; quelqu'un, Denise sans doute, venait de jeter un coup d'œil au petit garçon.

Immédiatement, Amalie comprit que l'enfant n'avait pas l'habitude de jouer au hockey, seul, devant la maison. Elle se représenta son père devant la cage, encourageant Colin à rectifier son mouvement de poignet.

Un instant, elle ressentit la colère que devait éprouver Denise.

« Oh, Helena, comment as-tu pu ? »

Grant ramena un Davin euphorique peu après 7 heures. Amalie les accueillit dans l'entrée, en survêtement gris pâle, le front de nouveau soucieux, le teint blafard ; la seule touche de couleur dans son visage étant le bleu de ses yeux. Toutefois, elle trouva le courage de sourire à son neveu et de l'aider à se défaire de son anorak et de ses gants.

— Désolé d'être en retard, dit Grant.

Il avait téléphoné un peu plus tôt pour la prévenir que Davin ne semblait pas décidé à quitter le sentier avant que la nuit tombe, puis ils s'étaient arrêtés sur le chemin du retour pour manger un hamburger.

— Tu aurais dû venir, tatie, et voir la taille de ces arbres ! Comment s'appellent-ils déjà, Grant ?

— Des cèdres rouges de l'Ouest.

— Vraiment énormes ! dit Davin en écartant les bras autant qu'il pouvait. Nous sommes allés sur deux sentiers différents. C'est beaucoup plus facile de marcher avec des raquettes que de skier, tu sais. Mais ce n'est pas aussi drôle.

— Vous avez là un véritable athlète, observa Grant en félicitant Davin d'une petite tape sur l'épaule.

Mais la tension qu'exprimait le visage d'Amalie ne disparaissait toujours pas. Qu'était-il arrivé durant l'après-midi pour qu'elle semble aussi crispée ? A moins qu'elle ne fût fâchée parce que leur promenade s'était prolongée trop longtemps ?

— Je suis contente que tu te sois bien amusé, trésor, mais il est temps d'aller au lit maintenant.

— Vas-y si tu veux, tatie, rétorqua Davin, imitant comiquement l'intonation d'une grande personne, je vais rester encore un peu avec Grant.

La jeune femme éclata de rire. Cela faisait plaisir à voir. Un soupçon de rose colora ses joues et les plis de son front s'effacèrent temporairement.

— Tu auras essayé, dit-elle en faisant pivoter les épaules de Davin jusqu'à ce qu'il se retrouve face à la porte du séjour. Maintenant, file à la douche. Je t'ai sorti une serviette propre. Et n'oublie pas tes dents !

Elle le suivit du regard, mais quand Davin eut refermé la porte sur lui, Grant vit que son bref sursaut d'énergie retombait. Les vilaines lignes étaient de retour sur son front et ses épaules s'étaient voûtées.

Il essaya de s'excuser encore une fois.

— J'espère que vous n'étiez pas inquiète.

— Non. Mais je vous remercie de m'avoir appelée tout à l'heure.

Elle alla vers le sofa, replia une vieille couverture au motif afghan que Grant n'avait encore jamais remarquée, et finit par s'asseoir. Il s'installa à côté d'elle.

— Vous êtes sûre que vous allez bien ? s'enquit-il.

— Oui, Grant, merci.

Elle n'en avait pas l'air pourtant, et il ne la crut pas. Il ne savait pas quoi faire. Peut-être devait-il la laisser seule afin qu'elle puisse se reposer, mais il doutait que ce fût la fatigue qui l'abattait à ce point. Elle semblait bouleversée, peut-être avait-elle besoin de parler.

— Qu'avez-vous fait cet après-midi ? demanda-t-il.

— Oh, j'ai passé quelques coups de fil. Et puis j'ai fait des courses…

Elle affectait un ton enjoué qu'il ne lui avait jamais entendu auparavant. Quelque chose n'allait pas. Lorsqu'elle se détourna légèrement, lui présentant son épaule, il comprit qu'elle ne voulait pas qu'il voie son visage.

— Votre sœur vous manque ?

Un tressaillement de ses épaules le convainquit qu'elle retenait ses larmes. Instinctivement, il passa un bras autour d'elle et l'attira à lui. Un instant, elle se laissa aller mollement contre son torse et il put effleurer ses cheveux et sa joue de sa main libre.

— Je suis désolé, Amalie.

Elle se libéra de son étreinte et se leva si brusquement qu'il se demanda s'il ne lui avait pas fait mal.

Il la regarda manœuvrer nerveusement la cordelette du store cependant que le bruit de l'eau éclaboussant la porcelaine leur parvenait de la salle de bains, couvert, quelques secondes plus tard, par d'exubérantes vocalises.

Amalie esquissa un sourire contraint.

— Il chante toujours quand il est sous la douche. Je ne pense pas qu'il sache à quel point cet appartement est sonore.

Grant écouta un moment, essayant de reconnaître la chanson.

— Peut-être devrions-nous nous penser à quelques cours de chant, maintenant qu'il maîtrise les raquettes.

Amalie parut sur le point de rire de nouveau, mais c'est un sanglot qui sortit de sa gorge. Elle lui tourna le dos et cacha son visage dans ses mains. Dans le même instant, il fut près d'elle.

— Allons, ce n'est pas grave. Il ne chante pas si faux que ça, essaya-t-il de plaisanter.

— Oh, Grant…

Cette fois, elle s'abandonna contre lui plus longtemps, laissant même aller sa tête sur son épaule tandis qu'il l'entourait de ses bras.

— Pourquoi Helena est-elle venue ici ? demanda-t-elle. Pourquoi est-elle morte ?

Il savait qu'elle n'attendait pas de réponse. Il était content qu'elle s'autorise à pleurer un peu dans ses bras, mais ne fut pas surpris qu'elle s'écarte de nouveau après seulement quelques minutes.

— Oh mon Dieu, c'est si embarrassant. Votre chemise est trempée, maintenant.

— Je ne m'en plaindrai pas, promis, dit-il en essuyant une larme qui roulait sur sa joue.

Elle sourit sans le regarder.

— Grant… j'ai réfléchi…

— Ne pensez plus, l'interrompit-il en l'attirant de nouveau à lui, son désir de la réconforter faisant place à un désir plus instinctif. Regardez-moi, Amalie. Laissez-moi vous embrasser.

— Non.

Elle baissa un peu plus la tête, mais ne s'écarta pas.

— Vous n'en avez pas envie ?

— Bien sûr que si. Mais, Grant, nous ne pouvons pas nous embrasser simplement parce que nous en avons envie.

Dans son ardeur à le convaincre, elle avait relevé la tête. C'était le seul prélude dont Grant ait besoin. Sans hésiter, il posa ses lèvres sur les siennes, délicatement, dans ce qui n'était dans son esprit qu'un avant-goût, puis il s'écarta pour la regarder.

— Pourquoi pas ? dit-il.

11.

Grant sentit une certaine réticence de la part d'Amalie, mais non point de résistance. Il la serra un peu plus fort contre lui et approcha de nouveau ses lèvres des siennes.

Elle n'avait pas répondu à sa question, mais quand elle ferma les yeux, il sut qu'il avait momentanément fait taire la petite voix qui avait tenté de s'exprimer dans sa tête. Peut-être était-ce la voix sévère de ses parents qui lui répétait que c'était mal de faire quelque chose simplement parce que c'était agréable.

Leurs bouches se joignirent et il la respira enfin, la goûta, comme on goûte la légèreté, la douceur de l'air qui souffle des montagnes au printemps. Il enroula une main dans ses cheveux soyeux et posa l'autre dans le creux de ses reins.

C'était si bon aussi de sentir ses mains sur lui, une sur sa hanche, une dans son cou. Son pouce caressait doucement l'arête de son maxillaire tandis que leurs visages cherchaient le meilleur angle pour approfondir leur baiser, quand un silence étrange, menaçant s'abattit soudain sur eux.

L'eau ne coulait plus dans la salle de bains.

Amalie se recula vivement.

— Je dois être complètement idiote, dit-elle en s'éloignant de lui.

Elle fit quelques pas dans la pièce, puis lui fit face.

Elle n'était plus pâle à présent ; ses lèvres étaient rouge cerise, ses joues et son front rose vif, ainsi que le petit creux à la base de son cou.

— Quand pourrez-vous partir à la recherche des corps ? demanda-t-elle. J'ai vraiment besoin de savoir.

— Amalie…

Il était tellement déçu qu'il en aurait presque pleuré. Des barrières. Toujours des barrières. Juste au moment où ils commençaient à se rapprocher, elle reculait, se mettait à l'abri de ses propres lignes, comme le bon petit soldat qu'elle était.

— Vous savez bien que nous sommes ici pour ça. Que c'est ce que nous attendons depuis notre arrivée.

En d'autres termes, il devait abandonner l'idée qu'une relation pourrait les mener quelque part. C'est alors qu'il commença à se rendre compte que c'était lui qui se comportait comme un idiot. Quand lui avait-elle adressé ne serait-ce qu'un signe d'encouragement ?

— Je ne sais pas, répondit-il. il est tombé encore beaucoup de neige cette semaine.

— Ça ne s'arrête jamais, n'est-ce pas ? observa-t-elle d'un ton amer.

Elle se tenait à la fenêtre, jouant de nouveau avec la corde-lette du store, relevant les lamelles qu'elle avait baissées un moment plus tôt. Il faisait si sombre dans la pièce qu'on pouvait voir briller les flocons de neige dans le halo orangé des lampadaires.

— Je peux aller voir sur place demain, dit-il, formulant une promesse qu'il aurait préféré ne pas faire. Mais je ne peux rien vous garantir de plus.

— Je ne veux pas que quiconque prenne de risques, mais je *veux* qu'on retrouve le corps d'Helena. Où que j'aille dans cette ville, j'en reviens toujours avec plus de questions que de réponses. Helena aura peut-être quelque chose sur elle, des papiers, une lettre, qui sait, qui m'aideront à découvrir ce qu'elle était venue faire ici, d'où elle venait, où elle comptait se rendre ensuite.

La porte de la salle de bains claqua. Ils se retournèrent en même temps. Davin se tenait dans l'encadrement de la porte, en pyjama. La journée avait dû le fatiguer plus que Grant ne l'avait cru car il avait les traits tirés et les yeux rouges.

— Je vais me coucher, annonça-t-il. Merci pour tout, Grant.

— Veux-tu que je vienne te border ? proposa Amalie en faisant deux pas dans sa direction.

— Non, c'est pas la peine.

Il fit au revoir de la main et tourna les talons.

— J'ai du mal à me rappeler qu'il grandit, dit Amalie à mi-voix, presque pour elle-même. L'an prochain, il sera au collège…

— C'est un bon garçon. Tout ira bien.

— Je l'espère. C'est juste que…

— Oui ?

— Eh bien, maintenant qu'Helena n'est plus là, nous n'avons plus aucun moyen de savoir qui était son père. Je me demande s'il y pense quelquefois.

Davin, le dos appuyé contre la porte de sa chambre, fronça les sourcils en entendant les derniers mots de sa tante. Elle ne devait pas se douter qu'il pouvait percevoir leurs paroles à travers la porte fermée. Mince ! peut-être *l'avaient-ils* entendu tandis qu'il chantait sous la douche ?

Ses joues devenaient toutes chaudes rien qu'à y penser. Il avait chanté une des chansons des Backstreet Boys ; la plupart des garçons de son âge n'aimaient pas ce groupe — du moins c'est ce qu'ils prétendaient —, mais lui, il les aimait beaucoup.

Avaient-ils pu entendre ? Non, pas avec le bruit de l'eau qui coulait. Rassuré, il alluma la petite lampe qu'Amalie avait installée à la tête de son lit et ramassa le livre qu'il avait emprunté à Grant. Puis il se coucha et essaya de reprendre sa lecture là où il s'était arrêté, mais les derniers mots de sa tante continuaient de trotter dans sa tête.

Son père. Durant un moment, Davin essaya d'imaginer à quoi l'homme pouvait ressembler, mais il ne parvenait à se représenter qu'une silhouette sombre.

Quelquefois, il se demandait ce qui s'était passé avec lui pour que ni sa vraie mère ni son père n'aient voulu de lui. Il n'était pas un bébé affreux ; en tout cas, sur les photos, il avait l'air tout à fait normal, mignon même, autant qu'il puisse en juger.

Sa tante lui avait dit que sa mère et son père étaient trop jeunes pour assumer la responsabilité d'un enfant. Mais sa tante avait exactement le même âge qu'Helena, alors pourquoi en avait-elle été capable, elle, et pas eux ?

Lorsqu'il était plus jeune, Davin s'imaginait parfois que son père réapparaissait dans sa vie, mais ces rêveries ne duraient jamais longtemps car il craignait que celui-ci, s'il revenait, veuille l'enlever à sa tante Amalie.

« Cela ne pourrait pas arriver », l'avait rassuré sa tante quand il lui avait finalement confié ses craintes — il avait sept ans à l'époque. « Je t'ai adopté dès ta naissance. Légalement, je suis ta mère », avait-elle expliqué.

« Mais alors, pourquoi est-ce que je ne peux pas t'appeler maman ? » Il posait à sa tante toutes sortes de questions, sur tous les sujets, mais il ne s'était jamais senti assez brave pour lui poser celle-là. Peut-être souhaitait-elle garder ce mot tout neuf pour le jour où elle aurait des enfants à elle ?

— Amalie, voudriez-vous être assez gentille pour m'expliquer ce qui se passe ?

Grant parcourait de long en large le séjour d'Helena. On eût dit un lion en cage. Amalie se sentait troublée, dans tous les sens du terme. Lorsqu'elle avait décidé qu'il fallait mettre un terme, tout de suite, à leur début de relation, elle n'avait pas voulu s'arrêter au fait que lui aussi pourrait avoir un avis sur la question.

— Quand je vous embrasse, reprit-il, je sens que vous en avez autant envie que moi ; quand je vous regarde, j'ai l'impression que vous m'aimez bien. Pourtant, chaque fois que nous nous rapprochons l'un de l'autre, vous battez en retraite. J'aimerais savoir, n'êtes-vous tout simplement pas intéressée, ou craignez-vous quelque chose ?

Amalie ne voulait pas lui mentir en lui disant qu'elle ne ressentait aucune inclination pour lui. Mais ce n'était pas la peur qui la retenait, c'était son sens aigu des responsabilités.

— J'ai un travail à Toronto, Grant. Des parents qui ont besoin de moi, un enfant à élever. Je vous ai dit que je n'étais pas une femme en quête d'aventures.

Et cependant, elle sentait encore le contact de ses mains sur son corps, le goût de ses lèvres sur les siennes et c'était le goût de la tentation. Pourquoi ne vivrait-elle pas, rien qu'une fois, cette expérience ?

Mais ces « rien qu'une fois » étaient à l'origine de tant d'erreurs. Elle ne pouvait pas se permettre d'agir légèrement quand elle savait qu'une « erreur » de sa part pourrait avoir des répercussions sur Davin, et sur ses parents.

— Et je vous ai répondu, répliqua-t-il, que mes sentiments n'étaient pas aussi superficiels que vous sembliez le croire.

Il ne savait certainement pas à quel point il la troublait lorsqu'il disait des choses comme ça ! Amalie s'enfuit dans la cuisine où elle se mit à frotter le plan de travail déjà propre. Elle l'entendit bientôt qui la rejoignait, et malgré son irritation, elle ressentit une soudaine excitation à percevoir sa présence derrière elle.

— Pourquoi ne pas nous donner une chance ? dit-il doucement. Si ça ne marche pas, tant pis, mais peut-être que ça marchera.

Avec une impatience fébrile, elle le sentit s'approcher dans son dos, perçut son haleine chaude dans son cou. Et juste au moment où elle fut certaine qu'il allait l'embrasser, elle lui fit face, posant ses mains sur ses épaules pour l'empêcher d'avancer.

— Je regrette, Grant. Mais ne voyez-vous pas que tout est contre nous ?

A cet instant, pourtant, il était difficile de ne pas balayer tous les obstacles d'un revers de la main. Elle n'avait jamais rencontré un homme comme Grant. Il était fort, courageux, il n'avait peur de rien. Et le seul fait de savoir qu'il était attiré par elle amollissait non seulement ses genoux, mais aussi sa résolution.

— Et ce qui se passe *entre* nous ? Qu'en faites-vous ? demanda-t-il. Que faites-vous de ce que nous ressentons l'un pour l'autre ?

Volontairement ou non, il oubliait quelque chose.

— Et que ressentez-vous exactement pour moi, Grant ? Vous haïssiez ma sœur. Ne craignez-vous pas, dans quelque recoin de votre esprit, que je lui ressemble finalement plus que vous ne l'avez d'abord cru ?

L'espace d'une seconde, il détourna le regard, et elle sut qu'elle avait visé juste.

— Cela vous inquiète, n'est-ce pas ? Tout au fond de vous-même, vous avez peur que je sois comme Helena. Vous avez peur de tourner la tête un jour et de me voir danser de façon provocante sur la table de la cuisine.

— Pardon ?

Elle voyait bien qu'il connaissait l'histoire. Elle avait été choquée quand Toby Ward avait évoqué devant elle l'attitude aguicheuse de sa sœur. Ils s'étaient rencontrés à la bibliothèque — le dernier endroit où elle se serait attendue à rencontrer le barman, soit dit en passant. A cette pensée, elle se morigéna, se rappelant le danger qu'il y avait à juger les gens trop rapidement. C'était ce que tout le monde avait fait dans cette ville, vis-à-vis d'Helena.

— Allons, Grant. Je sais que vous avez entendu parler des fêtes que donnait ma sœur.

— Et quel rapport cela devrait-il avoir avec vous ? Ou avec ce que je ressens pour vous ?

Sans qu'elle eût pu faire un geste, il avait pris son visage entre ses mains et l'inclinait vers le sien.

— Je…

Amalie ne savait plus. Ses pensées semblaient s'être soudain dispersées.

— Peut-être devriez-vous danser sur les tables de temps en temps, Amalie, chuchota-t-il. C'est peut-être beaucoup plus amusant que vous ne le croyez. Vous seriez même probablement excellente dans ce rôle.

Quelque part, elle ne savait pas à quel moment, elle s'était trompée de tactique. Elle ne l'avait ni effrayé ni fait fuir, elle l'avait *encouragé*.

Et il s'empressa de le lui prouver en l'embrassant avec une ardeur nouvelle, au point qu'Amalie eut d'abord de la peine à respirer ; puis il la souleva de terre, la serra très fort dans ses bras virils tout en écrasant ses lèvres sur les siennes, et le problème de l'oxygène passa au second plan.

Elle ne pouvait pas lutter contre lui, pas plus qu'un jeune arbre n'aurait résisté à l'avancée d'un feu de broussailles. Il n'existait pas d'autre choix que de capituler. Mais, oh, quel goût de paradis avait la reddition !

C'est alors que la sonnerie du téléphone retentit.

Grant se détourna comme Amalie décrochait le combiné. S'appuyant des deux mains sur le comptoir, il baissa la tête et s'efforça de dompter la passion qui l'avait tout à coup jeté au cou — aux lèvres —, de la jeune femme.

Il s'était toujours considéré comme un homme pondéré, sachant garder son sang-froid en toutes circonstances. Si Amalie disait qu'elle n'était pas intéressée, alors la seule conduite à adopter était de faire machine arrière. Pas de se jeter sur elle comme l'homme de Néandertal.

Le plus surprenant, pourtant, était qu'elle avait répondu à son baiser avec une fougue égale à la sienne. Comment était-il censé décrypter ce genre de messages contradictoires ?

— Entendu, l'entendit-il répondre à son interlocuteur. J'espérais que...

Elle lui avait dit qu'elle n'était pas engagée dans une quelconque relation. Néanmoins, il ressentit un soudain accès de jalousie lorsqu'il la vit jeter un coup d'œil dans sa direction, puis se détourner et baisser la voix.

Il sortit alors de la cuisine, s'efforçant de tromper sa curiosité en se concentrant sur la promesse qu'il lui avait faite plus tôt de se rendre sur le site de l'accident afin d'évaluer la possibilité de mener des recherches dans de bonnes conditions de sécurité.

Encore une promesse trop rapide. Il repensa à celle qu'il avait faite à Denise, et renouvelée aujourd'hui devant le restaurant de Blaine, de découvrir depuis combien de temps Ramsey et Helen se connaissaient.

Bon sang, quel idiot il avait été ! Que leur liaison ait duré trois jours ou trois semaines importait peu, car Denise souffrirait, de toute façon. Il aurait dû l'exhorter à oublier ce malheureux épisode, à se rappeler au contraire les événements heureux de leur mariage, toutes les joies, les bons moments partagés.

C'était la seule manière de répondre à sa demande ; mais non, il n'avait pas pu se résoudre à lui opposer un refus. Et il savait pourquoi. Les femmes dans la détresse le déconcertaient toujours. Quoiqu'il n'ait pas eu cette réaction face à Amalie, réalisa-t-il tout à coup. Lorsqu'elle avait laissé paraître son désarroi, tout à l'heure, il ne s'était senti ni déstabilisé, ni gêné, seulement terriblement triste pour elle.

Prenant conscience du fait qu'il était de nouveau en train d'arpenter le séjour de long en large, Grant s'arrêta près de la fenêtre. Bien qu'il n'essaie pas de l'écouter, la voix d'Amalie lui parvenait très distinctement :

— Non, vraiment. Il n'est pas si tard. Je suis contente que vous ayez appelé, disait-elle.

Puis il l'entendit raccrocher.

Son expression, lorsqu'elle pénétra dans la pièce, trahissait un curieux mélange d'émotions. Elle paraissait choquée et incrédule tout à la fois.

— C'était mon notaire qui appelait de Toronto, dit-elle. Il a retrouvé la trace de ma sœur à Seattle.

Il alla vers elle et lui toucha le coude.

— C'est une bonne nouvelle, non ?

— Je ne sais pas.

Elle vacilla légèrement et il resserra sa main autour de son bras.

— Quelqu'un d'autre vivait à la même adresse. Un homme.

Amalie inspira profondément, se redressa et, le regardant droit dans les yeux, ajouta :

— Votre ami Ramsey n'a pas été le seul à se fourvoyer dans une aventure extraconjugale. Ma sœur était mariée aussi.

12.

— Helen était mariée, répéta Grant lentement.

Amalie attendit qu'il enregistre l'information. Helena baisserait un peu plus encore dans l'estime de Grant, et Amalie ne pourrait pas lui en vouloir. C'était déjà suffisamment critiquable d'être sortie avec un homme marié, mais le fait qu'Helena elle-même l'ait été ne faisait qu'aggraver encore sa faute.

Doucement, Amalie dégagea son bras. A présent, c'était elle qui faisait les cent pas dans la pièce, s'efforçant d'assimiler tout ce que le notaire lui avait appris.

— Je ne suis pas sûr d'avoir bien compris, reprit Grant, visiblement perplexe. Si elle avait un mari, que faisait-elle ici toute seule ? Etaient-ils séparés ?

— Ce point ne semble pas très clair.

Comme si le reste l'était. D'après le notaire, Helena était mariée depuis trois ans. Trois ans ! Comment était-il possible qu'Helena n'ait pas une seule fois au cours des ces trois années mentionné l'existence d'un mari ? Sans parler du fait qu'on invite d'ordinaire sa famille à partager un tel événement.

« Oh, Helena ! » gémit-elle intérieurement.

Le gouffre qui la séparait de sa sœur n'avait jamais été aussi profond.

— Arrêtez-vous un moment, je vous en prie, dit Grant en saisissant son bras comme elle passait près de lui. Il faut que vous vous calmiez, Amalie.

Si le téléphone n'avait pas sonné, ils auraient été en train de faire l'amour…, pensa-t-elle en libérant son bras. Ce coup de fil avait peut-être été providentiel. Après tout, Davin dormait dans la pièce à côté.

Mais que lui arrivait-il donc ? Avait-elle perdu tout son bon sens ?

— Qu'a dit d'autre le notaire ? demanda Grant.

Amalie fit de son mieux pour se concentrer.

— Euh… il a dit que le nom de son mari était Matthew Stanway.

Matthew… C'était un joli prénom, qui sonnait bien. Mais à quoi ce Matthew pouvait-il ressembler ? Si Helena avait fui, ce n'était sans doute pas sans raison.

— Et que fait Matthew à Seattle ?

— Je ne sais pas exactement quelle fonction il occupe, mais il est dans l'informatique, apparemment. Il semble qu'il vienne juste de rentrer d'un voyage de deux semaines en Europe. Mon notaire avait laissé un message sur son répondeur, et Matthew l'a rappelé dès son retour.

Elle serra ses bras autour d'elle, songeant au mari de sa sœur. Savait-il qu'Helena avait une sœur jumelle ? Des parents qui vivaient dans l'Ontario ? Un fils ?

— Donc, ils étaient séparés ?

Elle haussa les épaules.

— Selon Matthew, il est rentré un jour du travail et Helena était partie. Elle avait laissé un message disant qu'elle le quittait, sans autre explication. Ils ne s'étaient pas disputés, n'étaient pas en conflit. Il a attendu une semaine, pensant qu'elle allait revenir. Puis il a engagé un détective pour la retrouver.

— Et évidemment, celui-ci n'a pas retrouvé sa trace.

— Non, mais il semble qu'il se soit lancé sur une mauvaise piste. Matthew était certain qu'Helena était allée à Vancouver ; elle était canadienne et ils avaient des amis là-bas.

En écoutant l'exposé du notaire, Amalie avait eu l'impression que Matthew était assez riche. Ce qui, Dieu merci, expliquait au moins la voiture de sport et les bijoux.

— Je me demande s'il a tout dit, observa Grant. Cela semble plutôt bizarre qu'elle soit partie comme ça sur un coup de tête, sans la moindre raison.

— Je suis d'accord, approuva Amalie. Et en prenant bien garde à ne pas laisser de traces derrière elle. Rappelez-vous qu'elle n'a pas utilisé de cartes de crédit.

Amalie essaya de se remémorer les derniers mois. L'anxiété latente qu'elle avait éprouvée durant les semaines qui avaient précédé Noël devait correspondre à l'époque où Helena avait quitté Stanway. Mais si elle avait eu peur de lui, s'il avait été méchant, voire violent, envers elle, Amalie n'aurait-elle pas perçu des vibrations négatives bien avant sa fuite ?

— La police aurait sûrement pu retrouver sa famille au Canada, je m'étonne que l'on ne vous ait pas informés de sa disparition.

— En réalité, la police n'a fait aucune recherche. Ils ont dit à Stanway que, sa femme étant partie de son plein gré, ils ne pouvaient absolument rien faire.

— Eh bien, si son histoire est vraie, Matthew Stanway a dû vivre un enfer.

— Je pense que nous aurons bientôt l'occasion d'en juger par nous-mêmes. Matthew à l'intention de venir à Revelstoke lorsqu'on aura retrouvé les corps.

Grant secoua la tête, comme s'il ne pouvait pas le croire.

— Formidable, marmonna-t-il.

— Grant, je veux venir avec vous demain, quand vous irez sur le site.

— Je ne pense pas que ce soit une bonne idée. Vous savez combien vous détestez la montagne. Pourquoi devriez-vous vous infliger ça ?

C'était une bonne question. A laquelle elle était bien en peine de répondre.

— Il faut que j'y aille. Au moins une fois.

— C'est absurde. Vous n'êtes pas une skieuse expérimentée. Le terrain est difficile, là-haut, et la piste qui part du refuge d'Asulkan croise plusieurs passages d'avalanches.

Amalie sentit son courage faiblir. Tout ce que disait Grant était vrai. Ce n'était pas raisonnable pour qui n'était pas un skieur émérite de s'aventurer en haute montagne.

Mais elle ne serait pas seule. Grant serait là.

— Je dois le faire.

— Je me demande si, dans la situation inverse, Helena se serait senti la même obligation envers vous, dit Grant d'un air pensif.

— Ça n'a pas d'importance.

— Vous croyez ?

— Oh, Grant, vous êtes toujours tellement enclin à voir le mal en elle.

— Je vois ce qu'il m'a été donné de voir, rien d'autre.

Sa dureté la blessait d'autant plus qu'elle savait qu'il avait de bonnes raisons de mal juger sa sœur. Mais il avait tort, et elle le lui prouverait. Si c'était possible.

— Je veux y aller, Grant.

— Vous ne feriez que me ralentir. Tout seul, je pourrais faire l'aller et le retour en une journée. Si vous m'accompagnez, nous serons forcés de passer la nuit au refuge où Ramsey et...

— Je vous en prie, Grant, emmenez-moi. Je sais que vous avez raison, que nous n'irons pas aussi vite que si vous y alliez seul, mais si je pouvais voir l'endroit où elle est morte, juste une fois… je crois que cela m'aiderait à réaliser qu'elle est vraiment partie.

Grant l'observa un long moment, comme s'il mesurait la force de sa détermination.

— Il faut que je sois fou pour seulement y penser…, commença-t-il d'une voix lente.

— Oui ? c'est oui ? interrogea-t-elle en saisissant son bras.

— Il faudra reporter l'excursion d'un jour ou deux, le temps que nous vous trouvions un équipement complet.

L'idée de devoir attendre un jour de plus ne plaisait pas à Amalie.

— Est-ce que celui que j'ai loué pour le ski de fond ne pourrait pas faire l'affaire ?

— Certainement pas. Amalie, il ne s'agit pas d'un gentil sentier comme celui que nous avons fait l'autre jour. Vous avez besoin du matériel et des vêtements adéquats, et, en outre, je devrai vous apprendre les consignes de sécurité et vous donner quelques conseils concernant la technique de ski. Vous avez déjà fait un peu de ski de piste, et cela vous aidera, mais vous n'avez jamais utilisé de peaux, par exemple.

Des peaux ? Amalie, ne voyant pas du tout de quoi il parlait, décida de ne pas discuter davantage.

— Quand pourrons-nous partir ?

— Après-demain. Tôt.

Très bien. Puisqu'il elle n'avait pas le choix, elle se contenterait de ça.

*
**

Le vent avait forci durant la nuit, apportant l'air froid des Selkirk dans la vallée. Grant le sentit au changement d'humidité de l'atmosphère lorsqu'il se réveilla, au petit jour, le mardi matin.

— Brrr, quel froid…, grommela-t-il en rejetant ses couvertures pour aller fermer la fenêtre de sa chambre qu'il laissait généralement entrouverte quand il dormait. La chaudière, programmée pour se remettre en route à 4 h 30, fonctionnait déjà. Il s'adossa contre le radiateur et y posa ses pieds, l'un après l'autre, pour se réchauffer.

Amalie. Ce jours-ci, la plupart de ses pensées conscientes gravitaient autour de la jeune femme. Et aujourd'hui, il avait la réjouissante perspective de passer plusieurs heures en sa compagnie pour l'aider à choisir le bon équipement et effectuer un petit entraînement.

Sa joie était cependant mitigée.

« Tu es fou, Thorlow, se disait-il à intervalles réguliers. Tu es en train de dresser l'échelle de laquelle tu vas tomber. » Amalie lui avait bien fait comprendre que ce genre de relation ne les mènerait nulle part. Revelstoke était le dernier endroit où elle souhaiterait s'installer, et lui n'était pas prêt à déménager pour qui que ce soit. La question s'était déjà posée, deux fois, et chaque fois il était resté fermement sur ses positions.

Il lui arrivait de repenser à ces deux femmes. Tory, qui lui avait demandé de la suivre à Vancouver où elle préparait le barreau. Et Sandra, qui avait travaillé pendant un an au Centre de contrôle des avalanches, et qui voulait qu'il parte faire le tour du monde avec elle. Mais il l'avait déjà fait, avec ses parents d'abord, puis une autre fois, jeune homme, avant de revenir s'installer à Revelstoke pour y travailler.

Après ces deux échecs, il s'était promis de ne plus jamais s'engager dans une relation à moins d'être certain que la femme concernée soit aussi amoureuse de la montagne que de lui.

Par conséquent, il était tout à fait ridicule de fantasmer sur une jolie blonde à la tête froide que tout retenait à Toronto — la ville du Canada par excellence où il ne pourrait jamais envisager de s'installer —, et dont, par ailleurs, la sœur jumelle avait causé plus de problèmes ici en deux mois que la plupart des gens en toute une vie.

Grant rejoignit d'un pas traînant la salle de bains et observa son reflet dans la glace sans la moindre complaisance.

— Tu es un triple idiot, dit-il à son image. Est-ce que tu t'en rends compte, au moins ? Sur quoi, il pressa si fort le tube de dentifrice que la pâte atterrit dans le lavabo. En soupirant, il en ramassa une partie avec sa brosse, puis aspergea le reste d'eau froide.

La nuit précédente, Amalie n'aurait pas pu se montrer plus explicite. Leur relation n'allait nulle part ; elle ne voulait pas faire l'amour avec lui.

Néanmoins, il avait accepté de l'emmener en reconnaissance sur le site de l'accident, et, « accessoirement » de passer la nuit avec elle au refuge d'Asulkan, sachant bien sûr qu'ils dormiraient dans des sacs de couchage séparés, ce qui serait pour lui une vraie torture.

Grant se rinça la bouche, puis entra dans la cabine de douche. « A moins que… », susurrait une petite voix à son oreille. Amalie éprouvait une réelle attirance pour lui, elle n'avait pas essayé de le nier. Qui sait si, seuls en pleine montagne, il ne se passerait pas finalement quelque chose…

Mentalement, Grant ajouta une ou deux petites choses à la liste de celles qu'il devait rassembler en prévision de l'excursion. Il n'était pas le genre d'homme à se laisser prendre au dépourvu. Mieux valait être prêt à toute éventualité.

Aussi improbable que soit celle-ci en particulier.

Il se demandait si Amalie avait idée des conditions pour le moins rustiques de leur hébergement. Il avait tenté de lui en toucher un mot la veille au soir, mais elle n'avait pas semblé y accorder la moindre attention, et ne s'était certes pas laissé dissuader.

C'était une femme bougrement entêtée.

Mais son obstination était aussi une des qualités qu'il admirait chez elle. Il faut être courageux pour s'obliger à faire quelque chose qui vous terrifie. Déjà, venir jusqu'ici depuis Toronto — ce qui revenait à traverser presque tout le pays dans sa plus grande longueur — exigeait un certain cran. Pourtant Amalie ne se reconnaissait jamais aucun mérite.

Avec un soupir de résignation, il sortit de sa douche et entreprit de se raser. Tandis qu'il faisait courir le rasoir sur ses joues et sous son menton, il remarqua que ses cheveux étaient quelque peu hirsutes et décida aussitôt d'y remédier. Ouvrant d'un coup sec le tiroir récalcitrant qui se trouvait sous le lavabo, il en sortit des ciseaux, puis s'immobilisa.

Amalie était-elle attentive à ce genre de détails ? Si tel était le cas, une vraie coupe de cheveux, pour une fois, ne pouvait pas nuire.

Il reposa les ciseaux et alla dans la cuisine. La cafetière, pourvue d'un minuteur, gargouillait consciencieusement indiquant que le café était prêt. Grant s'en versa une tasse, regrettant de ne pas disposer aussi d'un grille-pain automatique qui éjecterait deux toasts croustillants — et pourquoi pas, par quelque merveille de la technologie, tartinés de beurre et de confiture — au moment précis où il pénétrerait dans sa cuisine.

Il avait gardé une tendresse particulière pour un vieux film de Walt Disney, *The Absent-Minded Professor*, dans lequel le héros, un vieux professeur terriblement distrait, dispose d'une cuisine bourrée de gadgets plus surprenants les uns que les autres, destinés à le soulager des corvées quotidiennes qu'il trouve, tout comme Grant, souverainement ennuyeuses.

Aujourd'hui, il se contenterait d'une poignée de céréales. Il emporta la boîte dans le séjour, ainsi que sa tasse, et tout en plongeant sa main dans le paquet, alluma son ordinateur, grâce auquel il était directement connecté au service national de météorologie.

Les cartes avaient été mises à jour durant la nuit ; à présent, on prévoyait plusieurs jours d'un temps froid, sec et dégagé. De façon tout à fait inattendue, les conditions se révélaient donc idéales pour une randonnée en haute montagne.

Grant éteignit l'écran et avala une nouvelle poignée de céréales qu'il fit descendre à l'aide d'une gorgée de café.

Dieu merci, le temps, au moins, était de leur côté. Grant n'avait pas besoin de difficultés supplémentaires. Emmener une néophyte était déjà assez compliqué. A commencer par l'équipement d'Amalie dont il fallait se préoccuper en premier lieu.

Il s'était aussi promis de faire un saut, dans le courant de la journée, à l'hôpital où Ramsey avai t travaillé. Quelqu'un saurait peut-être à quel moment il avait rencontré Helen.

— Je crois que c'est lui, dit Amalie à Davin et Heidi qui attendaient avec elle dans le hall du chalet le mercredi matin.

S'efforçant de maîtriser sa nervosité, elle regarda le 4 x 4 de Grant s'immobiliser le long du trottoir. Son anxiété n'avait fait que croître depuis son réveil. Elle craignait à la fois de n'être finalement pas capable de relever le défi qu'elle s'était elle-même lancé, et, si elle y parvenait, de s'effondrer une fois parvenue sur les lieux où sa sœur avait trouvé la mort.

Et plus encore peut-être, elle appréhendait de devoir passer une nuit au refuge, seule avec Grant.

Elle ramassa le petit sac d'effets absolument indispensables que Grant l'avait autorisée à emporter. Il avait déjà ses skis, qu'il avait arrimés sur le toit de sa voiture la veille, après leur sortie d'entraînement.

Le ski de haute montagne, avait-elle découvert, était en quelque sorte une version hybride du ski de fond et du ski de descente ; et les fameuses « peaux », des bandes de tissu synthétique imitant la peau de phoque que l'on fixait sous les skis pour faciliter l'ascension. Il y avait aussi une sorte d'étrier en métal qui permettait de solidariser la chaussure et le ski, et que l'on utilisait dans les fortes descentes.

— Tu vas me manquer, dit-elle à Davin en déposant un rapide baiser sur sa joue.

Heidi avait prévu un après-midi de ski de fond, du côté de Summit Road, suivi d'une soirée « films d'horreur », mais Davin était encore mécontent de ne pas pouvoir suivre Grant et sa tante.

Mais Grant remontait l'allée de la maison, et déjà il en poussait la porte d'entrée, laissant pénétrer un courant d'air glacial dans le hall.

— Je vois que vous êtes fin prête, dit-il d'un air approbateur.

Puis son regard glissa sur Heidi et s'arrêta sur Davin qu'il considéra avec sympathie.

— La prochaine fois, tu seras de la partie, promit-il.

Davin hocha la tête, mais ses yeux baissés disaient toute sa déception.

— Tu veux bien porter mon sac dans l'auto, Davin ? demanda Amalie en lui pressant gentiment l'épaule. J'ai juste deux mots à dire à Heidi.

Le jeune garçon hocha de nouveau la tête, prit le sac qu'elle lui tendait et sortit. Dès qu'il fut dehors, Amalie se tourna vers Grant.

— Vous avez dit qu'il y avait un numéro où Heidi pouvait nous joindre en cas d'urgence ?

— Oui, je l'ai noté, répondit-il en sortant une petite feuille de sa poche. Ah, autre chose, Heidi…

Il s'éclaircit la gorge.

Amalie, alertée par la soudaine gêne qu'elle avait perçue dans sa voix, s'arrêta sur le seuil.

— Est-ce que… euh, Ramsey est jamais venu ici pour voir Helen ?

Amalie se figea. Ainsi Grant continuait de chercher des renseignements pour Denise. Sans doute devait-elle lui être reconnaissante de ne plus agir dans son dos. Elle se demanda s'il avait dit à Denise qu'Helena était mariée.

— Pourquoi cette question ? rétorqua Heidi, l'œil aussi aiguisé que la voix.

Grant leva les yeux au ciel en soupirant.

— Denise veut savoir depuis combien de temps ils se voyaient.

— Elle veut savoir, hein ? dit Denise en remontant la fermeture Eclair de son gilet. Elle aurait aussi bien pu me poser la question directement, il me semble. Enfin, je suppose qu'elle est encore trop bouleversée. Vous pouvez lui dire que je ne les ai jamais vus ensemble. Et Ramsey n'a jamais participé à ces fêtes qu'elle donnait. Je suis catégorique.

— Merci, Heidi. Je vous suis reconnaissant d'avoir bien voulu me répondre.

Elle opina du chef, puis ajouta en lui donnant une tape plutôt masculine sur l'épaule :

— Quelquefois, un homme peut se comporter un peu trop en gentleman, Grant. Souvenez-vous-en.

Dans la rue, Amalie embrassa une nouvelle fois Davin, puis grimpa dans le 4 x 4 dont Grant referma la portière pendant qu'elle s'installait.

Grant la rejoignit à l'intérieur du véhicule et démarra aussitôt tandis qu'Heidi et Davin leur faisaient de grands gestes d'adieu sur le trottoir.

Amalie attacha sa ceinture, puis jeta un regard de côté dans la direction de Grant. Il avait mis des lunettes teintées pour se protéger du soleil, encore bas sur l'horizon.

Sans doute se sentit-il observé car il tourna la tête vers elle et lui sourit.

— Un petit coup de cafard ? demanda-t-il. Davin ?

— Oui. Il est allé quelques fois dormir chez un camarade, mais c'est la première fois que, moi, *je* le laisse.

— La première fois en onze ans ?

— Eh bien… oui. Est-ce si surprenant ?

Pour toute réponse, Grant haussa les épaules et Amalie reporta son attention sur la route. Celle-ci était dégagée et le soleil brillait, cela lui sembla de bon augure. Se rappelant quelque chose, elle se tourna de nouveau vers lui.

— A quoi croyez-vous que Heidi pensait lorsqu'elle vous a fait cette remarque sur les hommes qui se montraient parfois un peu trop gentlemen ? interrogea-t-elle.

— Je n'en suis pas sûr, dit-il, mais peut-être a-t-elle voulu dire que ce n'était pas très malin de ma part de faire ces investigations pour Denise.

Oui. C'était bien ce qu'elle avait compris aussi.

— A moins…, poursuivit-il en relevant ses lunettes un instant pour lui jeter un regard perçant, qu'elle n'ait fait allusion au fait que vous et moi allions passer la nuit ensemble, seuls dans la montagne.

— Elle ne peut pas savoir, évidemment, que nous emportons chacun notre propre sac de couchage, repartit Amalie qui, bien qu'au comble de la gêne, s'efforçait de garder un ton léger.

Une fois encore, Grant quitta la route des yeux pour la regarder.

— Ces sacs peuvent être zippés ensemble pour n'en former qu'un seul, Amalie.

— Vraiment ? dit-elle en se baissant pour augmenter le chauffage. Très astucieux.

13.

Tandis que Grant garait le 4x4 au pied du sentier d'Asulkan, Amalie faisait de son mieux pour éviter de regarder la ligne brisée des pics enneigés au-dessus d'elle. Ayant coupé le moteur, son compagnon se tourna vers elle.

— Si vous voulez faire demi-tour, il est encore temps, dit-il.

— Pas question.

Elle ouvrit sa portière et sauta sur la neige tassée. « Tu l'as voulu », se rappela-t-elle en resserrant les bretelles de son sac à dos — bien plus léger que celui de Grant.

— Vérifions les ARVA, dit Grant.

Il testa les boutons d'émission et de réception des deux appareils, puis lui en tendit un.

La veille, durant le cours intensif qu'il lui avait donné sur la sécurité en haute montagne, Grant lui avait expliqué que ces émetteurs transmettaient un signal que les sauveteurs utilisaient pour localiser les skieurs ensevelis sous une avalanche.

— Helena et Ramsey en avaient-ils emporté ? demanda-t-elle.

L'émetteur pesait dans sa main bien qu'il ne soit pas plus gros qu'un téléphone portable.

— Probablement, mais nous ne pouvons pas en être sûrs. Nous n'avons pas pu nous approcher suffisamment du site pour

178

rechercher un signal. Et il se peut que nous ne captions rien une fois sur les lieux, même s'ils en portaient, car les batteries pourraient être vides. Tout dépend du moment où elles auraient été rechargées ; mais il n'y a aucun moyen de le savoir.

En un seul mouvement fluide du haut de corps, Grant chargea son propre sac. Elle avait coché avec lui la liste des choses à emporter et savait qu'il contenait, en plus des deux sacs de couchage et de la nourriture, une trousse de secours, une pelle démontable en aluminium, une scie à neige et une corde d'avalanche.

— Prête ?

— Tout à fait prête, répondit-elle avec une assurance qu'elle était loin de ressentir.

En réalité, elle se sentait écrasée par ce qui l'entourait, les grands arbres alourdis de neige, et, plus loin, les montagnes qui dominaient le paysage dans quelque direction qu'elle se tournât.

— Parfait, dit Grant.

Il sourit et effleura rapidement sa joue de sa main gantée.

— Juste pour vous aider à vous situer, vous avez ici, à l'est, le mont Sir Donald, à l'ouest, l'Asulkan. Nous allons nous diriger vers le sud, le long d'Asulkan Brook, vers le pic Youngs. La piste monte d'abord doucement pendant environ quatre kilomètres, puis elle devient plus raide.

Amalie se demanda ce qu'il entendait exactement par « plus raide ». Une fois de plus, le doute l'envahissait.

— Il n'est pas trop tard pour changer d'avis, dit Grant.

— Voudriez-vous arrêter de répéter ça. Je peux le faire, Grant, assura-t-elle, profitant de l'occasion pour s'en convaincre elle-même de nouveau.

— Bien sûr que vous le pouvez, dit-il avec un regard qui hésitait entre l'admiration et l'agacement. Allons-y.

Amalie se mit en route, poussant sur ses skis dans les traces de Grant. Le vent froid fouettait sa peau, emmêlait les longues mèches de cheveux qui s'étaient déjà échappées de sa tresse. La réverbération du soleil sur la neige était telle qu'elle n'aurait pas pu ouvrir les yeux sans la protection des verres solaires qu'elle avait achetés la veille.

Grant l'avait accompagnée dans un magasin de sport pour guider son choix, et elle s'était rendu compte en sortant que cette course en montagne l'avait entraînée à faire des dépenses qu'elle ne pouvait pas vraiment se permettre. Toutefois, pour le moment, l'argent était le moindre de ses soucis.

Ce qui la tourmentait, et qui avait fait de son petit déjeuner une véritable punition, était autrement plus grave : si quelque chose lui arrivait, Davin n'aurait plus personne pour s'occuper de lui.

Pauvre Davin. En vérité, elle était tout ce qu'il avait en ce monde. Et si les parents d'Amalie, poussés par leur sens du devoir, acceptaient éventuellement de l'élever, ils ne l'aimeraient jamais comme elle l'aimait.

Cependant, son besoin désespéré de comprendre ce qui était arrivé à Helena *et* — elle se l'avouait à présent — la présence de Grant à son côté l'avaient décidée à se lancer à l'assaut de la montagne.

Elle se concentra sur le dos de l'homme qui ouvrait la marche, l'homme entre les mains duquel elle avait remis sa vie, et ce faisant celle de Davin.

Elle avait peur, mais elle savait au fond d'elle-même que Grant réussirait à les ramener sains et saufs.

« Si Helena l'a fait, je peux le faire », se répétait Amalie en poussant un pied devant l'autre tout en essayant de faire abstraction de la brûlure cuisante dans ses quadriceps.

Ils avaient fait une courte pause une heure auparavant, lorsque le sentier était devenu plus raide, pour fixer les fameuses peaux sous leurs skis, et Amalie avait eu le temps, depuis, de remercier silencieusement plusieurs fois l'inventeur de ce matériau merveilleux qui facilitait la glisse dans un sens et la freinait dans l'autre.

— Regardez ! Le glacier, droit devant.

Grant s'était arrêté et indiquait de son bras tendu l'impressionnant champ de glace.

Amalie mit sa main en visière au-dessus de ses lunettes et hocha la tête. De sa poitrine oppressée monta soudain quelque chose qui ressemblait à un frisson d'excitation. Le glacier s'écoulait entre de hauts pics que Grant nomma aussitôt comme il lui avait présenté de vieux amis.

— A gauche, le Rempart, puis le Dome et enfin le mont Jupiter.

A sommets majestueux, noms majestueux. Amalie retenait son souffle en contemplant ce spectacle grandiose. Puis, sans prévenir, et venant de nulle part, surgit la terrifiante sensation de suffocation qui s'était emparée d'elle à la fête d'anniversaire de Jeremy. Les sommets se redressaient, se resserraient autour d'elle, les grands arbres emmêlaient leurs branches pour mieux l'encercler...

Elle était prise au piège. Ils étaient tous deux pris au piège. Et il y avait si peu d'air. Un reste de raison lui rappela que l'oxygène de l'air se raréfiait en altitude et elle tenta de respirer plus vite pour compenser.

— Vous allez bien ? s'inquiéta Grant.

— Oui. Enfin... je suis peut-être un peu phobique, répondit-elle.

Grant passa un bras autour de ses épaules.

— Prenez une longue inspiration, puis soufflez lentement.

— Je suis… désolée, dit-elle avant de remplir d'air ses poumons et d'expirer lentement ainsi qu'il le lui avait dit. Je nous retarde encore.

Malgré tous les efforts qu'elle faisait pour se dépasser, elle avait dû s'arrêter souvent. Grant, chaque fois, devait attendre qu'elle le rattrape. Ils avaient ainsi fait plusieurs pauses alors qu'elle savait pertinemment que lui aurait pu continuer.

— Hé, ce n'est rien. J'ai prévu du temps pour ça dans mon planning.

Il regarda autour de lui et indiqua un arbre coupé qui se trouvait, fort opportunément, à quelques pas de l'endroit où ils s'étaient arrêtés.

— Asseyez-vous, dit-il. Nous allons manger quelque chose et boire un peu d'eau.

Amalie se laissa tomber avec un soupir.

— Mes jambes vous remercient, mes poumons vous remercient, mon estomac vous remercie.

Elle prit la bouteille d'eau qu'il lui tendait et but avidement. Devant elle s'étendait un paysage de carte postale : la montagne découpait ses crêtes enneigées sur un ciel parfaitement limpide.

C'était beau, oui. Mais terrifiant aussi. Elle reporta son attention sur son compagnon et décida que, tout bien considéré, il était moins dangereux de se concentrer sur lui.

Il était en train de fouiller dans son sac à dos, à la recherche de barres de céréales, et semblait détendu. Son teint n'était pas plus coloré que d'ordinaire et il ne paraissait pas essoufflé. Elle se demanda quel effet ça faisait d'être en si bonne condition physique, et si elle pourrait caser quelques heures d'exercice dans son emploi du temps déjà surchargé.

Toronto. Comme son « sweet home » lui semblait loin à cet instant — sa petite maison de Bloor West Village, avec son porche accueillant et ses jolis volets de bois. De nouveau, elle pensa à tout l'argent qu'elle avait dépensé ces dernières semaines et à l'objectif qu'elle s'était fixé d'acheter sa maison, et dont la réalisation paraissait à présent rejetée dans un futur lointain. Cette idée aurait dû la déprimer, mais, pour l'heure, elle était trop fatiguée pour s'en soucier.

— Est-ce que nous sommes à mi-chemin ? demanda-t-elle.

— Presque, répondit Grant en jetant un coup d'œil dans la direction de l'Ouest. Ne vous inquiétez pas, nous serons arrivés avant le coucher du soleil.

Etre dehors, en pleine montagne, la nuit ! Mieux valait ne même pas y songer. En tout cas pour l'instant. Elle allait se reposer un peu et laisser le calme de Grant la pénétrer. Il semblait parfaitement tranquille, non ? Il buvait, la tête légèrement inclinée en arrière, puis s'essuyait les lèvres du revers de la main.

Quelques secondes plus tard, leurs regards se croisèrent, et, dans la lumière vive de l'après-midi, elle discerna des traces de vert qu'elle n'avait jamais remarquées auparavant dans ses prunelles.

— Nous allons croiser plusieurs passages d'avalanches, annonça-t-il. Je pense que j'ai choisi le sentier le plus sûr. Toutefois, par prudence, nous laisserons une plus grande distance entre nous, maintenant.

La veille, il lui avait expliqué que c'était la procédure habituelle en terrain sensible. Au cas où l'un d'eux déclencherait une coulée de neige, l'autre ne serait pas emporté. L'argument lui avait paru raisonnable alors, mais maintenant, en situation, elle était littéralement morte de peur.

— Comment faites-vous ?

— Quoi ?

Grant était occupé à attacher la bouteille d'eau à l'extérieur de son sac à dos avec une courte sangle prévue à cet effet.

— Vous êtes obligé d'affronter ça tous les jours, ou presque, dit-elle, esquissant un geste vers les montagnes.

— J'aime ce pays, dit-il simplement. Je l'ai aimé dès que je l'ai vu.

Il leva la tête vers les sommets et inspira profondément.

— Je me sens tellement vivant, ici. Vous ne ressentez pas la même chose ?

Ce que ressentait Amalie pour le moment, c'étaient les signes annonciateurs d'un affreux mal de tête, mais elle n'allait pas le lui dire. Elle ne voulait pas les retarder davantage. Voir le soleil décliner alors qu'ils n'avaient pas atteint leur destination l'effrayait assez comme ça, elle ne tenait pas à connaître la panique qui s'emparerait sûrement d'elle s'ils devaient continuer à progresser en pleine nuit dans cet environnement hostile.

— Vous voyez, je vous l'avais dit, nous avons réussi.

Amalie leva la tête, mais elle ne comprit pas de quoi parlait Grant. Ses mollets la brûlaient, elle avait mal aux pieds, chaque pas était une agonie. Une douleur lancinante serrait ses tempes, et sa tête lui semblait si lourde qu'elle s'étonnait que son poids ne l'entraîne pas en avant.

Fatigue. Elle n'avait jamais su ce que ce mot signifiait réellement jusqu'à ce jour, mais à présent, après ces longues heures de marche, elle en connaissait toute l'acception.

Pousser, glisser. Pousser, glisser. Elle progressa encore de quelques pas, puis de quelques autres encore. Grant etait assez proche maintenant pour qu'elle puisse toucher son coude en tendant le bras.

— Est-ce que nous approchons du refuge ? demanda-t-elle.

— Nous y sommes.

Il parlait d'une voix calme et assurée, mais Amalie n'était pas dupe. Elle savait qu'il était inquiet depuis un moment.

— Je ne vois toujours rien.

Grant tendit l'index. Elle plissa les yeux pour mieux voir. Une vague tache marron se dessinait sur le paysage blanc. Mobilisant ses dernières ressources, elle se remit en marche.

Pas étonnant qu'elle ait eu du mal à distinguer le refuge. Son toit, très pentu et bordé d'un épais feston de stalactites bleutées, était couvert de plus d'un mètre de neige. Amalie et Grant laissèrent leurs skis dehors, appuyés contre le mur, près de la porte.

A l'intérieur, le mobilier était sommaire : une table, quelques chaises, une dizaine de couchettes, un poêle à gaz. Mais Amalie se moquait bien de tels détails. Elle avait réussi !

Elle repoussa les bretelles de son sac à dos qui tomba sur le sol avec un bruit mat ; puis elle suivit, épuisée. Songer qu'elle s'était tourmentée à l'idée de passer la nuit seule avec Grant…

— Réveillez-moi demain matin, dit-elle avant de fermer les yeux.

Il rit et, l'enjambant comme il l'aurait fait d'une flaque d'eau, se dirigea vers la réserve de propane.

— Oh, je crois que vous aurez récupéré avant cela. Attendez seulement que j'aie allumé ce poêle. Vous serez surprise de la chaleur qu'il produit, et à quelle vitesse.

— Peut-être bien, dit-elle en bâillant.

Elle laissa aller sa tête sur son sac et étendit ses bras et ses jambes, bénissant ce moment tellement attendu où elle pouvait enfin relâcher tous ses muscles en même temps. Elle ne savait vraiment pas où Grant puisait tant d'énergie. Après sept heures de marche, il s'activait dans l'unique pièce du refuge, fredonnait même en extrayant de son sac — lequel devait être sans fond —, toute une série d'ustensiles de cuisine.

Amalie se concentra sur l'air qu'il chantonnait — elle l'avait entendu récemment — et, ainsi bercée, s'endormit. Elle eut l'impression qu'il ne s'était écoulé que quelques secondes lorsqu'elle se réveilla, mais elle savait qu'elle avait dormi plus longtemps en réalité. Grant surveillait plusieurs casseroles sur la cuisinière. Et ça sentait bon.

— Hé, on dirait que ça va mieux ! s'exclama-t-il en lui jetant un coup d'œil.

Il déchira l'enveloppe d'un petit paquet et ajouta son contenu à l'une des casseroles. Une délicieuse odeur de poulet se répandit dans la pièce.

— Mon dieu, je ne crois pas avoir jamais été aussi fatiguée.

— C'est l'air de la montagne. Et l'altitude.

— Bien sûr ! dit-elle avec ironie tout en étirant ses membres. Dites plutôt le ski. Je ne suis tout simplement pas aussi en forme que je le croyais.

— Vous pourriez le redevenir rapidement.

Elle n'approuva ni ne contesta son affirmation et se mit à examiner la pièce. Les traces du passage d'Helena et Ramsey avaient disparu depuis longtemps. Elle ferma les yeux et essaya d'entrer en contact avec la partie d'elle-même qui avait toujours perçu les émotions d'Helena lorsque celle-ci n'allait pas bien. Rien. Aucune perception. Cela la surprit. Obscurément, elle avait pensé qu'une fois qu'elle serait sur place… Peut-être le lendemain, dans la montagne…

— Pourquoi croyez-vous qu'Helena et Ramsey auraient choisi cet endroit pour se retrouver ? demanda-t-elle. Une chambre d'hôtel aurait été plus confortable.

— Aucun hôtel ne leur aurait offert cette intimité.

Grant posa le couvercle sur la casserole avant de pivoter lentement vers elle.

186

Ce qui s'appliquait à Ramsey et à sa sœur s'appliquait, par le fait, également à eux. Etait-ce ce qu'il avait voulu souligner en se tournant vers elle de cette façon ? Elle et lui se trouvaient seuls et complètement isolés dans ce refuge. Quoi qu'il se passe, elle n'aurait pas à craindre que Davin, ou Heidi, ou quiconque le découvre.

Quoi qu'il se passe...

Réalisant tout à coup que la luminosité s'était affaiblie, elle tourna le regard vers la fenêtre et constata que la nuit était tombée. Ses vieilles angoisses resurgirent d'un coup. Elle chercha l'air, mais c'était comme si l'oxygène était soudain devenu solide et ne pouvait pénétrer ni ses narines ni sa bouche. Elle pensa aux mètres cubes de neige accumulés sur le toit du refuge. Et si les bardeaux ne résistaient pas ? Ils mourraient étouffés, écrasés, exactement comme Ramsey et Helena.

— Quelque chose ne va pas ?

Elle passa devant lui sans répondre et alla ouvrir la porte. La fraîche caresse du vent la calma un peu, mais elle fut surprise de constater que le monde extérieur avait complètement disparu sous le manteau de la nuit.

Grant l'avait prévenue. La nuit tombe très vite en montagne, surtout en hiver. Elle s'adossa au battant de la porte et s'efforça de respirer lentement comme Grant le lui avait conseillé lors de son premier accès de panique.

— Un petite crise de phobique, de nouveau ? demanda-t-il en s'approchant pour poser une main réconfortante sur son épaule.

— Oui. Je ne peux pas retourner à l'intérieur.

— Cela va passer, Amalie. Nous pouvons laisser la porte ouverte un moment si cela vous aide.

Cela ne l'aiderait pas. Le monde s'était évanoui dans l'obscurité. Amalie serra ses bras autour d'elle.

— Je ne les vois plus, dit-elle, mais je les sens.

— De quoi parlez-vous ?

— Des montagnes.

Elle frissonna, tout en sachant qu'elle déraisonnait. C'était pathétique, elle qui se flattait d'être une personne pleine de bon sens, la voilà qui s'imaginait que les montagnes l'observaient, courroucées et menaçantes.

— C'est parce que nous ne sommes pas à notre place ici. Elles veulent que nous partions.

— Amalie, dit-il en la secouant légèrement. Vous ne devez pas vous inquiéter ainsi. La nuit est trop longue pour que vous la passiez malade de terreur. Je vais vous verser une tasse de thé et ensuite nous pourrons apprécier ce repas de gourmet que je nous ai préparé.

Elle sourit malgré elle.

— D'accord.

Elle absorba une dernière goulée d'air, puis se força à quitter l'embrasure de la porte.

Le refuge était un peu plus accueillant maintenant. Une lueur rougeâtre vacillait au centre de la pièce où était installé le poêle, et la chaleur que celui-ci dégageait l'encouragea à avancer. Grant avait tiré de son sac deux tasses en aluminium. Elle se demanda si elle n'aurait pas dû l'aider, mais c'était un tel luxe de simplement s'asseoir et de se reposer…

— Il faut que je vous remercie encore une fois d'avoir accepté de m'emmener, Grant. Je sais que je vous ai ennuyé tout du long avec mes pauses…

— Vous ne m'avez pas ennuyé, l'interrompit-il d'une voix bourrue. En fait, vous vous en êtes très bien tirée, mieux que je ne m'y attendais.

Il lui tendit sa tasse.

— Tenez-la par l'anse, recommanda-t-il. C'est chaud.

Elle s'assit sur le sac de couchage, posant la tasse sur ses genoux.

— Soupe aux haricots noirs, pitas au gouda, et… vin rouge pour accompagner le tout, annonça-t-il en brandissant une demi-bouteille de vin bouché.

— Du vin ?

Cette fois, Amalie sourit de bon cœur. Tout à coup, la soirée avait pris un tour beaucoup plus agréable.

— L'été de mes douze ans, racontait Grant en reversant du vin dans le verre d'Amalie, mes parents m'ont emmené faire du rafting sur le Colorado. C'était le début de la saison et les eaux étaient encore hautes et le courant fort. Moi, bien sûr, j'étais déterminé à prouver combien j'étais courageux. Comme notre raft s'engageait dans un passage étroit et tumultueux, creusé dans le rocher, je me suis levé en même temps que les deux guides pour aider à la manœuvre.

Amalie ferma les yeux. Elle l'imaginait à cet âge, qui était celui de Davin aujourd'hui. Il devait être grand, un peu dégingandé peut-être, et sûrement bronzé.

— Je n'avais aucune idée de ce que je faisais, naturellement. Je voulais juste impressionner une jeune fille que j'avais rencontrée quelques jours plus tôt pendant ce voyage. Comme je retirais ma pagaie de l'eau, le raft a brusquement changé de direction et je suis tombé à la renverse, de l'autre côté.

Amalie dégagea son bras de celui de Grant pour boire une gorgée de vin. Ils étaient blottis l'un contre l'autre pour se tenir chaud bien que la température eût considérablement monté dans la pièce. Elle leva la tête pour le regarder.

— Vous vous êtes blessé ?

— Non. Par miracle, ma tête n'a pas heurté les rochers, mais j'ai perdu mon pantalon dans le courant. Ce que j'ai pu me sentir stupide quand ils m'ont remonté à bord !

189

— Je parierais que la jeune fille était tout de même impressionnée.

Grant frotta son menton contre sa tête.

— Elle m'a laissé l'embrasser lorsque nous nous sommes retrouvés autour du feu, ce soir-là.

Il fit une pause avant d'ajouter :

— Elle s'appelait Donna Lee.

— Je crois que je vais être jalouse.

Bien que dits sur le ton de la plaisanterie, les mots étaient sortis tout seuls, car, au fond d'elle-même, Amalie se sentait réellement jalouse. Un peu. Non pas de la jeune fille qui avait reçu un baiser, mais des aventures que Grant avait vécues dans son enfance.

— Qu'avez-vous fait l'été suivant ? demanda-t-elle.

— Je crois... oui, je crois que c'est l'année où nous sommes allés au Mexique.

— Y a-t-il un endroit où vous ne soyez pas allé ? Une ville que vous n'ayez pas visitée ?

— Bien sûr, des quantités. Mais je n'ai plus tellement envie de voyager. J'ai assez parcouru le monde. Et puis, et c'est ce que j'aime ici, j'ai l'impression que je n'en aurais jamais fini de découvrir ces vastes étendues de neige et de glace.

— Et vos parents ? Où vivent-ils ?

— En Amérique du Sud. Ils se sont retirés à Porto Rico.

— Dans une confortable copropriété en bordure de golf ? le taquina-t-elle.

— En fait, oui, repartit-il à la surprise d'Amalie. Mais ils sont toujours sur le point de partir pour une toute dernière aventure.

Amalie se demanda si ses parents connaissaient seulement le sens de ce mot. Elle-même d'ailleurs pouvait-elle se targuer de le connaître ? Quand pour la dernière fois avait-elle vécu quelque chose qui aurait mérité d'être nommé ainsi ?

Jamais ?

Maintenant, réalisa-t-elle tout à coup. Ce qu'elle était en train de vivre maintenant. Un frisson la parcourut. Grant s'était mis à jouer avec ses cheveux. Il défaisait sa tresse, et tandis que ses doigts dénouaient tranquillement les trois longues mèches, Amalie sentait courir sur son cuir chevelu de délicieux tressaillements.

— Vous avez des mèches d'ange, chuchota-t-il avant de se pencher pour déposer un baiser sur ses cheveux.

Parfaitement détendue à présent, et heureuse, Amalie ferma les yeux.

— Ce vin était une très bonne idée, remarqua-t-elle à mi-voix.

Il posa une main sur sa joue, puis effleura de ses lèvres la base de son cou.

— Comment s'appelait votre premier amour, Amalie ?

— Je ne suis pas sûre d'en avoir eu un.

Elle pivota dans ses bras, attentive à ne pas renverser son verre de vin.

— Parents surprotecteurs, vous vous souvenez ?

Grant fit glisser son index le long du nez d'Amalie, puis dessina le contour de sa bouche.

— Vous n'habitez plus chez eux depuis longtemps, observa-t-il, songeur.

Non, en effet. Pourtant, lorsqu'elle essayait de se rappeler les quelques hommes avec qui elle était sortie ces dernières années, aucun ne lui paraissait correspondre à l'image qu'elle s'était toujours faite d'un « premier amour ».

Un petit soupir lui échappa tandis que Grant cessait de la toucher pour boire un peu de vin.

— Et vous, Grant ? Pourquoi ne vous êtes-vous pas marié ?

191

— Il n'est pas trop tard, se défendit-il, je n'ai que trente et un ans.

Il s'éclaircit la gorge avant de reprendre :

— En fait, je crois que je ne sais pas vraiment m'y prendre avec les femmes. J'ai longtemps attribué mes échecs au fait que j'insistais pour rester vivre ici ; mais il y a plus que ça, en réalité.

Il ne savait pas s'y prendre ? N'avait-il pas remarqué la façon dont Denise Carter le dévorait des yeux ? Ou même comme la vieille Heidi Eitelbach s'animait en sa présence ?

Grant avala une autre gorgé de vin.

— Il y a eu cette amie rencontrée à l'université. Après que nous avons obtenu nos diplômes, elle est restée à Vancouver tandis que je revenais ici. Nous avons gardé le contact au début, mais...

— Que s'est-il passé ?

— Elle m'a invité à Vancouver pour fêter son entrée au barreau. J'y suis allé, mais c'était une erreur. L'étude pour laquelle elle travaillait avait organisé une grande réception, et je me suis senti totalement déplacé dans ce milieu. Je détonnais, à tous points de vue : mes vêtements ne convenaient pas, mes manières non plus ; tout ce que je disais tombait à plat. Mon amie était affreusement gênée. Pour finir, nous ne nous sommes jamais revus.

— Oh, Grant.

Elle s'imaginait Davin, plus tard, dans de pareilles circonstances et son cœur saignait pour le jeune homme que Grant avait été.

Il lui raconta ensuite un autre épisode de sa vie, lorsqu'il avait parcouru l'Australie à vélo, seul, durant cinq mois, à la fin de ses études secondaires. Tout en parlant, il jouait doucement avec ses cheveux, effleurant parfois le bout de son nez ou sa joue.

192

Amalie avait les nerfs à vif. Chaque fois que les doigts de Grant la touchaient, quel que soit l'endroit, ou avec quelle innocence, un désir brûlant s'éveillait en elle, annihilant toutes ses autres sensations.

Allaient-ils faire l'amour ce soir ? Elle était venue ici en pensant que c'était une situation à éviter. Mais maintenant, réconfortée par la chaleur du poêle et des bras de Grant, apaisée par les heures qu'ils avaient passées à bavarder, elle réalisait qu'elle ne s'était jamais sentie aussi proche de quelqu'un. Faire l'amour avec lui paraissait une issue naturelle, inéluctable. Certes, elle se sentait nerveuse, mais avec Grant, tout irait bien. Elle en était intimement convaincue.

Seulement, la désirait-il ? La façon dont il la touchait semblait l'indiquer, pourtant, si c'était le cas, il ne semblait pas pressé.

Finalement, lorsque la bouteille de vin fut vide et qu'il lui eut raconté assez d'histoires et d'anecdotes pour remplir un livre de trois cents pages, elle passa une main derrière sa tête et murmura :

— As-tu l'intention de parler toute la nuit ?

A l'extérieur, le vent mugissait, mais la neige et les montagnes étaient les dernières choses auxquelles Amalie aurait accordé une pensée. Grant l'avait déshabillée dans la lueur rougeoyante du poêle, et à présent il réunissait leurs deux sacs de couchage.

— Viens là, dit-il en la prenant par la main.

Il ne la quittait pas des yeux en la guidant vers le lit qu'il avait préparé. Il la fit s'allonger. Le contact du tissu était soyeux sur sa peau nue. Elle porta sa main à ses lèvres, encore chaudes de ses baisers, puis le regarda passer son pull à col roulé par-dessus sa tête. Son torse musclé luisait dans la demi-obscurité et elle tendit la main pour le toucher.

Puis ce fut le tour de son pantalon qu'il quitta et poussa dans un coin, sans la moindre pudeur ni gêne de se savoir observé.

En un sens, cela ne la surprenait pas. Grant était complètement à l'aise dans son corps. Sa virilité faisait partie de lui et elle ne l'imaginait pas se préoccuper d'un quelconque détail physique.

D'ailleurs, même s'il avait été enclin à ce genre d'inquiétude, qu'aurait-il pu trouver à critiquer ? Il était superbe. Parfait. Et le fait qu'il fût si visiblement excité ne faisait qu'accroître le désir qu'elle avait de lui.

Non, le plus étrange, en fait, c'était qu'*elle* n'éprouvait aucune gêne alors qu'elle se trouvait exposée, totalement nue, au regard d'un homme pour la première fois de sa vie. Y avait-il quelque chose de bizarre chez elle ? Elle ne se sentait ni mal à l'aise ni même intimidée.

Comme pour le prouver, elle tendit la main vers son ventre, la laissa glisser plus bas, puis caressa légèrement son sexe. C'était doux, vivant.

Il laissa échapper un gémissement et saisit sa main.

— Amalie, tu ressembles à une déesse nordique, murmura-t-il.

Très lentement, il se mit à caresser ses seins, le creux de sa taille, les rondeurs de ses hanches. Puis il s'allongea auprès d'elle et ses mains partirent à l'aventure, découvrant sans hâte, avec une infinie douceur, chaque partie de son corps — ces régions secrètes que personne jusqu'alors n'avait connues. Amalie sentait sa peau s'embraser, son corps onduler spontanément sous les caresses. Bientôt, elle éprouva une sensation inconnue, un plaisir si intense qu'elle se demanda si elle allait pouvoir en supporter davantage.

— Prête ? chuchota-t-il alors, avant de se risquer au-dessus elle.

Un instant, elle se demanda si elle devait lui dire.

Et décida que non.

14.

Son corps toujours enlacé à celui d'Amalie, Grant laissa retomber sa tête sur le sac de couchage en se demandant comment diable il allait pouvoir lui poser cette question.

« Pourquoi ne m'avez-vous rien dit ? » Non. Cela semblerait accusateur. Elle penserait qu'il lui en voulait ou qu'il était en colère. Et ne le lui avait-elle pas en quelque sorte laissé entendre en lui confiant qu'elle n'était pas certaine d'avoir eu un premier amour ?

« Comment est-ce possible ? » C'était pire. Elle s'imaginerait qu'elle était coupable de quelque chose. Mais, bon sang, comment était-ce possible ? Elle avait eu des parents très stricts, soit, mais c'était une jeune femme ravissante et elle vivait seule depuis... — quel âge avait Davin ? — au moins onze ans.

— Tu me trouves bizarre, n'est-ce pas ?

Amalie avait le visage enfoui dans son cou si bien qu'il ne pouvait voir son expression, mais sa voix était tendue, tout comme son corps contre lui, et il savait que c'était sa faute car il n'avait pas su dire les mots qu'il fallait au bon moment.

— Non, s'empressa-t-il de dire en la serrant fort dans ses bras. Je te trouve belle, et sexy, et courageuse.

Il comprit qu'il n'avait pas tout gâché quand il sentit ses muscles se relâcher et son souffle chatouiller les poils de son torse ; elle riait doucement.

— Je veux bien t'accorder belle et sexy, dit-elle en levant la tête, s'appuyant sur son coude pour le regarder. Mais courageuse, non. Je n'ai pas cessé d'avoir peur depuis que nous avons quitté le 4x4.

— Je sais.

Il l'attira de nouveau contre lui, rabattant sur eux le haut du sac de couchage pour que l'air froid n'y pénètre pas.

— Cela se voyait dans ton regard, mais ce que tu as fait n'en est que plus courageux. Peu de gens sont capables d'affronter ce qui les terrorise.

— Je ne peux toujours pas m'empêcher de penser à toute cette neige qui pèse sur le toit. Tu vas dire que je suis paranoïaque, mais… est-ce qu'il ne risque pas de s'effondrer ?

— Non. En montagne, les charpentes sont conçues pour résister à des quantités de neige encore plus importantes. Mais je pourrais sortir et en déblayer une partie si cela devait te rassurer.

Il sentit sa main se poser sur sa joue.

— Je ne veux pas que tu partes.

— Moi non plus, je ne veux pas que tu partes.

Il parlait de l'avenir maintenant, de son éventuel retour à Toronto. Etant donné ce qui venait de se passer entre eux, certainement, elle allait envisager de rester un peu plus longtemps que prévu. Louer un appartement peut-être, et chercher un emploi…

Faisant abstraction du mouvement de nervosité qui avait agité les jambes d'Amalie, il joua ce qu'il croyait être sa carte maîtresse.

— Davin semble heureux ici. Et Revelstoke est un endroit formidable pour élever un enfant.

— C'est impossible, Grant.

Le ton de sa voix n'eût pas été différent s'il lui avait demandé de s'installer sur la lune. Et au fond, c'était peut-être tout comme. Elle ne partageait pas ce lien si particulier qui l'attachait, lui, à la montagne. Et aux yeux d'une jeune femme qui vivait depuis dix ans à Toronto, Revelstoke n'était sans doute qu'un petit patelin perdu. Pourtant...

— Impossible est un mot un peu fort, non ?

— J'ai un travail là-bas, Grant. Et mes parents, dont je dois m'occuper.

— Nous avons un hôpital à Revelstoke, remarqua-t-il. Et tes parents ne sont pas si âgés, si ?

— Ils ont un peu plus de soixante ans tous les deux, mais ils comptent beaucoup sur moi. Je m'en voudrais terriblement de les abandonner.

— Et qu'en est-il de toi, Amalie, de ton propre bonheur ?

Elle le dévisagea un instant.

— Tu pourrais venir dans l'Ontario.

Il laissa s'écouler deux secondes, croyant déjà entendre son rire.

— Tu plaisantes, hein ?

— Je reconnais que je ne me m'attendais pas que tu sautes de joie à cette suggestion.

— Amalie, si je te suivais là-bas, je ne m'adapterais pas. Je ne sais pas si je parviendrais seulement à être *moi-même* dans une grande ville.

— Je sais. Je comprends, Grant.

Elle parlait de la manière dont une mère parle à son enfant pour l'apaiser. Seulement elle s'était blottie dans ses bras comme si elle y cherchait le même réconfort.

Et il fut heureux de le lui offrir. Il la tint contre lui, s'efforçant de ne pas penser au futur, de ne pas se demander quand il aurait de nouveau l'occasion de lui faire l'amour. Il fallait jouir du moment présent.

Mais ce n'était pas facile. Grant n'avait pas pour habitude de vivre au jour le jour. C'était un homme de réflexion, un homme de projets. Et il devinait qu'Amalie lui ressemblait sur ce point. Il la sentait toujours tendue contre lui et il se demandait si c'était son angoisse de la haute montagne ou l'incertitude qui planait sur leur avenir qui l'empêchait de se laisser aller au simple bonheur d'être deux.

Quant à lui, il venait d'être saisi par une autre crainte. Le lendemain, il saurait s'il était envisageable d'organiser une expédition pour retrouver les corps. Si c'était le cas, son équipe pourrait être sur place dès la fin de la semaine. Et une fois qu'ils auraient trouvé ce qu'ils étaient venus chercher, Amalie et Davin n'auraient plus aucune raison de prolonger leur séjour.

C'était quelque chose qu'il savait depuis le début, bien sûr, mais à ce moment-là, il n'était pas encore tombé amoureux de la jeune femme.

— Voici l'endroit, dit Grant le lendemain matin. Nous avons suivi leurs traces le long de cette crête, et c'est ici qu'elles disparaissaient.

Il lui avait indiqué plus tôt le pic Youngs et, en contrebas de l'endroit où ils se tenaient, la cuvette nommée Pterodactyl, probablement en référence aux pattes palmées de l'animal du jurassique.

Malgré les récentes précipitations, on distinguait encore très nettement le tracé de l'avalanche, laquelle avait semé sur son passage de gros blocs de neige et, plus bas, éparpillé ce qu'il restait des pins déracinés : des aiguilles et du bois d'allumage.

C'était horrible. Simplement horrible. Arc-boutée sur ses bâtons, Amalie pensait à sa sœur et éprouvait de nouveau ce qu'elle avait ressenti le jour du goûter d'anniversaire : la douleur, cette sensation de brûlure dans la poitrine, la panique…

Pour la première fois, la mort de sa sœur lui semblait réelle.

Helena était partie.

Lorsqu'elles avaient six ans, Helena avait été la première à perdre une dent. Elle en avait été si fière et si excitée ! Ensemble, elles avaient enveloppé le trésor dans un petit napperon en dentelle et l'avaient apporté à leur mère.

C'était la première fois, semblait-il, qu'Helena faisait quelque chose avant sa sœur. Amalie avait marché la première, parlé la première, appris à lire la première. Mais Helena avait perdu cette dent, et même si elle l'avait enviée, Amalie avait été contente pour elle.

Mais pas leur mère. « As-tu mis du sang sur ce napperon ? s'était-elle empressée de demander. Vraiment, Helena ! N'as-tu pas le moindre bon sens ? » Ainsi en allait-il à la maison. Rien de ce que faisait Helena ne pouvait être bien.

Amalie entendit Grant s'approcher d'elle, puis sentit son bras vigoureux sur ses épaules.

— Ça va ? dit-il seulement.

Amalie ne pouvait pas détacher ses yeux de la pente.

— Est-ce que tu sais quand ça s'est passé ?

— C'était dans l'après-midi du dimanche, mais on ne peut pas dire à quelle l'heure précisément.

— 16 h 20, heure de l'Est.

— Pardon ? Je ne vois pas comment…

— J'étais sur le point de frapper l'insigne d'un shérif en papier mâché.

Elle se rappelait très bien avoir donné un grand coup de batte, puis avoir perdu l'équilibre en ne frappant que le vide.

— Un shérif ? Amalie, je crois que c'est l'altitude. Même des skieurs chevronnés peuvent y être sensibles, tu sais.

— Je vais tout à fait bien, Grant. Tu ne me crois pas, n'est-ce pas ? Pour l'heure ?

— Je ne vois pas comment tu pourrais savoir ça.

— Helena et moi étions liées par… Je ne sais pas comment l'expliquer… Chaque fois que j'éprouve — que j'éprouvais — cette sensation étrange, je savais qu'elle avait des ennuis.

— Tu veux parler d'une sorte de perception télépathique entre jumelles ?

— Je le pense, oui. Le jour de l'avalanche, j'étais en train d'essayer d'éventrer une *piñata* à un goûter d'anniversaire, celui d'un ami de Davin, quand tout à coup j'ai eu l'impression d'étouffer. Je suis tombée par terre ; il m'a fallu au moins une minute pour recouvrer mon souffle. C'était comme si j'avais eu un énorme poids sur la poitrine qui m'écrasait, mais il n'y avait rien naturellement. En réalité, je percevais les émotions qui assaillaient Helena à cet instant.

Elle se tut, s'attendant qu'il se moque, mais il se contentait de l'observer avec attention.

— Ça t'était déjà arrivé auparavant ?

— Oui. Un jour, quand nous étions à l'école primaire, Helena s'est cassé le bras pendant un cours d'éducation physique. Je n'étais pas à l'école ce jour-là, j'avais la grippe, mais j'ai ressenti une douleur intense au bras au même moment. Et encore en d'autres circonstances. La naissance de Davin, par exemple, quand le travail a commencé…

Amalie porta machinalement ses mains à son ventre en se rappelant les premières contractions.

— Helena a eu un accouchement très difficile. Avec des complications sérieuses. En fait, elle a bien failli mourir en salle de travail, et aussi plus tard, à cause d'une hémorragie.

— Tu as ressenti ça aussi ?

— Non, car j'étais auprès d'elle à ce moment-là — l'hôpital m'avait appelée et j'y suis allée aussi vite que j'ai pu. Et ces phénomènes ne se produisaient que lorsque nous étions séparées.

Amalie sentit le froid au coin de ses yeux où des larmes s'étaient agglutinées. Plus jamais sa sœur et elle ne communiqueraient de cette façon. Sa sœur jumelle était partie et Amalie était seule au monde désormais, plus seule qu'elle ne l'avait jamais été.

Grant l'entoura de ses bras, la serrant très fort contre lui, et paradoxalement, cet élan de tendresse ne fit que la rendre encore plus triste. Pauvre Helena à qui il avait manqué tant de choses. Si seulement elle avait pu voir Davin, juste une fois, avant son accident. Trop de précieuses années avaient été gâchées durant leur séparation.

Il était inutile de prétendre autre chose. Helena savait que ses parents avaient définitivement coupé les ponts. Sa grossesse était un événement qu'ils n'avaient jamais pu pardonner. Toutefois, elle aurait pu rendre visite à Amalie et Davin. Du moins, c'est ce qu'Amalie avait pensé.

Mais peut-être Helena avait-elle senti qu'Amalie ne désirait pas qu'elle vienne. Peut-être avait-elle deviné que la plus grande crainte d'Amalie était que sa sœur revienne sur sa décision et veuille reprendre Davin.

Légalement, bien sûr, c'était impossible. Mais si Helena l'avait voulu, si sa propre sœur jumelle était revenue pour réclamer son fils, la chair de sa chair, comment Amalie aurait-elle pu refuser ?

— Tout est ma faute.

Elle n'avait pas eu l'intention de prononcer ces mots, mais ils n'en étaient pas moins l'expression de la vérité. Si Helena s'était sentie la bienvenue à Toronto, c'est là qu'elle serait allée lorsqu'elle avait eu des problèmes. Cet accident n'aurait jamais eu lieu. Et Helena serait toujours vivante.

— Mais non, bien sûr que non.

— Je vivais dans la crainte qu'Helena revienne pour me reprendre Davin. Elle devait le savoir, Grant. C'est pour cela qu'elle n'est jamais venue nous voir.

— Tu ne peux pas sérieusement te reprocher d'aimer Davin comme s'il était ton propre fils.

Grant ne pouvait pas comprendre évidemment. Pour lui, Helena était toute noirceur et Amalie toute innocence. Comme si c'était si simple.

Cependant, il ne desserrait pas son étreinte. Il embrassa le sommet de sa tête, puis le bout de son nez.

— Tu as froid, dit-il.

Lui était chaud.

— Tu dois penser que je suis folle. Une vierge de vingt-neuf ans dotée de pouvoirs extrasensoriels !

Sauf que vierge, elle ne l'était plus, rectifia-t-elle en son for intérieur.

— Je suis un scientifique, Amalie, mais je sais qu'il existe des phénomènes non expliqués. Et je ne te crois pas folle du tout.

— J'ai lu quelques livres à ce sujet. D'autres jumeaux ont rapporté des expériences comparables de communication à distance.

Il la serra de nouveau contre lui.

— Que faisons-nous maintenant ? s'enquit-elle en s'écartant légèrement.

— Il faut que je procède à quelques tests et que je relève certaines mesures, mais je crois d'ores et déjà pouvoir dire que les choses se présentent bien. Je pense que je pourrai monter une expédition de recherche dès notre retour dans la vallée.

Il la regarda droit dans les yeux pour ajouter :

— Nous allons retrouver ta sœur.

Ils arrivèrent à Revelstoke tard dans la soirée du jeudi. Grant l'aida à monter ses affaires à l'appartement, puis Amalie courut chez Mme Eitelbach. Elle craignait un peu que Davin soit encore contrarié par le fait qu'ils n'aient pas voulu l'emmener, mais il l'accueillit à la porte avec un grand sourire.

— Mme Eitelbach est une skieuse formidable pour une vieille dame, lui dit-il d'emblée. Nous avons fait douze kilomètres et elle n'était pas du tout fatiguée. Et elle a presque l'âge de grand-mère, tu sais. Tu imagines grand-mère faire ça ?

Amalie ne pouvait le concevoir.

— Quelle piste avez-vous prise ? demanda-t-elle à Heidi.

Elle savait qu'ils avaient l'intention d'aller faire une promenade à ski, mais la piste qu'elle connaissait, celle qui partait de Summit Road et qui était classée facile, ne lui avait pas paru aussi longue.

Grant surgit dans l'encadrement de la porte au moment où Heidi répondait :

— Balu Pass.

L'esprit d'Amalie fut aussitôt en éveil ; ce nom évoquait un danger sans qu'elle puisse préciser lequel.

— Vous êtes allés dans la montagne ? Où se trouve Balu Pass exactement ? Je ne m'en souviens pas.

Elle sentit la main de Grant se poser sur son épaule juste avant de l'entendre répondre :

— La piste part de Rogers Pass et suit un parcours sinueux entre le mont Cheopps et le Grizzly.

Amalie se tourna vers Heidi.

— Je croyais que nous nous étions entendues pour que vous restiez dans la vallée.

— Nous avons emporté des ARVA, et nous nous sommes renseignés auprès du gardien du parc, repartit la logeuse sans manifester le moindre repentir. Le risque d'avalanche était classé faible.

— Faible peut-être, mais pas nul.

— Balu Pass croise plusieurs couloirs d'avalanches, c'est exact, intervint Grant, mais Heidi a raison : le risque à cet endroit est minimal, en ce moment.

« Mais pas nul » répéta mentalement Amalie. L'idée que Davin ait pu skier dans une zone qui n'était pas absolument sûre la rendait malade.

— J'apprécie que vous ayez voulu faire plaisir à Davin, Heidi, mais vous étiez censée vous contenter de la piste qui longe Summit Road ou de celles qui se trouvent aux environs immédiats de Revelstoke…

— Mais elle sont ennuyeuses, tatie, plaida Davin.

— Je sais, trésor, mais tu es encore un débutant, dit-elle en posant sa main sur la tête de Davin.

— Il ne skie pas comme un débutant, la contredit résolument Heidi. Et ce n'est pas bon de dorloter un enfant doté d'une telle énergie. Cela ne peut que conduire à des débordements pour finir.

— Je ne dirais pas que c'est dorloter un enfant que lui éviter de se retrouver sous une avalanche, Heidi.

— Je vois bien que je vous ai mise en colère. J'en suis désolée. Vous êtes une bonne mère pour Davin, et peut-être bien que j'aurais dû rester dans la vallée, en fin de compte. Mais Davin grandit, Amalie. Il ne faut pas que vous oubliiez cela.

— A onze ans, on est encore un enfant. Même pas encore un adolescent.

— J'aurai douze ans le mois prochain, dit Davin.

— Oui, c'est vrai, concéda Amalie en le regardant, désireuse de reconnaître le désir de maturité qu'il manifestait.

Depuis toujours, Amalie avait essayé d'entourer Davin de tout le bien-être et de toute la sécurité possibles — en prenant garde, cependant, de ne pas prendre modèle sur l'attitude exagérément protectrice de ses parents.

Néanmoins, il lui semblait que s'en tenir aux pistes de ski de fond sans danger n'était pas trop demander.

Plus tard dans la soirée, pendant que Davin prenait sa douche, Amalie composa, à contrecœur, le numéro de ses parents.

— On s'en sort, répondit sa mère quand elle lui eut demandé si tout allait bien. Je me suis finalement décidée à payer le jeune Mackenzie pour qu'il déblaye notre allée. C'est trop dur pour ton père maintenant…

— Comment va-t-il ? Est-ce qu'il souffre toujours de son dos ? s'enquit Amalie tout en calant le combiné entre son menton et son épaule pour mesurer la farine qui entrait dans la composition des muffins.

— Oui. Un peu moins peut-être. Nous espérions que tu serais rentrée à temps pour nous conduire à Toronto chez son spécialiste. Tu te souviens qu'il avait pris un rendez-vous ?

— Oui. Mais je ne crois pas que je pourrai, maman.

Ses deux parents conduisaient, mais ils détestaient la circulation intense de Toronto.

— Vous pourriez vous garer sur le parking du centre commercial, à l'extérieur de la ville, puis prendre un taxi, suggéra Amalie.

— Un taxi ? répéta sa mère avec incrédulité. As-tu idée de ce que cela coûterait ? Non, je crois que je ferais mieux de reporter le rendez-vous à plus tard. Tu rentres bientôt, non ?

— Je ne sais pas encore quand exactement. Bien que je pense qu'une équipe sera bientôt en mesure d'aller rechercher les corps.

Et, avant que sa mère ait eu le temps de réagir à cette nouvelle, elle ajouta :

— Maman, savais-tu qu'Helena était mariée ?

— Mariée !... A qui ?

— A un homme de Seattle, Matthew Stanway. Il a l'intention de venir ici quand on aura retrouvé...

Amalie déglutit, et reprit :

— Peut-être devriez-vous venir aussi, toi et papa.

— Je ne vois pas pourquoi. Tu ne t'attends pas qu'ils la retrouvent vivante, n'est-ce pas ?

Amalie reposa le verre doseur et se laissa glisser sur le sol. Jambes croisées, elle appuya sa tête contre la porte du placard.

— Bien sûr que non, maman. Là n'est pas la question.

— Où est la question alors ? Tu as déjà pris trois semaines de congé. Et que fais-tu de Davin ? Il devrait être à l'école.

— Oh, maman. Est-ce que tu ne veux pas savoir ce qui est arrivé à Helena ? Est-ce que tu ne te sens pas concernée par...

— Mais si, évidemment, je me sens concernée. Mais cela ne veut pas dire que je ne peux pas rester réaliste. Et j'aimerais que tu le sois aussi. Généralement, tu l'es. Quoique te charger de cet enfant n'ait sans doute pas été l'idée la plus brillante que tu aies eue.

La remarque était usée à force d'avoir été répétée, pourtant elle éveillait encore une rancœur douloureuse dans le cœur d'Amalie.

— Davin est ton petit-fils. Comment peux-tu parler de lui de cette façon ?

— Les choses n'étaient pas censées se passer comme ça, Amalie. Nous avons émigré pour vous offrir, à toi et à ta sœur, la meilleure vie possible. Elever un enfant illégitime ne faisait sûrement pas partie de nos projets.

— Mais Davin est…

— Non seulement tu as sacrifié ta carrière, mais tu as gâché tes chances de trouver un mari et d'avoir des enfants à toi. Je t'avais prévenue qu'aucun homme ne voudrait élever un enfant qui n'est pas le sien. Et j'avais raison, n'est-ce pas ?

— Ce n'est pas à cause de Davin que je ne me suis pas mariée.

Et même si cela avait été le cas, elle n'aurait pas regretté d'avoir fait ce sacrifice.

Une porte claqua dans le couloir. Davin devait avoir fini de se laver et était allé dans sa chambre. Avec un peu de chance, il n'avait pas entendu ce qu'elle venait de dire.

— A la vérité, maman, je pense que mes visites quasi hebdomadaires chez vous me privent bien davantage de vie sociale que les responsabilités que j'ai envers Davin.

Le silence à l'autre bout du fil fut aussi éloquent que l'aurait été un cri d'indignation. Amalie regretta de s'être laissée emporter. De toute façon, ce n'était pas ainsi qu'elle se ferait comprendre de sa mère.

— Ecoute, je suis désolée, je…

— C'est bon, n'en parlons plus, l'interrompit sa mère d'un ton acide. Et tâche de rentrer bientôt. C'est le plus important.

Amalie pensa à Grant et à la demande qu'il lui avait faite de s'installer à Revelstoke. Et bien que ce ne soit pas quelque chose qu'elle envisage sérieusement, elle éprouva un instant l'envie irrépressible de dire à sa mère que jamais elle ne retournerait à Toronto.

Naturellement, elle ne le dit pas. Ses parents étaient rigides et entêtés, mais ils avaient fait ce qu'ils avaient pu pour elle.

— Je dois te laisser, maman. Au revoir. Embrasse papa pour moi.

15.

Durant les jours qui suivirent, Grant passa de nombreuses heures avec Ralph Carlson afin d'organiser l'expédition de recherche. Ensemble, ils décidèrent d'envoyer quatre hommes, plus un maître-chien de Jasper avec son berger allemand dressé au sauvetage en montagne. Ralph superviserait les opérations par radio depuis le bureau du gardien à Rogers Pass tandis que Grant conduirait l'équipe sur les lieux.

Il tenait beaucoup à partir avec les hommes. Il s'était déjà rendu sur place à trois reprises et personne ne connaissait le terrain mieux que lui.

Par ailleurs, cela lui tenait à cœur sur un plan personnel. Ramsey avait été son meilleur ami. Quant à Helen…eh bien, elle était la sœur d'Amalie et cela seul aurait été une raison suffisante pour lui, mais il s'était aussi rendu compte, récemment, que son hostilité et sa colère envers la jeune femme morte avaient notablement diminué. Elle n'était plus la skieuse novice qui s'était stupidement laissé tenter par la promesse d'une pente vierge, et n'était pas seule coupable non plus de la relation qu'elle entretenait avec Ramsey. Après tout, il était adulte et avait consenti. En toute équité, on ne pouvait donc pas rejeter toute la faute sur Helen.

Denise, évidemment, était loin de partager son point de vue. La veille, il avait de nouveau travaillé quelques heures dans son sous-sol et avait dîné avec elle bien qu'il se soit débrouillé, cette fois, pour partir avant le coucher des enfants. Et tandis qu'il l'aidait dans la cuisine après le repas, il lui avait annoncé qu'une équipe serait sur les lieux de l'accident le lendemain. Il lui avait aussi rapporté ce qu'il avait appris sur la relation de Ramsey et Helen.

Il avait interrogé les collègues de Ramsey à l'hôpital et au cabinet, et aucun n'avait paru savoir quoi que ce soit.

Sauf un…

— Qu'est-ce que vous en pensez, chef ?

Une gerbe de neige avait précédé la question de Peder qui venait de virer brusquement devant Grant afin de s'arrêter, interrompant le cours de ses pensées.

— Il nous faudra vérifier la stabilité du manteau avant de délimiter la zone de recherche, répondit-il.

Peder approuva du chef et alla chercher les charges explosives dont ils auraient besoin.

Grant sortit sa radio de sa poche. Il devait tenir Ralph informé de chaque stade des opérations. Mais ses pensées étaient toutes tournées vers Amalie. Davin et elle attendaient à Rogers Pass, en sécurité dans le bureau du gardien. Grant avait passé la plus grande partie du week-end avec eux deux, et il savait qu'elle comptait les minutes qui la séparaient du moment où l'on retrouverait le corps de sa sœur. Il espérait seulement qu'ils ne la décevraient pas.

— Ils sont sur le point de commencer les contrôles de stabilité, répéta Ralph à l'intention d'Amalie, bien que celle-ci eût entendu la voix à la radio aussi distinctement que lui.

La voix de Grant. Elle détestait le savoir là-haut, savoir que dans quelques minutes à peine il allait skier dans la zone même où sa sœur avait été emportée.

— Des contrôles de stabilité ?

Davin prenait des notes pour son projet. Il avait acheté tout exprès un grand carnet à spirale sur la couverture duquel il avait collé une carte postale du mont Tupper.

— Oui, sur le même principe que ce que tu as observé la semaine dernière, expliqua Ralph. Mais cette fois, ils utilisent des explosifs moins puissants qu'ils vont lancer à la main afin de libérer les éventuelles couches de neige instables.

Amalie pivota sur sa chaise pour regarder par la fenêtre. Comme toujours, les montagnes occupaient tout l'horizon et elle se sentit aussitôt remplie de cette affreuse anxiété qui lui serrait la poitrine et lui obstruait la gorge. Pour surmonter sa peur, elle récita une prière silencieuse à l'intention des hommes qui travaillaient dans l'ombre des inquiétants sommets.

— Mince alors ! Qu'est-ce que j'aimerais les voir lancer les explosifs ! s'exclama Davin, le nez collé à la vitre.

— Oh, Davin.

A l'évidence, les montagnes ne l'intimidaient pas du tout. Où trouvait-il tant de courage ?

Elle aussi pourtant, en dépit de sa propre peur, aurait voulu être sur les pentes avec les hommes de l'équipe. Elle avait le sentiment qu'elle aurait dû être présente au moment où ils trouveraient Helena. S'ils la trouvaient. Mais Grant s'était montré inflexible.

— Tu crois que nous entendrons les explosions ? demanda Davin.

— Je ne pense pas.

Amalie se demandait pourquoi les garçons étaient toujours attirés par la poudre et les armes. Jamais elle n'avait permis qu'entrent chez elle de jouets ou de jeux violents, et cependant, Davin semblait fasciné comme les autres.

— Je vous ressers ?

Ralph avait disparu quelques minutes dans la salle de repos et il revenait avec la cafetière de verre, à moitié vide déjà alors qu'ils avaient fait du café frais à peine une heure plus tôt.

— Merci, Ralph, je veux bien.

Amalie tendit sa tasse en plastique tout en sachant qu'elle aurait mieux fait de refuser. A ce rythme, elle serait une boule de nerfs avant la fin de l'opération.

— Est-ce que les prévisions météo sont toujours bonnes ? s'enquit-elle.

Une ombre passa sur le visage de Ralph.

— Pour vous dire la vérité, une tempête de neige arrive. De nulle part dirait-on. A 5 h 30 ce matin, aucun signe ne l'annonçait. Mais avec de la chance, ils auront terminé avant qu'elle ne soit sur le site.

— Vous avez prévenu Grant ?

— Bien sûr. Mais ne vous inquiétez pas pour lui, il sait ce qu'il fait. Et il ne fera pas prendre de risques inutiles à ses hommes.

« Mais sera-t-il suffisamment prudent lui-même ? » pensa Amalie.

C'est à ce moment-là qu'elle se rendit compte qu'elle s'inquiétait davantage pour Grant que de savoir s'ils allaient ou non retrouver sa sœur. A quoi avait-elle pensé pour insister ainsi sur la nécessité d'envoyer une équipe alors que l'un des hommes pouvait être blessé durant l'opération ?

Elle les imaginait à présent sur les pentes qu'elle avait observées avec Grant quelques jours auparavant. La neige s'était stabilisée, avait dit Grant. Cela ne voulait pas dire qu'il n'y avait aucun risque. S'il lui arrivait quelque chose…

Amalie secoua la tête, impatientée par ses propres scrupules. N'étaient-ils pas déplacés après tout ? Grant était un professionnel. Il savait ce qu'il faisait. La raison pour laquelle elle se trouvait là n'avait rien à voir avec lui. Elle était venue pour sa sœur, à cause du lien si particulier qui les unissait, et du fils qu'elles avaient partagé.

Elle n'était pas supposée rencontrer quelqu'un durant ce voyage, encore moins avoir sa première expérience sexuelle. Elle était en deuil de sa sœur jumelle et ne pouvait pas tomber amoureuse.

Et pourtant… elle avait rencontré un homme, avait fait l'amour pour la première fois et était tombée amoureuse.

Pendant un moment, Amalie joua avec l'idée d'être mariée à Grant. Elle se vit lui disant au-revoir depuis la porte matin après matin, sachant qu'il risquait sa vie dans la montagne et se demandant jusqu'à quand sa bonne étoile le protégerait et le ramènerait à la maison le soir ? Est-ce que les épouses de ses collègues avaient fini par s'habituer aux dangers permanents qui les menaçaient ? Amalie ne pensait pas qu'elle le pourrait jamais.

Ils trouvèrent les corps une heure avant le coucher du soleil. Celui de Ramsey d'abord, et, un quart d'heure plus tard, celui d'Helena. Les épaules et le dos douloureux d'avoir sondé et pelleté pendant des heures, Grant appela aussitôt pour annoncer la nouvelle.

— Le coroner va accompagner les corps jusqu'à Revelstoke. L'hélicoptère est là ; les hommes viennent de mettre les corps dans les housses mortuaires.

Ce n'était pas une tâche agréable. Il avait fallu briser la glace qui emprisonnait les corps. Ce qui n'était une surprise pour aucun des membres de l'équipe bien sûr. Tous savaient que la chaleur des corps faisait d'abord fondre la neige qui les entourait, puis quand la mort était là, les corps se refroidissaient rapidement et la neige fondue gelait, enfermant les victimes dans un cercueil de glace.

— Vous n'aurez pas le temps de rentrer avant la nuit, observa Ralph.

— Non. Nous allons passer la nuit ici et nous redescendrons à la première heure demain matin. Je compte sur toi pour garder le café au chaud.

Il pensait à Amalie qu'il imaginait faisant les cent pas derrière Ralph, le front barré d'un pli soucieux, mais il ne demanda pas à lui parler. Il fut cependant surpris quand sa voix résonna dans le récepteur radio au lieu de celle de Ralph.

— Tu vas bien, Grant ? Tous les hommes vont bien ?

— Oui, Amalie, tout le monde va bien.

Un peu de fatigue, des muscles douloureux, tout cela n'était rien en regard de ce qui était arrivé à Ramsey et Helen.

Aider à hisser les corps à bord de l'hélicoptère allait être un autre moment pénible, mais il sentait qu'il devait cela à Ramsey.

Le coroner avait promis de lui faire parvenir une copie de son rapport ultérieurement, mais Grant n'avait aucun besoin de le lire pour savoir ce qui s'était passé. Aussi, quand Amalie lui posa la question, répondit-il sans guère hésiter :

— Je pense qu'Helena est morte par manque d'oxygène, comme tu le soupçonnais.

— Et Ramsey ?

— Il semble qu'il ait succombé à un traumatisme subi au cours de l'avalanche.

La plupart des gens sous-estimaient la force de la neige lorsqu'elle dévalait la montagne. Dans de nombreux cas, les victimes mouraient avant d'être ensevelies, d'un choc violent survenu alors que l'avalanche les précipitait au bas d'une pente comme des pantins désarticulés.

Grant fit un effort pour maîtriser sa voix et ajouta :

— Il est probablement mort en quelques secondes.

— Oh, Grant.

214

Il n'y avait rien d'autre à dire vraiment. Au moins sa fin avait-elle été rapide.

— Nous serons très bien dans le refuge où nous…

Il s'interrompit, embarrassé, s'éclaircit la gorge, puis reprit :

— Enfin… nous allons passer la nuit ici et nous nous remettrons en route demain matin.

— Tu es sûr que tout le monde va bien, Grant ? Ta voix est si… lasse.

— Nous allons tous bien. Nous avons seulement besoin de repos. A demain.

Grant dut prendre sur lui pour couper la communication. Il savait qu'elle avait d'autres questions à lui poser, et, de son côté, le fait d'entendre sa voix apaisait l'angoissante sensation de vide qui l'envahissait depuis plusieurs heures. Mais il devait encore superviser le nettoyage de la zone de recherche et aider les hommes à rassembler le matériel.

Cette nuit-là, Amalie dormit à peine. Elle ne pouvait s'empêcher de penser à sa sœur, à la vie si courte qu'elle avait eue, et de s'inquiéter pour Grant qui passait une nouvelle nuit dans la montagne.

Au matin, elle décida d'aller l'accueillir au pied de la piste de ski de fond par laquelle ils devaient revenir. Elle laissa Davin chez Heidi où il continuerait à travailler sur son projet, et rejoignit le parking en contrebas de l'autoroute où elle avait résolu d'attendre l'équipe.

Durant la nuit, la dépression annoncée était bel et bien arrivée au-dessus de Rogers Pass, ce qui n'avait fait qu'alarmer davantage Amalie. Incapable de rester assise dans la relative chaleur de la voiture, elle s'était mise à faire les cent pas dans la neige, tapant régulièrement ses pieds sur le sol tout en maintenant sa main gantée devant sa bouche pour ne pas se refroidir trop vite. D'épais flocons tombaient sans discontinuer, recouvrant les épaules de son manteau aussi vite qu'elle les époussetait.

De la neige. Toujours plus de neige. Aux alentours de Rogers Pass, de chutes légères en tempêtes, la couche de neige ne faisait que s'épaissir. Et Amalie n'avait aucun moyen de savoir si les abondantes précipitations de la nuit avaient gêné la progression de Grant et de ses hommes dans la montagne. Peut-être aurait-elle dû attendre au bureau du gardien plutôt que seule sur le parking.

Un ronflement lointain lui fit soudain tendre l'oreille. Un véhicule approchait. Tournant la tête, Amalie scruta le rideau de neige dans la direction d'où venait le bruit et vit bientôt apparaître une solide jeep qui se gara à côté de sa Jetta. Au même moment, elle fut distraite par des voix qui s'interpellaient du côté de la forêt, puis, enfin, elle distingua les premiers anoraks — ces anoraks bleus qui lui étaient devenus si familiers —, et poussa un cri de soulagement :

— Les voilà !

Grant marchait en tête, facilement reconnaissable à sa stature athlétique. Il la vit aussi et leva son bâton en guise de bonjour. Levant haut ses pieds dans la neige fraîche, elle se dirigea aussitôt vers lui, suspectant vaguement que le sentiment de soulagement qui la portait — la grisait —, était disproportionné, mais ne pouvant s'en défendre.

Il paraissait un peu fatigué, mais c'était le même Grant que de coutume, pas plus essoufflé que s'il venait de sortir de chez lui.

— Tu vas *vraiment* bien ? s'enquit-elle en tendant sa main gantée pour caresser sa joue non rasée.

Il ne parut pas le moins du monde gêné par son attitude.

En fait, il la prit même dans ses bras et l'embrassa. Devant tous ses hommes.

Quelqu'un siffla. Avec bonne humeur, il se tourna vers eux et leur fit un grand geste de la main.

— Rentrez chez vous retrouver vos propres femmes, et surtout reposez-vous bien, car avec la neige qui s'annonce, nous risquons d'avoir du travail dans les prochains jours.

Amalie sourit et l'enlaça de nouveau pour l'embrasser à son tour. Ses lèvres étaient froides et engourdies et elle avait bien l'intention de les réveiller.

— Comme c'est touchant ! s'exclama quelqu'un d'un ton mordant juste derrière elle.

Amalie fit volte-face. Denise, les bras croisés, se tenait debout à côté de la jeep, une expression de fureur sur le visage.

— Manifestement, aucun homme ne peut résister aux sœurs Frémont. Mais je suppose que je devrais vous féliciter, Amalie. Au moins n'avez-vous pas jeté votre dévolu sur un homme marié.

L'allusion à sa sœur — dont le corps reposait encore à la morgue de l'hôpital de Revelstoke — était délibérément malveillante. Amalie, cependant, ne ressentit pas le besoin de riposter ; le mari de cette femme se trouvait aussi à la morgue.

Grant, toujours à skis, franchit la courte distance qui le séparait de Denise, laissant Amalie le suivre.

— Denise, je sais combien tout cela t'a bouleversée, commença-t-il, mais c'est injuste de blâmer Amalie pour les agissements de sa sœur… qui sont aussi, si l'on accepte de regarder les choses en face, ceux de Ramsey.

C'était la première fois que Grant reconnaissait qu'on ne pouvait rejeter toute la faute sur Helena, et Amalie éprouva un élan d'affection envers cet homme qui venait à peine d'accomplir une mission à la fois périlleuse et funèbre.

— Il faut que tu parviennes à accepter ça, Denise.

Grant se risqua à tendre une main vers elle, mais la veuve de Ramsey se rejeta en arrière pour l'éviter.

— J'espérais que la fait qu'on ait retrouvé les corps t'apporterait un peu de paix, dit-il encore.

— De paix ? Je ne me sentirai plus jamais en paix, désormais.

Les traits habituellement harmonieux de son visage étaient déformés par les profonds sillons que le chagrin avait creusés autour de sa bouche et sur son front.

Elle tourna son regard, assombri par la douleur, vers Amalie.

— Et je ne vous pardonnerai jamais, ni vous ni votre sœur, d'avoir été la cause de tout ceci. Quant à Grant...

Elle lui fit face de nouveau et poursuivit d'une voix de plus en plus aiguë :

— Tu étais supposé être le meilleur ami de Ramsey. Mon ami aussi...

Sa voix tremblait d'émotion.

— Mais tu t'es empressé de tomber dans les bras de cette femme !

Elle ouvrit violemment la portière de la jeep, repoussant de nouveau Grant.

— Tu t'imagines qu'elle est différente de sa sœur ? s'exclamat-elle d'un ton venimeux. Mais ce sont de vraies jumelles, nom de Dieu ! Comment pourraient-elles être différentes ?

Des vraies jumelles. Les mots résonnaient aux oreilles d'Amalie tandis qu'elle retournait à l'appartement en voiture, suivie par le 4 x 4 de Grant.

Leur naissance gémellaire avait compliqué sa vie et celle de sa sœur. Pourtant c'était la première fois qu'Amalie se trouvait confrontée à quelqu'un qui considérait ce fait comme une sorte de malédiction.

Et ici, à Revelstoke, tout se passait comme si c'était effectivement le cas. Tout ça à cause de la navrante réputation que s'était faite Helena en seulement deux mois. Amalie aurait tellement voulu comprendre comment c'était possible. Pour que sa sœur change aussi radicalement, il fallait qu'il se soit produit quelque chose dans sa vie. Mais qu'est-ce que cela pouvait être ?

Le mari d'Helena, Matthew, serait peut-être capable de répondre à cette question. Il devait arriver le lendemain matin, en supposant que la tempête de neige ne le retarderait pas.

A quoi ressemblerait-il, ce mari qu'Helena n'avait pas jugé utile de présenter à sa famille ? Au téléphone, il lui avait paru aimable, courtois. Elle l'avait appelé la veille au soir pour lui dire que les corps avaient été retrouvés. La nouvelle avait paru l'assommer, comme s'il avait nourri le secret espoir que toute cette histoire ne fût qu'une monstrueuse erreur.

Mais l'issue de l'expédition avait dissipé cette dernière lueur d'espoir. Helena et Ramsey étaient ensemble sur cette montagne. Deux personnes mariées, chacune de son côté, qui n'auraient pas dû se trouver ensemble à cet endroit. Et à présent, elles étaient mortes.

Tous deux avaient payé cher leur infidélité.

— Denise Carter est tout simplement jalouse, déclara Heidi quelques heures plus tard, après avoir entendu une version édulcorée de l'altercation qui avait eu lieu sur le parking.

Elle avait préparé du chocolat chaud pour tout le monde. Pour Grant, Amalie, Davin, et elle-même. Et pour le nouveau venu, le mari d'Helena, Matthew Stanway.

Ce dernier était arrivé une heure plus tôt. Il avait téléphoné depuis la cabine d'une station-service de l'autoroute, où il s'était arrêté pour faire monter des chaînes sur sa superbe Jaguar noire.

« La police routière m'a fait signe de m'arrêter, avait-il expliqué au téléphone, manifestement plus déconfit que mécontent. J'allais trop vite selon eux, et ils ont insisté pour que je fasse mettre des chaînes sur mes pneus. » « Je viens vous chercher », avait promis Amalie.

Après avoir raccroché, elle avait rapporté la mésaventure de Matthew aux autres et ils avaient tous ri, même Davin.

Elle avait refusé l'offre de Grant qui se proposait de l'accompagner, et avait rejoint la station-service avec une appréhension croissante. Ce qu'elle avait découvert jusque-là à propos d'Helena s'était révélé si décevant qu'elle craignait que Matthew Stanway ne le soit tout autant.

Très grand, très mince, avec des cheveux châtains légèrement ondulés et une bouche généreuse, Matthew Stanway était aisément repérable dans la salle du petit restaurant attenant à la station. Sans parler de son costume Armani ou de son pardessus de laine grège qui détonnaient dans cet environnement rustique.

Il avait écarquillé les yeux en la voyant entrer, et c'est à ce moment-là seulement qu'Amalie avait compris qu'Helena ne lui avait pas dit qu'elle avait une sœur jumelle. Ravalant sa peine, elle avait tendu la main et s'était présentée.

Il avait ignoré sa main, et, spontanément, l'avait serrée dans ses bras. Puis, presque aussitôt, il avait éclaté en sanglots.

Amalie l'avait aimé tout de suite.

— Vous avez eu de la chance d'arriver avant que la tempête se déchaîne, avait-elle remarqué comme ils passaient à côté de sa voiture dont elle eut le temps d'apercevoir les pneus aux reliefs si peu marqués qu'elle s'était dit que la police avait été bien avisée de l'arrêter.

— Parce que ça va empirer ? avait-il demandé, le visage tourné vers le sol, le corps à demi plié, luttant comme il pouvait contre les rafales de neige.

— J'en ai bien peur.

Elle avait souri en le regardant caser tant bien que mal ses grandes jambes à l'avant de la Jetta.

Sur le chemin du retour, elle avait essayé de le sonder pour savoir ce qu'Helena lui avait confié de son passé.

— Le fils d'Helena est ici aussi, avait-elle dit.

L'air interdit de Matthew lui avait confirmé qu'Helena avait gardé tous ses secrets.

— Davin a onze ans. Je l'élève depuis sa naissance.

— Helena n'est jamais allée le voir.

C'était un constat, non une question.

— En effet.

Amalie avait tourné un instant les yeux vers lui et observé son expression pensive.

— Hum, avait-il seulement fait, comme pour lui-même.

Une fois arrivés chez Heidi, Amalie avait fait les présentations et Matthew avait aimablement serré la main de la logeuse, puis avait mis un genou à terre pour considérer gravement Davin. Enfin, il s'était relevé et avait remercié Grant pour son implication et celle de son équipe dans l'expédition qui avait permis que l'on retrouve le corps d'Helena.

— J'aimerais faire dire une messe d'adieu pour Helena, chez nous, à Seattle, où se trouvent tous nos amis, avait-il dit ensuite. Si vous êtes d'accord, bien sûr, avait-il ajouté en regardant Amalie.

221

Amalie avait acquiescé d'un signe de tête, soulagée de constater que Matthew semblait être un homme délicat, soucieux des sentiments d'autrui. Et elle approuvait sa décision. Elle ne voulait pas que le service ait lieu à Revelstoke où Helena s'était comportée avec une inexplicable légèreté, et ne voyait pas la nécessité de demander qu'il soit célébré à Toronto : si ses parents y avaient attaché quelque importance, ils se seraient trouvés là, avec eux.

Comme il était douloureux de reconnaître que ses parents ne se souciaient pas davantage de sa sœur qu'ils ne s'étaient souciés de Davin !

— Ce chocolat est le meilleur que j'aie jamais goûté, dit Matthew en sirotant sa boisson.

— C'est du vrai cacao suisse. Pas cette espèce de poudre chocolatée basses calories que les nutritionnistes essaient de nous persuader d'ingurgiter, commenta Heidi avant de tourner de nouveau les yeux vers Amalie en levant les sourcils.

— Bien sûr que Denise était jalouse, dit Grant, reprenant le fil de la conversation. D'Helen.

Il glissa un coup d'œil embarrassé vers Matthew, puis poursuivit :

— Mais pourquoi s'en est-elle prise à Amalie ?

— A ce moment-là, c'est d'Amalie qu'elle était jalouse, affirma Heidi en se reservant de crème fouettée. Davin, voudrais-tu être gentil et courir jusqu'à l'épicerie du coin pour acheter une brique de crème, je n'en ai plus.

Elle lui tendit un peu de monnaie, et, dès qu'il fut parti, se tourna vers Grant.

— Depuis la mort de Ramsey, Denise s'est appuyée sur vous, et vous êtes trop gentleman pour vous être aperçu de ce qui était en train de se passer.

— Voyons, s'indigna Grant, dont les joues avaient rougi. Elle vient à peine de perdre son mari.

— Et alors ? Vous pensez peut-être que cela n'arrive jamais ? Une femme qui se tourne vers un autre homme après la mort de son mari ?

— Excusez-moi, je ne comprends pas, intervint Matthew. Qu'est-ce qu'Helena a à voir avec cette Denise ?

Amalie regarda Grant, qui lui fit un signe discret du menton.

— J'ai bien peur que nous ne vous ayons pas encore tout dit des circonstances dans lesquelles Helena a trouvé la mort, commença-t-elle.

En quelques mots, elle lui parla de l'homme qui avait péri dans le même accident que sa femme. L'homme qui avait eu une aventure avec Helena.

— Non, dit Matthew en secouant la tête. Cela ne ressemble absolument pas à Helena. Je ne peux croire une chose pareille.

Il fixait au quatrième doigt de sa main gauche l'anneau d'or sur lequel brillait un éclat de diamant. Amalie se souvint d'avoir vu son pendant lorsqu'elle avait fouillé la commode dans la chambre d'Helena.

— Nous étions tout l'un pour l'autre, dit Matthew d'une voix sourde. Tout.

Il y avait une telle sincérité dans ses mots qu'Amalie souhaita désespérément pouvoir le croire. Cette femme qui avait passé deux mois à Revelstoke n'était pas Helena, pas celle que Matthew ou qu'elle-même avaient connue en tout cas. Il devait forcément exister une erreur quelque part.

Cependant, on avait retrouvé son corps. Alors, que penser ? Amalie ne parvenait pas à comprendre. Rien n'avait de sens.

Grant ne cacha pas son scepticisme.

— Si votre mariage était si parfait, pourquoi votre femme vous a-t-elle quitté ? demanda-t-il.

La question était directe, mais Amalie lut la compassion sur son visage tandis qu'il attendait la réponse de Matthew.

Lorsque celle-ci arriva, aucun d'eux n'était prêt à l'entendre.

— Je ne peux pas apporter une réponse complète à cette question, mais je sais que son départ est lié à sa grossesse.

Amalie sursauta.

— Vous voulez dire, il y a onze ans ? Lorsqu'elle a eu Davin ?

— Non, répondit-il en lui adressant un sourire plein de tristesse et d'appréhension. Je parle du bébé qui était attendu pour juillet prochain. Le bébé dont elle a appris l'existence la veille de son départ.

16.

Davin tenait d'une main la porte d'entrée entrouverte et de l'autre la brique de crème qu'il serra brusquement entre ses doigts. Quoi ? Helena était enceinte ?

Si elle avait vécu, elle aurait peut-être donné de nouveau son bébé à Amalie. Il aurait pu avoir un frère ou une sœur !

Ou peut-être qu'elle aurait gardé ce bébé-là. Cette pensée eut sur lui un drôle d'effet, comme si une chose visqueuse, noire, une chose horrible, s'était introduite dans sa poitrine. Il referma la porte sans bruit et se tint dans l'ombre, où personne ne pouvait le voir, le dos contre le mur qui séparait la cuisine de l'entrée. S'ils découvraient qu'il était là, ils arrêteraient de parler et lui n'apprendrait rien.

— Mais Helena ne pouvait pas avoir d'autres bébés, était en train de dire Amalie.

— Pourquoi pas ? demanda son mari.

— Après la naissance de Davin, les médecins l'ont mise en garde contre une autre grossesse. Je croyais qu'elle avait l'intention de se faire ligaturer les trompes. Apparemment, elle ne l'a pas fait.

Les *trompes* ? De quoi Amalie pouvait-elle bien parler ? Davin n'en avait vraiment pas la moindre idée. Mais ce qui l'interrogeait le plus, c'était cette remarque à propos de sa naissance. Pourquoi Helena n'aurait-elle pas dû avoir d'autres bébés ? Est-ce que la plupart des femmes n'en avaient pas plusieurs une fois qu'elles avaient commencé ?

— Dites-moi, Amalie, reprenait Matthew. Que s'est-il passé exactement quand Davin est né ?

— Oh, ça a été affreux. Je ne me souviens pas des termes médicaux, mais il y a eu des complications extrêmement sévères. Helena était très affaiblie après l'accouchement ; son cœur s'est même arrêté à un moment donné et les médecins ont dû la ranimer. Nous avons eu si peur de la perdre.

Davin ne s'était jamais douté qu'on pouvait mourir en mettant un enfant au monde. Il eut mal au ventre, tout à coup, mais il se força à écouter la suite.

— Elle a eu une hémorragie qui a duré des heures. Vous ne pouvez pas imaginer combien c'était effrayant. Elle paraissait se vider de son sang... par les yeux, les oreilles, l'endroit où était posée l'intraveineuse...

C'était pire qu'un film d'horreur. Davin se représentait une femme ressemblant à sa tante en train de se lever de son lit d'hôpital, le visage et le cou ensanglanté, ses bras rougis tendus en avant vers le bébé qui avait causé tout ce mal.

Et soudain, tout devint clair. *C'était à cause de ça que sa mère s'était enfuie. Il lui avait fait tellement mal. Il l'avait presque tuée.*

Un bruit sourd le ramena à la réalité. Il baissa les yeux et vit la brique de crème à ses pieds. Il se penchait pour la ramasser quand une autre pensée le frappa. Est-ce que tatie Amalie lui en voulait de ce qui était arrivé à sa sœur ?

Les visages de ses grands-parents se dessinèrent devant ses yeux. Eux aussi lui en voulaient. A cause de lui, une de leurs filles avait failli mourir et l'autre ne pourrait jamais se marier.

Parce qu'aucun homme ne voudrait devenir *son* père.

226

Tout prenait sens, tout à coup. Son passé, sa famille, tout était clair. Et bizarrement, c'était le monde d'aujourd'hui, le monde dans lequel il vivait, qui lui paraissait soudain plus obscur, plus trouble. Davin porta sa main à ses yeux et se rendit compte qu'ils étaient mouillés.

Mince, il pleurait comme un bébé. Il ne fallait pas que quelqu'un le voie. Cependant, il ne voulait pas se réfugier dans l'appartement d'Helena.

Il devait partir. Loin. Pour réfléchir.

Davin chercha à tâtons la poignée de la porte, sortit et referma celle-ci soigneusement derrière lui.

— J'ai entendu un bruit.

Amalie alla voir dans le couloir, certaine d'avoir entendu quelqu'un entrer. Mais il n'y avait personne. La porte était fermée, tout était normal. Sauf que…

Sur le sol se trouvait un carton de crème légèrement déformé. Elle le ramassa et alla le ranger dans le réfrigérateur.

— Davin, tu es là ?

— Peut-être est-il retourné à votre appartement, suggéra Heidi. Pour regarder la télévision.

— Peut-être. Je lui ai donné une clé lorsque nous sommes allés skier l'autre jour.

Tout de même, il aurait dû venir lui dire qu'il était rentré. Et ranger le carton de crème. Amalie se promit de le réprimander, plus tard, pour sa négligence.

Pour l'instant, elle avait besoin de savoir ce qui s'était passé entre Matthew et Helena. Cette grossesse était la clé du mystère, elle en était certaine.

— Vous ne vous doutiez donc absolument pas qu'un accouchement représentait un énorme risque pour Helena ? demanda-t-elle à Matthew en se rasseyant.

227

Il secoua la tête en signe de dénégation, le visage caché derrière ses mains. Au bout d'un long moment, il écarta ses mains et soupira.

— Elle m'a dit qu'elle voulait interrompre sa grossesse. Je ne comprenais pas. Elle ne m'a jamais expliqué que...

Sa voix s'étrangla.

— J'ai... j'ai cru que cela l'effrayait. Elle était comme ça, craintive devant beaucoup de choses.

Amalie ne put s'empêcher de jeter un coup d'œil à Grant. Le solide montagnard paraissait complètement désorienté. Rien de ce qu'il entendait, bien sûr, ne cadrait avec la personne qu'il avait cru connaître.

— Si seulement elle m'avait raconté tout ça, reprit Matthew. Je voulais cet enfant, mais je n'aurais jamais permis qu'Helena risque sa vie pour le mettre au monde.

— Que lui avez-vous dit quand elle vous a parlé d'avortement ? demanda Amalie.

— Je lui ai dit qu'elle devait être folle pour penser à une chose pareille, répondit-il lentement, d'une voix remplie de regret.

Il se frotta le visage des deux mains, l'air accablé.

— Mais si elle m'avait dit... Si elle m'avait parlé... Je ne savais pas...

— C'est donc suite à cela qu'elle est partie, dit Amalie, songeuse.

Elle pensait à ce sentiment de brisure, ce désespoir subit, qu'elle avait ressenti à la mi-décembre, sans pouvoir se l'expliquer. Ce devait être ça. Helena découvrant qu'elle était enceinte, Helena prenant la fuite sur un coup de tête, dans son coupé de sport, sans plans préétablis ni projets pour l'avenir, et abandonnant tout derrière elle.

Peut-être avait-elle eu la vague intention de retourner dans l'Ontario pour voir sa famille. Et puis quelque chose l'en avait détournée à un moment donné — quelque chose d'aussi futile que d'avoir eu à s'arrêter parce que sa voiture n'était pas équipée pour la neige. C'était possible.

— Je trouve surprenant qu'elle ne soit pas allée consulter un médecin une fois qu'elle a eu décidé de rester à Revelstoke, remarqua Amalie, essayant de se mettre dans la peau de sa sœur. Avec ses antécédents médicaux, on ne lui aurait pas refusé une interruption de grossesse.

Grant était devenu livide. Amalie tendit la main vers lui et serra son poing crispé.

— Grant ? Que se passe-t-il ?

— Ramsey, dit-il d'une voix étranglée. Ramsey était médecin. Il aurait pu pratiquer un avortement.

Grant n'aurait jamais pensé qu'il s'apitoierait un jour sur le sort d'Helena. Et pourtant...

Promenant son regard autour de la table, il vit Amalie, Heidi et Matthew qui l'observaient, attendant qu'il se décide à poursuivre. L'ironie de la situation ne lui échappait pas : la petite enquête qu'il avait menée à la demande de Denise, bien à contrecœur, se révélait finalement utile à quelque chose. Matthew toutefois n'était pas dans la confidence.

— Ramsey Carter, commença-t-il, était un ami à moi. Sa veuve, naturellement très bouleversée, m'a demandé si je pouvais me renseigner ici et là pour savoir depuis combien de temps durait la liaison de son mari avec... votre femme.

Matthew continuait de l'observer sans montrer de réaction particulière. Il était clair qu'il n'envisageait pas une seconde que cette histoire de liaison puisse être vraie. Pour lui, Helena était innocente. Et Grant commençait à penser qu'il avait peut-être raison.

— Un de mes amis les a vus dans un restaurant environ une semaine avant l'accident, continua-t-il. Ils semblaient avoir une conversation extrêmement sérieuse. A un moment, Helena s'est mise à pleurer.

Amalie se pencha en avant.

— Peut-être parlaient-ils de la possibilité d'interrompre la grossesse ?

Maintenant, Matthew hochait la tête.

— Ça pourrait se tenir.

— J'ai aussi parlé avec certaines personnes à l'hôpital, et au cabinet de Ramsey. Officieusement, bien sûr.

Cette fois, non seulement Matthew, mais aussi Amalie et Heidi opinèrent.

— Sa réceptionniste a bien voulu me dire qu'Helena avait pris rendez-vous pour voir Ramsey dix jours avant l'accident. A ma connaissance, c'est à cette occasion qu'ils se sont vus pour la première fois.

— Donc, Helena et Ramsey n'ont jamais eu d'aventure, conclut Amalie triomphalement. Elle avait besoin de se faire avorter et il était son médecin !

Elle paraissait si soulagée que Grant s'en voulut de devoir objecter :

— Peut-être, mais les médecins emmènent rarement leurs patientes skier en haute montagne.

— Oh.

Le visage d'Amalie s'allongea.

— Il doit exister une explication, dit Matthew, dont la confiance, semblait-il, ne se laissait pas si facilement entamer. Helena ne parvenait peut-être pas à accepter ce dénouement. La décision était peut-être plus difficile à prendre qu'elle ne l'avait cru.

— Aucune femme ne se verrait contrainte de faire ce choix sans en être bouleversée, déclara Amalie. Et nos parents ont toujours été farouchement opposés à l'avortement, quelles que soient les circonstances. Leurs convictions, et la position de notre église, ont peut-être marqué Helena plus profondément qu'elle ne le soupçonnait elle-même.

— Cependant..., avança Grant, condamné sans l'avoir voulu à tenir le rôle du sceptique. N'aurait-il pas été plus logique de la part de Ramsey d'arranger un entretien avec quelqu'un ? Elle avait probablement besoin d'une aide psychologique.

— C'est peut-être ce qu'il a fait, en un sens, dit Amalie. Est-ce que Denise ne t'a pas dit qu'il l'avait demandée en mariage précisément dans ce refuge ?

D'abord, Grant ne vit pas où elle en voulait en venir. Puis il se rappela ce que Denise lui avait confié.

— C'est vrai. Apparemment, Ramsey faisait toujours cette randonnée lorsqu'il avait une décision importante à prendre.

Ramsey avait-il emmené une patiente désemparée au refuge d'Asulkan pensant que cela l'aiderait à accepter la décision qu'elle avait prise ? C'était peut-être un peu tiré par les cheveux, mais au fond cette hypothèse s'accordait mieux avec l'image que Grant s'était faite de Ramsey qu'une aventure avec une jeune femme de passage.

En outre, comme Amalie le lui avait déjà fait remarquer, le refuge d'Asulkan n'était pas l'endroit le plus confortable qu'on puisse trouver, si l'on ne pensait qu'à la bagatelle.

— Je vais refaire du chocolat, annonça Heidi en se levant de table. Tout le monde en veut ?

Ils acquiescèrent tous les trois et Amalie dit qu'elle allait monter à l'appartement pour demander à Davin s'il en reprendrait aussi.

— Bien que je sois pratiquement sûre que oui, ajouta-t-elle en disparaissant.

L'humeur autour de la table s'était considérablement allégée depuis qu'ils avaient découvert cette nouvelle explication à la promenade en montagne de Ramsey et Helena. Grant se demandait s'ils pourraient jamais en trouver la preuve et si leurs raisonnements parviendraient à apporter un peu de paix à Denise. Mais, en ce qui le concernait, ce nouvel éclairage des événements le réconfortait grandement.

— Plus j'y pense, dit Matthew, plus tout cela me semble logique. Helena a toujours eu beaucoup de difficultés à prendre des décisions. Et ici, à Revelstoke, elle n'avait personne vers qui se tourner.

Il se leva et se mit à arpenter l'étroite cuisine, ses épaules minces voûtées sous le tissu raide de sa chemise.

Pauvre gars, pensait Grant. Les dernières semaines n'avaient pas dû être faciles pour lui. Son amour pour Helena paraissait vraiment sincère. Pour la première fois, Grant comprenait comment un homme pouvait aimer une femme comme elle.

Pas lui, toutefois. Helena était trop instable, trop fragile. A cet égard au moins, elle était différente de sa sœur. Amalie ne se considérait pas comme une personne courageuse et, pourtant, elle n'hésitait pas un instant à affronter ses problèmes. C'était une des choses qu'il admirait en elle.

L'arôme du chocolat en train de chauffer fit gargouiller son estomac, lui rappelant qu'il n'avait pas déjeuné.

— Je ne sais pas ce qu'il en est pour vous, mais moi, je meurs de faim. Que diriez-vous de commander une ou deux pizzas ?

Heidi et Matthew semblèrent tous deux penser que c'était une bonne idée, aussi Grant composa-t-il sur-le-champ le numéro de Pizza Paradise qu'il connaissait par cœur. Au bout de quelques secondes, on lui passa Blaine.

— Bonjour, Blaine. Comment ça va ? s'enquit-il.

— Ça va. Beaucoup de livraisons ces jours-ci, avec toute cette neige. Je suppose que le temps ne va pas empêcher ce fichu inspecteur de revenir malheureusement ; je l'attends d'ici à un jour ou deux. Mais à part ça, tout roule. Qu'est-ce que je peux faire pour toi ?

Alors que Grant était en train de passer commande, la porte de l'appartement s'ouvrit à la volée. Amalie surgit dans la cuisine, dans un état évident de panique.

— Davin n'est pas à l'appartement ! Et son équipement de ski n'est plus là.

Grant lâcha le combiné comme elle se tournait vers lui.

— Oh, Grant ! Il va bientôt faire nuit. Il ne peut tout de même pas être parti skier !

Un moment, ils se regardèrent tous les quatre, muets de stupéfaction, puis Amalie, Heidi, Matthew, prirent la parole tous en même temps :

— Il faut que…

— Croyez-vous…

— J'espère qu'il ne…

— S'il vous plaît, dit Grant en levant la main pour rappeler tout le monde au calme, préalable indispensable à l'action dans toute situation d'urgence.

— Il nous faut d'abord examiner le problème. Amalie, quelle heure était-il quand tu as trouvé le carton de crème dans le couloir ?

— Je ne sais plus ! s'exclama-t-elle, la main sur sa gorge.

Elle s'était approchée de la fenêtre et Grant savait ce qu'elle faisait et à quoi elle pensait : elle fixait les montagnes en les maudissant intérieurement. A présent, elle avait une raison de plus de détester ce paysage qu'il considérerait toujours comme son berceau, son foyer, l'endroit où il se sentait le mieux au monde.

— Il était juste 15 heures quand je l'ai envoyé à l'épicerie, dit Heidi. Je me souviens que l'horloge venait de sonner quand je lui ai donné l'argent.

Un coucou suisse était accroché au mur de la cuisine au-dessus de la table. Tous tournèrent le regard vers lui et, au même instant, la grande aiguille atteignit le douze, la porte de bois coulissa et le petit oiseau apparut. Il siffla, une, deux, trois, quatre fois.

Grant en déduisit que l'enfant devait avoir entre une demi-heure et quarante-cinq minutes d'avance sur eux.

— J'appelle la police routière, décida-t-il. Davin ne peut pas être allé bien loin à moins d'avoir fait du stop. Je pense que nous devrions nous diviser en deux groupes. Heidi, vous voulez bien rester ici avec Amalie, n'est-ce pas ?

— Rester ici ? s'étrangla Amalie. Il n'en est pas question, Grant. Je viens avec toi. Je *sais* qu'il a voulu rejoindre une piste de ski de fond.

— Ce qui restreint le champ de nos recherches, dit Grant qui pensait comme elle que Davin s'était mis en tête de faire une balade à ski. Davin ne connaît que deux sentiers, celui de Summit Road, qui ne présente pas beaucoup de risques, même par ce temps...

— Et Balu Pass, acheva Heidi en se tenant la tête à deux mains comme si elle avait voulu se l'arracher du corps. Vous aviez raison, Amalie. C'était insensé de l'emmener là-bas, je n'aurais jamais dû...

Amalie lui toucha légèrement l'épaule.

— Ne vous reprochez rien, Heidi. Personne ne pouvait savoir qu'il ferait une chose comme celle-là. Il n'est jamais parti nulle part sans me demander la permission auparavant. Peut-être la tension de ces derniers jours a-t-elle été trop forte pour lui... peut-être avait-il gardé le secret espoir que nous retrouverions sa mère... en vie.

— A moins qu'il n'ait surpris notre conversation tout à l'heure, intervint Matthew. Que savait-il vraiment de cette histoire ? Savait-il par exemple qu'Helena avait failli mourir en le mettant au monde ?

Amalie secoua la tête.

— Non. Je ne lui en ai jamais parlé. Je ne voulais pas qu'il se croie responsable en aucune manière.

Ses yeux s'élargirent soudain sous l'effet d'une nouvelle terreur. Elle tendit la main vers Grant.

— Oh, non ! Grant, qu'ai-je fait ?

— Ne t'inquiète pas. Nous le trouverons.

Rapidement, Grant récapitula les tâches de chacun :

— Matthew, vous restez là-haut, dans l'appartement d'Helena. Heidi, ici. Avez-vous un téléphone portable, Matthew ?

— Oui.

— Parfait. Heidi, vous l'utiliserez pour appeler toutes les personnes que Davin a pu rencontrer. Il faut laisser votre ligne libre au cas où il appellerait ici.

Il attrapa sa veste, et vérifia que son portable était en position réception.

— Allons-y, Amalie. Nous appellerons la police routière en chemin.

Grant chargea l'équipement de ski d'Amalie sur le toit du 4 x 4, où se trouvait encore le sien, et quelques instants plus tard, ils étaient en route pour Rogers Pass. Il avait oublié sa fatigue.

Il joignit d'abord par radio la patrouille de l'autoroute et leur demanda s'ils avaient remarqué la présence d'un jeune auto-stoppeur aux abords de la Trans-Canada. Malheureusement, ce n'était pas le cas, mais ils promettaient d'ouvrir l'œil. Puis, il appela le gardien du parc national qui, lorsqu'il eut brièvement expliqué la situation, proposa aussitôt d'envoyer quelques hommes du côté de Summit Road.

— Je vais à Balu Pass, dit-il à l'homme de garde, conscient de la terreur qu'éveillait ce seul mot chez Amalie. Avec sa mère, ajouta-t-il. Je vous ferai signe si nous retrouvons sa trace là-haut.

S'ils avaient de la chance.

— Peut-être n'a-t-il pas du tout voulu… Peut-être est-il seulement…, commença Amalie.

Mais elle n'acheva pas sa phrase. Quelle autre explication aurait-elle pu trouver en effet ? Il avait pris ses skis. Il aurait pourtant dû avoir assez de bon sens pour se rendre compte qu'on ne partait pas faire une randonnée alors que le soleil se couchait. On était à la mi-février et la nuit tombait dès 5 heures.

— Il doit être tellement bouleversé s'il a surpris notre conversation, reprit-elle. Qui sait quelle idée il peut avoir eue. Il pourrait se perdre…

Pour l'heure, c'était elle qui paraissait perdue. Il posa sa main sur la sienne et s'efforça de la réconforter :

— S'il s'est perdu, nous le retrouverons. La police le cherche, et nos gars inspectent la piste au départ de Summit Road.

A eux d'explorer Balu Pass. Et sans tarder. Il leur restait environ cinquante-cinq minutes avant le coucher du soleil.

Amalie faisait tout son possible pour ne pas paniquer et ne pas fondre en larmes. Cela ne les aiderait pas et ils devaient tirer le meilleur parti des précieuses minutes de jour qui leur restaient. Ses skis aux pieds, prête à partir, elle leva anxieusement les yeux vers Grant.

— Tu as ton beeper ? demanda-t-il.

Elle lui montra son ARVA et il hocha la tête d'un air approbateur.

Grâce à Dieu, Grant était pragmatique, mais aussi expérimenté, doué, fort… un véritable combattant lorsqu'il chaussait ses skis. Si quelqu'un pouvait trouver Davin, c'était lui.

236

Un appel radio de la police avait confirmé dix minutes auparavant qu'un camionneur avait pris un jeune garçon en stop aux environs de 15 h 30. Le garçon avait raconté qu'il avait été séparé du groupe avec lequel il voyageait et avait demandé à être déposé devant l'hôtel qui jouxtait le Centre d'information.

L'habileté du mensonge avait sidéré Amalie. Immédiatement, Grant avait annulé les recherches de Summit Road et demandé des renforts au bureau du gardien tandis qu'Amalie courait à l'hôtel pour savoir si quelqu'un avait remarqué Davin.

Personne ne l'avait vu.

Une équipe de recherche serait sur place dans dix minutes, mais Grant décida de ne pas les attendre et Amalie l'approuva. Chaque minute comptait. Ils avaient repéré les traces de Davin au départ de la piste, mais avec la neige qui tombait et le jour déclinant, ses traces ne seraient bientôt plus visibles.

— Nous allons le rattraper, Amalie. Il n'a pas beaucoup d'avance sur nous.

Grant avait pris la tête et il ne se retournait même pas pour s'assurer qu'Amalie le suivait, comme s'il ne doutait pas un instant qu'elle en soit capable.

Et en effet, elle l'était. Amalie n'aurait jamais cru qu'elle pouvait progresser à une telle allure. Il ne s'agissait plus de petites enjambées ni d'impulsions incertaines cette fois. Elle plantait fermement ses bâtons, poussait fort sur chaque ski allongeant chaque foulée, et constatait avec surprise que ses skis la portaient plus loin, plus vite. La randonnée de la semaine précédente l'avait peut-être un peu endurcie finalement.

Au bout de quelques minutes, elle eut l'impression de s'engager dans un tunnel tant les arbres étaient serrés de chaque côté du chemin. Les muscles de ses jambes travaillaient à maintenir un rythme de course à pied, et elle volait littéralement au-dessus

237

de la piste. Elle allait si vite que ses skis heurtèrent ceux de Grant quand il s'arrêta brusquement.

— Pardon…

— On dirait qu'il a quitté la piste principale ici, dit Grant en pointant son bâton dans la direction d'un sentier qui bifurquait sur la gauche, presque à angle droit. On l'appelle le Hourglass. C'est un petit sentier plutôt amusant dans des conditions normales.

Amalie ne put qu'entendre le « mais » sous-entendu. Les conditions n'étaient *pas* normales. La tempête de la nuit avait tout changé, et la température était plus douce ce soir qu'elle ne l'avait été depuis plusieurs jours. Et elle savait que c'était un des facteurs favorisant le déclenchement des avalanches.

— Ne reste pas trop près derrière moi, Amalie, reprit-il. Si quelque chose arrive, le plus important est de bien localiser le dernier endroit où tu m'auras vu, ou celui où tu auras vu Davin. Et souviens-toi, l'équipe de recherche est juste derrière nous.

Amalie hocha la tête.

— Oui, je sais. Allons-y.

Il esquissa un sourire.

— Tu as tout compris, c'est ainsi qu'il faut réagir, approuva-t-il avant de repartir.

Il allait encore plus vite à présent — il le fallait. Et elle aussi. Il était déjà 16 h 50. Il ne leur restait plus qu'un quart d'heure de jour, au maximum. « Avance, Amalie, avance, » s'encourageait-elle silencieusement.

Au détour d'une courbe, les arbres parurent s'incliner vers elle, presque à la toucher. Refoulant sa peur, elle s'obligea à garder les yeux fixés sur le sol juste devant ses skis. « Accélère, Amalie, encore, encore… » Elle progressait si vite maintenant que ses skis semblaient ne plus toucher le sol, ils ne glissaient plus sur la neige, l'effleuraient seulement comme si une mince couche d'air s'était formée sous la semelle de ses skis, supprimant tout frottement.

Le sentier dessina une nouvelle courbe au sortir de laquelle la vue spectaculaire des Monts Grizzly qui s'élevaient au nord-ouest, majestueux et inquiétants, lui sauta à la figure. Aussitôt, elle eut le sentiment de capter leur esprit malveillant et lutta pour ne pas se laisser envahir par la terreur.

« Non ! Je n'abandonnerai pas ! » se répétait-elle avec une détermination qui trouvait son origine au cœur même de son amour pour Davin.

Grant était si loin devant à présent qu'elle n'apercevait plus, par moments, que la tâche bleue de son anorak. Puis la piste redevint rectiligne et elle vit la chose la plus merveilleuse qui fût au monde, une petite forme jaune fluorescent, et qui bougeait, droit devant.

Davin.

« Oh, merci mon Dieu ! Merci ! »

Vêtu de son blouson de ski noir et jaune, Davin, avec toute l'énergie de son jeune âge, s'éloignait.

— Davin ! cria-t-elle en même temps que Grant.

Miraculeusement, le garçon les entendit. Il s'arrêta et se tourna vers eux.

Juste au moment où Davin levait son bâton en signe de reconnaissance, un grondement sourd s'éleva de la montagne, un grondement qu'elle identifia aussitôt pour l'avoir entendu à plusieurs reprises lorsqu'elle avait assisté aux opérations de contrôle des avalanches à Rogers Pass.

Elle leva la tête. Un fin brouillard s'élevait à mi-pente au-dessus d'eux. Et soudain, comme si un géant avait joué avec un couteau à découper, elle vit une plaque de neige se détacher du manteau et se mettre à glisser.

Au début, cela ne parut pas très dangereux. Mais en quelques secondes, l'air fut rempli d'un véritable tonnerre produit par la neige en mouvement. La terre trembla sous ses pieds.

« Davin ! » Aucun son ne sortit de la bouche d'Amalie. Le nom de son neveu s'étrangla dans sa gorge au moment où elle vit la plaque arriver sur lui. Il ne sut même pas ce qui l'avait frappé ; la masse de neige s'était abattue sur lui tandis qu'il tournait le dos à la pente, l'ensevelissant en même temps que le cœur d'Amalie.

« Non ! Oh, non ! »

Amalie savait qu'elle devait mémoriser l'endroit où elle l'avait vu pour la dernière fois et elle enregistra l'image d'un pin tordu qui ressemblait à un chapeau pointu de sorcière ; elle se souviendrait de ça.

Elle se remit en marche, pestant contre les fines particules de neige qui envahissaient l'atmosphère, limitant de plus en plus son champ de vision. L'anorak bleu de Grant devint son point de mire. Elle se concentrait si intensément sur lui qu'elle en oublia de ralentir en le rejoignant, et une fois encore, heurta l'arrière de ses skis.

— Grant, je l'ai vu. Il était près de cet arbre, là, dit-elle en en tendant son bâton dans la direction du pin.

Mon Dieu, les secondes défilaient. Pourquoi ne réagissait-il pas ?

Davin était enseveli sous une masse de neige. Pouvait-il respirer ? Avait-il eu le temps de faire sauter la sécurité de ses skis, de se débarrasser de ses bâtons ? Avait-il seulement eu le temps de réaliser ? Tout s'était passé si vite.

— Amalie.

Grant posa sa main sur son bras. Sa voix était grave, mais calme. Il avait le visage levé vers l'endroit où avait démarré l'avalanche et Amalie tourna finalement la tête vers le haut de la pente. La neige bougeait encore.

240

— Nous devons attendre l'arrêt de la coulée, dit-il.

— Mais…

Il serra sans douceur ses doigts autour de son avant-bras.

— Amalie, nous ne le sauverons pas si nous sommes ensevelis à notre tour. Prends cette radio. Appelle les gars. Guide-les jusqu'ici et décris-leur ce qui s'est passé. Dès que la neige me semblera suffisamment stable, j'essaierai de capter le signal de son émetteur. J'espère seulement qu'il a pensé à l'emporter.

Amalie n'avait pas remarqué si leurs ARVA étaient encore à leur place quand elle était montée à l'appartement.

— Je veux t'aider.

— Tu vas m'aider. En restant ici.

Il indiqua de nouveau le haut de la pente et ajouta :

— Rien ne permet de dire qu'une seconde coulée ne va pas se produire. Le risque existe. Je pourrais être emporté à mon tour. Et dans ce cas, tu serais mon seul espoir.

Mon Dieu, non. Pas Grant. Pas tous les deux. Jamais elle ne pourrait le supporter.

Résolument, par un effort de volonté dont elle ne se serait pas cru capable, elle fit taire sa terreur et dit d'une voix presque assurée :

— Je comprends.

— Bien. Je vais y aller maintenant. Si tu dois bouger, fais-le lentement.

Lentement. Oui. Elle porta la radio à sa bouche et essaya d'établir le contact avec les hommes qui les suivaient. Les hommes qui travaillaient aux côtés de Grant au contrôle des avalanches, comme si une telle chose était possible…

241

17.

Il était maintenant exactement 17 heures, et bien que le soleil ne soit pas encore couché, il avait disparu derrière le Grizzly. Bientôt, très bientôt, il ferait nuit. Amalie serrait sa lampe torche dans une main et, de l'autre, maintenait la radio près de ses lèvres.

Parler aux hommes qui arrivaient était le seul moyen pour elle de ne pas perdre la raison quand son instinct le plus profond lui intimait de se jeter sur la pente pour rejoindre Grant et l'aider à chercher son fils.

— Grant a délimité une zone, il essaie de repérer un signal.

« Mon dieu, faites que Davin ait emporté son émetteur », priait-elle tout en parlant. Elle ferma les yeux, se remémorant les sensations qu'elle avait éprouvées au moment où sa sœur avait été ensevelie : le terrible poids qui écrasait ses poumons, la panique aveugle… « Conserve ton énergie, implora-t-elle silencieusement. Ne lutte pas. N'essaie pas d'appeler. » Les chances étaient bien trop faibles pour que Grant l'entende de toute façon.

C'est ce que Grant leur avait dit à tous les deux. Un skieur enfoui sous la neige pouvait souvent entendre les voix des sauveteurs au-dessus de lui, mais ses efforts pour appeler étaient vains et le privaient seulement d'un peu plus d'oxygène.

Amalie se retourna pour voir si les hommes de l'équipe de contrôle des avalanches arrivaient. S'ils n'étaient pas là bientôt, elle allait rejoindre Grant quels que soient les risques. Rester là à ne rien faire devenait insupportable.

Enfin, elle les aperçut. Elle n'avait plus qu'à attendre une ou deux minutes. Mais les secondes paraissaient des siècles quand quelqu'un que vous aimiez était en danger. Quand vous reteniez votre respiration en vous imaginant votre enfant privé d'oxygène durant le même laps de temps. Il fallait qu'ils le sortent de là !

Lorsqu'elle fut certaine que les hommes l'avaient vue, elle pointa ses skis dans la direction du pin tordu et s'élança. Tête rentrée, coudes serrés, luttant contre le vent qui la déséqui-librait et lui cinglait les joues, elle rejoignit Grant aussi vite qu'elle le put. Elle s'alarma en le voyant remettre son ARVA dans sa poche.

— Je ne capte aucun signal, dit-il. Il faut que nous sondions.

Amalie refoula une vague de panique et regarda sa montre. Presque trois minutes s'étaient écoulées à présent. Ils perdaient un temps précieux.

— Les hommes sont là, annonça-t-elle.

— Bien. Il est important d'agir vite, mais il faut aussi être méthodique.

Grant avait ouvert son sac à dos et emboîtait les éléments d'une sonde en aluminium.

Amalie n'en avait pas, mais elle pouvait utiliser son bâton.

— Je veux aller voir près de cet arbre, dit-elle.

Oubliant toute technique, elle se redressa brusquement et se laissa porter par la pente. Plusieurs bosses faillirent la déstabiliser et elle dut se jeter volontairement au sol pour s'arrêter, mais elle y était ; là, à l'endroit où elle avait vu

Davin pour la dernière fois. Promenant le faisceau lumineux de sa lampe sur la neige, elle chercha un signe. Un gant, la pointe d'un ski...

Ou un bâton ! A seulement trois pas de l'endroit où elle se tenait, une partie de la poignée noire d'un bâton brillait dans l'éclat de la lampe !

— Grant ! Je vois un bâton ! Je crois que c'est celui de Davin !

En quelques secondes, il fut sur place, puis Peder et un autre des hommes de l'équipe. Ils sortirent de larges pelles de leurs sacs et se mirent aussitôt au travail.

— Appelle Rogers Pass, Amalie, dit Grant entre deux coups de pelle. Lorsque nous l'aurons trouvé, il aura besoin de soins immédiats. Il faudra l'évacuer par hélicoptère.

Lorsque nous l'aurons trouvé. Pas *si* nous le trouvons. Amalie s'accrocha à cet espoir, refusant de croire que le bâton puisse être celui de quelqu'un d'autre.

— Ça va aller, Davin.

Grant ne cessait pas de parler à l'enfant.

— Nous sommes en train de te sortir de là. Ça ne prendra que quelques minutes.

— Tiens bon, mon chéri, ajouta Amalie, priant pour que son fils l'entende. Je t'aime, Davin. Ce sera bientôt fini, je te le promets.

Encore une minute. Un coup d'œil à sa montre lui indiqua que cinq minutes étaient maintenant passées depuis qu'il avait été enseveli par l'avalanche.

Comment autant de choses pouvaient-elles arriver en un temps aussi court ? Grâce à Dieu, ils l'avaient vite localisé. Cependant, cinq minutes, sans oxygène, équivalaient à une éternité. A moins qu'une petite poche d'air près de son visage lui ait permis...

Toutes ces pensées et mille autres s'agitaient dans l'esprit d'Amalie. De nouveau lui revint l'image d'Helena qui n'avait pas eu la chance qu'une équipe de sauvetage parvienne sur les lieux dans les minutes qui avaient suivi l'accident.

— Je sens son bonnet...

On écarta les pelles. La priorité maintenant était de déblayer la neige autour de sa tête. A mains nues. Amalie tomba à genoux et joignit ses efforts à ceux des hommes.

« Rends-le-nous, maudite montagne ! »

Le visage de Davin fut bientôt complètement dégagé. Sa peau était bleue et il était inconscient.

« Mon Dieu, non, ça ne peut pas être trop tard ! » suppliait silencieusement Amalie.

Mais Grant était loin d'avoir abandonné. Avec des gestes rapides et sûrs, il ôta la neige qui obstruait la bouche et les narines de Davin et commença le bouche-à-bouche. Il insuffla l'air de ses propres poumons trois ou quatre fois avant de se redresser en annonçant :

— Il respire ! Mais il est encore inconscient, je pense. Allons, les gars, sortons-le, à présent.

Les bras se remirent en mouvement, faisant voler la neige alentour, et le corps de Davin apparut entièrement, comme une sculpture dégagée de son moule en plâtre. Amalie fut soudain prise de tels tremblements qu'elle faillit laisser échapper sa torche.

Son fils était vivant. Vivant.

Le sifflement des hélices, le vrombissement du moteur, et une vive lumière au-dessus d'eux, annoncèrent l'arrivée de l'hélicoptère, mais Amalie s'en rendit à peine compte. Elle concentrait toute son attention sur le visage de Davin, où elle guettait le moindre signe qui eût révélé qu'il avait repris conscience.

Prudemment, on déplaça l'enfant.

— Attention au bras gauche, dit Grant. Je crois que nous aurons besoin d'une attelle.

Il s'était cassé le bras. Soit, elle pouvait accepter ça. « Mais, mon Dieu, faites que ce soit sa seule blessure. »

Le médecin qui était arrivé avec l'hélicoptère vérifia les signes vitaux de Davin, puis aida Grant à placer l'attelle autour de son bras.

— Il ne semble pas trop mal, dit le médecin, mais je préfère qu'on le mette sous oxygène durant le transport.

Quelques secondes plus tard, Davin était enveloppé dans une épaisse couverture, puis placé sur un brancard spécial qui maintenait immobiles sa tête et sa colonne vertébrale.

— Tout va bien, Amalie. Il est en bonnes mains.

C'est à ce moment seulement qu'Amalie se rendit compte qu'elle pleurait. Grant l'attira à lui et elle sentit que lui aussi tremblait.

— C'est une des missions de sauvetage les plus rapides que j'aie jamais vues, dit-il. Heureusement que tu as repéré ce bâton !

Amalie avait approché une chaise du lit de Davin et lui tenait la main, la tête posée près de la sienne sur l'oreiller.

Grant était resté dans la montagne avec ses hommes tandis qu'elle s'envolait pour l'hôpital avec Davin. Les médecins l'avaient examiné scrupuleusement et avaient assuré à Amalie que son fils ne souffrait d'aucune lésion, ni d'aucune autre facture que celle de son bras, lequel était déjà plâtré.

Elle supposait qu'elle avait de la chance. C'était la première fois qu'elle se rendait au service des urgences avec son fils alors que la plupart de ses amies et collègues étaient devenues routinières de la chose. Mais si Davin lui avait épargné des frayeurs répétées, il s'était certainement rattrapé par l'intensité dramatique des circonstances qui les avaient finalement conduits à l'hôpital !

Grant s'arrêta à la porte de la chambre. Amalie dormait, la tête sur l'oreiller de Davin. C'était émouvant, ces deux têtes blondes posées l'une près de l'autre.

Sentant la peur qui s'était emparée de lui dans la montagne revenir, il pinça les lèvres et respira profondément par le nez.

Si quelque chose était arrivé à cet enfant, il se serait probablement effondré. Et il n'aurait jamais osé se présenter de nouveau devant Amalie. Pas un instant, elle n'avait douté qu'il ferait tout ce qui était humainement possible pour sauver son fils.

Et, par bonheur, ils avaient réussi.

Il fit quelques pas dans la pièce, sans cesser de les observer, comme s'il avait eu besoin de se convaincre qu'ils étaient réellement sains et saufs. Comment ces deux êtres avaient-ils pu prendre tant d'importance dans sa vie en si peu de temps ? Grant n'avait jamais éprouvé un intérêt particulier pour les enfants, mais Davin… Il éveillait chez lui quelque chose qui ressemblait assurément à un sentiment paternel…

Quant à Amalie, c'était simple, il ne pouvait pas vivre sans elle. Il en avait pris conscience au moment où l'hélicoptère avait disparu à sa vue. Le vol n'était pas sans risques. Nuages bas, nuit tombante… Grant s'était tout à coup senti impuissant — Davin et Amalie n'étaient plus sous sa protection —, et ce n'était pas un sentiment auquel il était habitué.

Pas plus que celui d'aimer autant quelqu'un. C'était étrange, il avait toujours pensé que la femme qu'il voudrait épouser lui ressemblerait davantage, qu'elle serait sportive, aurait un esprit aventureux, comme sa propre mère. Mais il se rendait compte à présent que ces traits de caractère n'avaient pas l'importance qu'il leur avait toujours accordée. Amalie était courageuse et déterminée, et aussi, sensible et généreuse. Et c'était tout ce qu'il désirait.

Il s'avança encore et s'assit sur une chaise près d'Amalie. Il irait s'installer dans l'Ontario si cela pouvait la convaincre de son amour. Il y avait des parcs nationaux dans cette province aussi, non ? D'une manière ou d'une autre, si Amalie tenait vraiment à rester près de ses parents, ils trouveraient un compromis.

Tout doucement, il déplia une couverture qui se trouvait au pied du lit et en couvrit Amalie, puis il en rabattit le bord sous son menton. Il ne voulait pas la réveiller, mais il aurait bien aimé la tenir dans ses bras quelques minutes.

Amalie sentit que l'on posait quelque chose sur ses épaules.

— Oh, tu es là ?

Elle sourit, puis repoussa une mèche de cheveux qui lui tombait dans les yeux.

Grant effleura sa joue de ses lèvres, puis demanda en posant une main sur le front de Davin :

— Comment va-t-il ?

— Il va bien. Grâce à toi.

Comment pourrait-elle jamais le remercier assez pour ce qu'il avait fait ? se demandait-elle. Et comment un homme pouvait-il mettre chaque jour sa vie en danger pour en sauver d'autres ? Elle savait que Grant n'aurait pas agi différemment si Davin avait été pour lui un étranger. Ce n'était pas seulement la passion de son métier qui l'animait, mais quelque chose en lui qu'elle ne savait comment définir, une détermination farouche, un amour de la vie qui trouvait probablement ses racines dans son enfance, toute tournée vers les voyages et la découverte des autres.

— Tu sais, ç'a été un vrai travail d'équipe, Amalie. Et il faut regarder la réalité en face, la chance — ou peut-être le ciel —, était de notre côté.

Elle prit sa main et la serra.

— Est-ce que tu as pu appeler Matthew et Heidi ?

— Oui. Ils voulaient venir à l'hôpital tout de suite, mais je leur ai conseillé d'attendre demain matin.

— Tu as bien fait.

— Amalie ?

— Oui ?

— Ta sœur... j'avais tort à son sujet, et je te dois des excuses. Je l'ai accusée d'être responsable de la mort de Ramsey et ce n'était pas juste. Peut-être est-ce elle qui s'est élancée dans la cuvette, mais Ramsey, lui, n'aurait pas dû l'emmener là-haut.

— Merci.

Elle ne savait pas pour quelle raison l'opinion que Grant avait de sa sœur avait tant d'importance pour elle, mais elle en avait. Elle en avait toujours eue.

— Je me suis trompé de bout en bout, je crois. Dès le début. Je n'ai vu qu'une personne artificielle et je n'ai jamais songé à m'interroger sur ce qu'elle se donnait tant de mal à cacher.

— Sa peur, son angoisse, probablement. Grant, elle était si seule.

— Ramsey était quelqu'un de bien. Je suis certain qu'il essayait de l'aider.

Savoir qu'Helena avait pu se confier à quelqu'un, s'appuyer sur cette personne, la réconfortait un peu. Que se serait-il passé s'il n'y avait pas eu d'avalanche ? Aurait-elle eu la force, de retourner dans la vallée, de mettre un terme à sa grossesse ?

Serait-elle revenue auprès de Matthew ? Aurait-elle fini par leur rendre visite, un jour, à elle et à Davin ?

Autant de questions qui resteraient sans réponse.

— Je suis heureuse que tu la voies maintenant comme elle était, Grant. C'est important pour moi.

Plus important qu'il ne le comprendrait sans doute jamais. Même si elles avaient vécu chacune de leur côté durant onze longues années, Helena avait continué de faire en quelque sorte partie d'elle-même, de son identité. Elle était incapable de l'expliquer, mais c'était la raison pour laquelle il lui était impossible de croire qu'une personne qui méprisait sa sœur pouvait l'aimer, elle, Amalie.

Car malgré toutes leurs différences, elles avaient énormément en commun.

Et avant tout, Davin.

Elle tendit la main vers son fils en rendant grâce à Dieu.

— Il ira bien, dit-elle.

Grant attira sa tête contre sa poitrine. Elle ferma les yeux et, un instant plus tard, sombra de nouveau dans le sommeil.

Quand elle rouvrit les yeux, l'aube filtrait au travers des rideaux et Grant s'apprêtait à partir.

— Je dois aller travailler, dit-il. Mais je repasserai plus tard.

— Merci, Grant.

Il n'y avait pas de mots pour exprimer la reconnaissance, ou tout ce qu'elle ressentait pour lui à cet instant. Son cœur débordait de fierté, de désir, d'admiration et de tendresse à l'égard de l'homme.

Et elle savait que jamais elle n'éprouverait cet extraordinaire mélange de sentiments envers aucun autre homme au monde.

250

Davin ouvrit un œil. Il éprouvait une curieuse sensation de fatigue et se demanda s'il était en retard pour l'école. Tout était calme, mais la lumière était si vive déjà.

Puis il se rappela qu'il n'était pas à Toronto mais à la montagne. Mais pourquoi était-il couché dans un vrai lit ?

Tatie Amalie était assise auprès de lui ; elle paraissait somnoler. Il y avait une fenêtre juste derrière elle. Et de l'autre côté, une porte, ouverte, qui donnait sur un couloir.

— Où suis-je ? dit-il en essayant de s'asseoir.

C'est alors seulement qu'il vit que son bras gauche était plâtré. Il le souleva de quelques centimètres, puis le laissa retomber sur sa poitrine.

— Qu'est-ce qui s'est passé ?

— Davin, dit sa tante en ouvrant les yeux. Tu es réveillé ?

Pour une raison inconnue, cela paraissait lui faire vraiment plaisir. Elle posa une main fraîche sur son front, puis l'embrassa.

— Tu es à l'hôpital, Davin, mais tout va bien.

— A l'hôpital ?

— Oui. A Revelstoke. Le petit déjeuner est là. Tu as faim ?

Un plateau était posé à l'extrémité de son lit. Sa tante souleva un couvercle de métal et il regarda les toasts ramollis et les minuscules pots de confiture. Sur une assiette en plastique se trouvaient une grappe de raisin, et, à côté, un demi-verre de lait.

— Je ne crois pas, répondit-il en fronçant le nez.

Amalie fouilla la poche de son manteau et en sortit une de ses barres de céréales préférées.

— Et maintenant ?

Il sourit.

251

— Et je peux aller te chercher un jus de fruits au distributeur.

— Je veux bien, acquiesça-t-il en tendant sa main valide pour prendre la barre chocolatée.

Comme elle était sur le point de sortir de la chambre, il l'arrêta avec une autre question.

— Comment est-ce que je suis arrivé ici ?

— Tu ne t'en souviens pas ?

Il secoua la tête de droite à gauche, puis s'immobilisa et réfléchit.

Et tout lui revint d'un coup. La brique de crème. Amalie en train de raconter combien sa naissance avait été horrible. Sa fuite. Le camionneur barbu qui l'avait pris en stop. Le ski…

— Je crois que j'ai été pris dans une avalanche.

— Donc, tu te rappelles ?

— Un peu. Je t'ai entendue m'appeler. J'ai levé mon bâton pour te faire signe, et quelque chose m'a frappé dans le dos.

— La neige.

— Tatie, c'était comme si un camion m'avait renversé, je t'assure. Mais j'ai compris ce que c'était parce que Grant m'avait parlé de la force des avalanches. Je n'ai pas eu le temps faire quoi que ce soit, mais j'ai gardé mon bras en l'air en pensant à ce que Grant avait dit… que parfois un ski ou quelque chose dépassait à la surface.

— Tu es drôlement intelligent, tu sais, dit-elle en lui caressant le front comme elle le faisait quand il était malade. C'est ce qui t'a sauvé. J'ai vu très vite la poignée de ton bâton. Nous avons eu beaucoup de chance, tu sais, car tu n'avais pas emporté d'émetteur.

Sachant que Grant n'aurait jamais commis une erreur pareille, Davin baissa la tête. Mais il était parti si vite, et il n'avait pas les idées très claires à ce moment-là.

— Je suis désolé. Je crois que j'ai pensé qu'il n'y avait pas de danger. Tu comprends, c'est là que j'étais allé skier avec Mme Eitelbach la semaine dernière.

— Oui, mais les conditions météo changent vite en montagne.

— Hum.

— Allez, ne te fais pas de souci. L'important, c'est que tu ailles bien.

Il était soulagé qu'elle ne soit pas en colère contre lui. Il faut dire que cela lui arrivait rarement.

— Comment m'avez-vous sorti de là ? Grant avait une pelle ?

— Bien sûr qu'il en avait une.

Elle lui raconta ce qui s'était passé après qu'elle eut repéré son bâton, comment l'équipe de sauvetage était arrivée très vite, comment ils avaient déblayé la neige pour le dégager… et Davin l'écouta avec attention jusqu'à ce qu'elle mentionne l'hélicoptère. A ce moment-là, il ne put s'empêcher de s'exclamer :

— Je ne peux pas croire que j'aie manqué ça !

— J'aurais préféré, moi aussi, que tu sois conscient pour pouvoir en profiter, dit-elle en le regardant bizarrement.

Il ressentit alors une affreuse culpabilité pour tout le souci qu'il lui avait causé. De vilaines rides creusaient son front qu'il ne lui avait jamais vues auparavant.

— Je regrette vraiment, tatie.

— Je sais, trésor. Je suis tellement soulagée que tu n'aies finalement eu qu'un bras cassé.

Il baissa les yeux vers son plâtre, et dit avec un sourire hésitant :

— C'est chouette, hein ? Je n'avais jamais eu de plâtre avant.

Sa tante leva les yeux au ciel.

— Je vais chercher ton jus de fruits, dit-elle en se dirigeant vers la porte.

Dans le couloir, Amalie vit quelqu'un venir vers elle, une femme vêtue d'un anorak rose et noir qu'elle aurait reconnu entre mille. Denise Carter. Ah non, ce n'était vraiment pas le jour !

— Amalie.

Denise passa une main dans ses cheveux, lesquels ne semblaient pas avoir vu de brosse ce matin-là.

— Puis-je vous parler ? demanda-t-elle.

Amalie n'avait jamais été une personne rancunière, mais, pour l'heure, elle ne se sentait pas de force à supporter de nouvelles insultes.

— Je ne crois pas que…, commença-t-elle.

— Je sais pour Davin, l'interrompit vivement Denise. Je suis désolée. Je ne vous retiendrai pas longtemps.

Comme Denise lui tendait la main, Amalie vit son alliance briller dans la demi-pénombre du couloir et elle se laissa émouvoir.

— Qu'y a-t-il, Denise ?

— Grant s'est arrêté chez moi ce matin en allant au travail. Il a vu de la lumière en haut… Je n'ai pas beaucoup dormi ces derniers temps.

Il était impossible de ne pas éprouver de compassion à son égard. Son visage était marqué par le chagrin. Amalie fut contente que Grant ait pris le temps de passer la voir.

— Donc il vous a parlé d'Helena ?

— Du fait qu'elle était enceinte et qu'elle hésitait à demander une interruption de grossesse ? Oui. Je suppose que nous ne saurons jamais si c'est bien la raison pour laquelle Ramsey l'a emmenée là-haut, mais je crois, au plus profond de moi, que c'est l'explication la plus raisonnable.

— Moi aussi, dit Amalie en posant impulsivement sa main sur celle de Denise. De l'avis de tous, Ramsey vous aimait, Denise.

— Je sais. Et je l'aimais aussi.

La douleur qu'elle ressentait était toujours aussi manifeste, mais elle était pure désormais et elle s'atténuerait avec le temps.

— Je voudrais que vous me pardonniez, reprit-elle, pour toutes les choses odieuses que j'ai dites à propos de votre sœur. Je sais que je n'ai pas d'excuses, mais je regrette sincèrement. Et il fallait absolument que je vous le dise.

— Je comprends, Denise. Je vous en prie, n'y pensez plus. Nous avons tous assez souffert comme ça.

— Merci, Grant

Davin regardait avec ravissement le jeu de cartes *Star Wars* que Grant lui avait apporté à l'hôpital.

Amalie sourit à Grant. A sa seule vue, son cœur gonflait dans sa poitrine.

— Ç'a été une drôle d'aventure, hein, p'tit gars, dit Grant en donnant à Davin une petite tape sur la tête.

Après quoi, il se pencha pour embrasser Amalie sur la joue.

Davin parut approuver du regard l'un et l'autre gestes. Tapotant la couverture, il fit signe à Grant de s'asseoir près de lui.

— Tatie Amalie a dit que je devais m'excuser pour avoir causé tant de tracas à tout le monde, et je suis vraiment désolé. Vous m'aviez expliqué tous les risques, et je n'aurais pas dû aller skier tout seul, sans prévenir personne et sans emporter mon émetteur.

— Tu as enfreint toutes les règles la nuit dernière et pris ainsi beaucoup de risques. Je suppose que tu étais vraiment bouleversé pour avoir agi aussi déraisonnablement.

— Oui.

Il regarda Amalie et ajouta :

— Mais maintenant, je comprends mieux.

— Je n'ai jamais été aussi inquiète de ma vie.

Amalie ne pouvait s'empêcher de caresser la joue de son fils.

— Tatie m'a tout raconté…, dit Davin en s'animant de nouveau. C'est dommage que j'aie tout manqué. Les sondes, les pelles, le bouche-à-bouche… et l'hélicoptère surtout.

— Oui, tout ça était très excitant, dit Grant en échangeant un sourire non dénué d'ironie avec Amalie. Tu sais, tu as eu un excellent réflexe en levant ton bâton quand l'avalanche est arrivée.

Davin rayonna.

— Ça s'est passé si vite. C'était comme si un mur tombait sur moi.

— On peut dire que c'est ce bâton qui t'a sauvé la vie.

— Et je me suis souvenu de garder la bouche fermée, poursuivit Davin. Et de ne pas paniquer. Pourtant, j'avais vraiment peur.

Amalie le serra dans ses bras.

— Nous avons tous eu très peur, Davin. Mais nous avons gardé la tête froide et nous n'avons pas laissé cette vieille montagne avoir le dessus.

Elle remarqua que Grant la regardait d'un air étrange. Puis lui aussi entoura Davin de ses bras, et ce fut tout à coup merveilleux — comme si tous les trois formaient une vraie famille.

Amalie pensa à la maison de Bloor West Village qu'elle avait toujours voulu acheter. Curieusement, son rêve avait perdu de son enchantement. Est-ce qu'il n'avait été que l'expression d'un autre désir, profondément enfoui au fond d'elle-même et qu'elle n'osait s'avouer ? fonder un véritable foyer ?

Davin ne fut autorisé à quitter l'hôpital que le lendemain après-midi. A ce moment-là, la plupart des membres du personnel de l'étage avaient signé son plâtre, ainsi, bien sûr, qu'Heidi et Matthew. La logeuse avait apporté toute une fournée de cookies qu'elle avait faite spécialement pour lui. Matthew était venu leur dire au revoir car il retournait à Seattle. « Je vous contacterai dès que j'aurai une date pour le service religieux », avait-il dit. Et Amalie avait promis qu'ils seraient là le jour dit, pour Helena et pour lui.

Plusieurs des hommes de l'équipe de sauvetage étaient passés aussi et avaient fièrement écrit leur nom, l'un après l'autre, sur le plâtre de Davin afin qu'il se souvienne d'eux.

Non qu'il y ait aucune chance qu'il oublie jamais. Bien qu'il ait enregistré la leçon que la montagne lui avait donnée, Davin continuait de penser à son accident comme à une aventure palpitante, et il n'avait qu'une hâte : être complètement guéri pour pouvoir retourner skier.

L'insouciance et la vitalité de la jeunesse, pensait Amalie, sachant qu'elle-même aurait été traumatisée à vie. A moins que…

Jamais elle n'avait ressenti une peur plus intense que durant ces quelques secondes où l'avalanche avait simultanément frappé et enseveli Davin. Et cependant, il y avait eu quelque chose de magique dans l'entreprise commune de ces hommes, qu'elle avait regardés creuser, concentrés sur leur tâche, faisant totalement abstraction d'eux-mêmes pour sauver une vie.

« On ne retourne pas tout de suite à Toronto, hein, tatie ? »
avait demandé Davin avec anxiété.

Amalie ne savait pas trop comment répondre à cette question.
Ils resteraient jusqu'à ce que le service pour Helena ait lieu,
bien entendu, car il aurait été absurde de faire tout le chemin
jusqu'à Toronto pour refaire le voyage inverse quelques jours
plus tard.

Mais il ne faudrait pas longtemps à Matthew pour organiser
ce dernier adieu à Helena — moins d'une semaine, probablement. Que se passerait-il ensuite ?

Davin bavarda tout le long du trajet de retour à l'appartement.
Grant travaillait, mais il avait promis qu'il viendrait dîner.
Amalie avait l'intention de les impressionner, lui et Davin,
avec ses cannellonis aux épinards et à la ricotta. Car tout bien
considéré, se disait-elle en tournant au coin de la rue désormais
familière, elle avait plusieurs raisons de se réjouir.

Arrivée devant la maison, elle fronça toutefois les sourcils :
quelqu'un s'était garé à l'endroit où elle laissait habituellement
sa voiture. Mais sa contrariété s'évanouit à l'instant où elle vit
Heidi, qui leur faisait de grands signes depuis la porte.

— Venez vite ! s'écria celle-ci. Je vous ai fait du
chocolat !

18.

Quand Amalie réussit à arracher Davin au minifestin qu'avait préparé Heidi, il était déjà 2 heures de l'après-midi. Elle insista pour que celui-ci fasse une sieste pendant qu'elle commençait à s'affairer dans la cuisine.

Lorsque les cannellonis furent farcis et que la sauce tomate fut en train de réduire tranquillement sur le feu, elle décrocha le téléphone et composa le numéro de ses parents.

— Amalie ? Enfin ! Il y a si longtemps que nous n'avons pas eu de tes nouvelles que nous commencions à nous inquiéter.

— Eh bien… il se trouve que nous avons vécu une sorte de drame ici. Du moins l'avons-nous évité de très peu.

— Un drame ? Attends une seconde… Fred ? Décroche dans la chambre, Amalie est au bout du fil.

Une seconde plus tard, la voix assourdie de son père se fit entendre sur la ligne :

— Amalie, c'est toi ?

— Oui, papa. Bonjour. Comment va ton dos ?

— Le spécialiste n'a rien découvert de particulier. L'âge, dit-il. Je suppose qu'il va falloir que j'apprenne à vivre avec cette douleur. Qu'est ce que ce drame dont tu parlais à ta mère ?

Amalie leur parla de la visite de Matthew et de ses confidences inattendues.

259

— Helena était enceinte ? Ça n'a rien de dramatique, si ? En tout cas, elle était mariée, cette fois.

— Cela aurait pu tourner à la tragédie si elle avait vécu. Avez-vous oublié ce que les médecins avaient dit après la naissance de Davin ?

Apparemment, ils n'en avaient pas gardé le moindre souvenir car ils ne répondirent pas. Amalie prit une inspiration et narra l'accident dont Davin avait été victime dans la montagne et le sauvetage qui s'en était suivi.

— Pour finir, il y a eu plus de peur que de mal. Il s'est cassé un bras, mais à son âge, il sera vite guéri.

— Qui aurait cru qu'il partirait comme ça, sans prévenir personne ? Tu l'as mieux élevé que ça, commenta sa mère d'un ton acide.

— Oh, maman.

Ne pouvait-elle pas simplement se réjouir qu'il n'ait rien ?

— Quand rentres-tu ? demanda son père. Je pensais prendre un rendez-vous chez un ostéopathe à Toronto, mais je voulais être sûr que tu pourrais m'y conduire.

Amalie fixa le combiné, abasourdie. Que faudrait-il donc qu'il arrive pour qu'ils cessent de se préoccuper de leur bien-être et se soucient d'autrui ?

Elle avait toujours cru que sous leur air froid, distant, ses parents dissimulaient des sentiments sincères qu'ils n'avaient malheureusement pas appris à exprimer. Mais elle ne pouvait plus le croire désormais. Ils avaient rejeté Helena, et — c'était terrible à dire — n'avaient fait aucun cas de sa mort. Et ils ne se souciaient pas davantage de Davin. Une bouffée de colère l'envahit.

— Je ne sais pas, papa. A dire vrai, j'envisage d'emménager ici. J'ai rencontré un homme vraiment charmant.

— Un homme ? dit sa mère d'une voix perçante. Mais tu n'es là-bas que depuis quelques semaines !

— Il s'appelle Grant Thorlow et il dirige le Centre de contrôle des avalanches de Rogers Pass.

— Est-ce qu'il t'a demandée en mariage ?

— Non, admit-elle à contrecœur.

— Est-il au courant pour Davin ?

— Bien sûr qu'il est au courant, repartit Amalie, incapable de dissimuler plus longtemps son irritation. C'est lui qui l'a sorti de la neige. *Il lui a sauvé la vie !* Et à titre d'information, maman, Grant aime beaucoup Davin.

— Pour le moment peut-être, mais quand il s'agira de s'engager...

— Oh, maman. Est-ce que tu ne pourrais pas simplement être heureuse pour moi ?

Bien sûr que non, réalisa-t-elle en même temps qu'elle posait la question. Parce qu'ils ne se souciaient pas d'elle non plus. Pas réellement. Tant qu'elle ne s'opposait pas à eux, tout allait bien. Mais lorsqu'elle essayait de penser à elle-même, à son épanouissement personnel, et prenait des décisions qui ne leur plaisaient pas, alors ils laissaient voir leurs véritables sentiments.

— Je dois y aller, maman. Je vous rappellerai plus tard dans la semaine. Quand mes projets seront arrêtés.

Elle raccrocha tandis qu'ils protestaient encore, et se laissa tomber sur une chaise.

Qu'avait-elle fait ? Qu'est-ce qui lui avait pris d'annoncer à ses parents qu'elle s'installait à Revelstoke alors qu'elle y avait en fait à peine réfléchi ? N'était-ce pas pourtant exactement ce qu'elle désirait ? Et qu'importait que Grant ne lui ait pas demandé de l'épouser ? Peut-être pensait-il qu'il ne la connaissait pas encore assez bien.

Mais *elle* le connaissait assez. En réalité, elle avait l'impression de le connaître depuis toujours.

L'amour. Jamais elle ne s'était doutée que c'était une chose aussi merveilleuse.

Un bruit sourd qui semblait provenir de la chambre de Davin la précipita à son chevet. Il dormait, ses cheveux pâles formant comme un halo autour de sa tête. Il y avait un livre sur le sol. Sans doute avait-il glissé du sac de couchage.

Amalie caressa sa joue. Il ouvrit immédiatement les yeux.

— Pardon, trésor. Je t'ai réveillé.

Il s'appuya sur un coude.

— Non, je ne dormais pas. Je t'écoutais téléphoner. Est-ce que nous allons vraiment rester habiter à Revelstoke ?

— Ça te plairait ? demanda-t-elle en repoussant une mèche de son front.

— Oh, oui !

Il marqua un temps d'arrêt.

— Mais Jeremy me manquerait quand même.

Amalie hocha la tête. Jenny aussi lui manquerait. Elle était une véritable bouffée d'air pur dans la course folle qu'était devenue la vie d'Amalie à Toronto. Mais Jenny avait sa propre famille, un mari, des enfants, et Amalie voulait avoir une chance de connaître la même joie.

— Peut-être devrions-nous y réfléchir ? proposa-t-elle.

— Oui, je crois, répondit-il avec sérieux.

— Ça, c'est mon garçon.

Elle lui ébouriffa les cheveux, notant mentalement qu'elle devrait être plus vigilante à l'avenir. Les murs de cet appartement devaient être en carton-pâte. Davin avait-il entendu autre chose ?

— Tu sais que ta mère a souffert en te mettant au monde,

Davin, cela arrive de temps en temps, mais il ne vient à l'idée de personne de le reprocher aux bébés. Ce n'est pas leur faute.

Davin réfléchit quelques instants.

— Tu l'appelles toujours « ma mère », mais je ne pense jamais à elle de cette façon.

— Ah non ?

— Non. Elle s'est jamais occupée de moi. Elle n'est même jamais venue me voir. Et elle n'a gardé aucune photo de moi. Ni de toi ou de grand-mère et grand-père. Je crois qu'elle ne nous aimait pas.

— Attends une seconde, Davin. j'ai quelque chose à te montrer.

Amalie avait été si occupée qu'elle avait presque oublié.

Elle alla dans la chambre d'Helena et ramassa le sac dans lequel l'hôpital avait mis les affaires de sa sœur avant de le lui donner.

L'autopsie avait confirmé qu'Helena était enceinte de treize semaines. Il n'y avait donc pas eu d'interruption de grossesse, ce qui corroborait l'hypothèse selon laquelle Ramsey avait emmené Helena en montagne afin de l'aider à prendre une décision.

Amalie écarta les vêtements que sa sœur avait portés ce jour-là, à la recherche du petit sac en plastique qui contenait les bijoux trouvés sur elle. Il y avait une montre Piaget, des diamants montés en boucles d'oreilles, et une longue chaîne en or pourvue d'un médaillon.

Amalie prit la chaîne et retourna près de Davin.

— Tu vois, dit-elle en s'asseyant sur le sol à côté du lit, ta… Je veux dire, Helena, portait ce médaillon quand elle est morte.

Avec l'ongle de son index, elle enfonça le minuscule cliquet doré sur le côté du médaillon et le petit couvercle pivota sur son axe, révélant deux photographies. La première était celle d'une jeune fille blonde aux yeux bleus.

— C'est elle ? interrogea Davin.

— Non. Tu vois cette robe rose ? J'avais économisé six mois de baby-sitting pour pouvoir me l'acheter. Je voulais être jolie le jour de la remise des diplômes.

Helena, bien sûr, n'avait pas passé son diplôme. Elle vivait toute seule et travaillait déjà à ce moment-là. Peut-être avait-elle percé à jour la personnalité de leurs parents beaucoup plus tôt qu'elle-même, songeait Amalie.

Elle déplaça légèrement ses doigts afin de permettre à Davin de voir l'autre photographie. C'était celle d'un nouveau-né, encore tout rose et tout plissé.

— C'est toi, le jour de ta naissance. Ou le lendemain, peut-être, dit-elle en lui tendant le médaillon. Helena avait ses défauts, Davin, c'est vrai, et elle a peut-être fait certaines erreurs, mais elle nous aimait tous les deux. Fort.

Peut-être plus qu'ils ne le sauraient jamais. Etait-il possible qu'Helena ait redouté, elle aussi, que revoir Davin lui fasse regretter sa décision de le laisser à sa sœur ? Etait-ce la raison pour laquelle elle n'était jamais venue les voir ?

Davin passa son doigt sur les deux photos, puis il les essuya délicatement avec un coin de son sac de couchage. Amalie vit des larmes briller au coin de ses yeux et elle eut terriblement envie de le prendre dans ses bras.

Elle lui toucha l'épaule avec hésitation.

— Je sais qu'elle t'aimait, Davin, et même si tu ne peux pas le ressentir, elle était, et sera toujours, ta vraie mère, dit-elle, le sentant frissonner sous sa main. Mais au fond de mon cœur, je ne peux pas croire qu'elle t'aimait plus que moi. Je ne crois pas que quelqu'un puisse t'aimer plus que je ne le fais. Depuis le jour de ta naissance, j'ai toujours pensé que tu étais l'enfant le plus merveilleux du monde.

Davin lança son bras valide autour du cou d'Amalie et dit dans un sanglot :

— Oh, maman !

— Mon bébé…

Elle le serra très fort contre elle, écoutant le plus beau mot de la terre continuer de résonner à ses oreilles : « maman, maman… »

Davin s'endormit pour de bon aux alentours de 17 heures. La nuit commençait à tomber comme elle mettait la table et préparait la salade. Il lui faudrait du temps pour oublier les minutes d'épouvante qu'elle avait vécues dans la montagne tandis que le ciel s'obscurcissait, réduisant leurs chances de retrouver Davin.

Des minutes qui auraient pu être les dernières de son enfant, mais qui n'avaient finalement été qu'un cauchemar.

Amalie gardait à la mémoire des dizaines d'images de Grant cette nuit-là. Sa haute et puissante stature progressant quelques mètres devant elle sur la piste de ski de fond ; son expression de frayeur lorsque l'avalanche s'était déclenchée ; la détermination inflexible avec laquelle il creusait la neige, puis ranimait le corps glacé de Davin. Et aussi — et c'était peut-être l'image la plus émouvante de toutes —, la tendresse de ses gestes lorsqu'il arrangeait la couverture autour de Davin sur le brancard.

A chaque étape du sauvetage, il avait fait la preuve de sa maîtrise et de sa compétence, mais à aucun moment Amalie n'avait cessé de ressentir l'émotion, la peur et l'espoir qui l'habitaient tandis qu'il luttait pour sauver Davin.

A présent, elle se rappelait la demande qu'il lui avait faite la nuit où ils avaient fait l'amour, pas de l'épouser, certes, mais de rester auprès de lui, ce qui était déjà intimidant en soi.

Plus l'heure à laquelle il devait arriver approchait, plus Amalie sentait son estomac se nouer. Depuis le matin, elle attendait ce moment avec impatience et le redoutait en même temps.

Aurait-il changé d'avis ? Les corps ayant été retrouvés, Davin et elle n'avaient plus aucune raison de rester, du moins au-delà de la date du service religieux à Seattle. Grant lui redemanderait-il de rester à Revelstoke ?

S'il le faisait, Amalie dirait oui, c'était décidé.

Sans doute, cette proposition ne constituait pas une demande en mariage ; peut-être était-elle folle d'envisager de rompre avec toutes ses racines pour un homme qui pourrait ne jamais l'épouser — après tout, ils n'avaient jamais ne serait-ce qu'effleuré ce sujet.

Mais Amalie savait, au plus profond de son cœur, qu'elle devait *agir*, prendre cette décision, non parce qu'elle avait pesé les risques et décidé que le jeu en valait la chandelle, mais parce qu'elle le désirait, le voulait. Parce qu'elle en éprouvait le besoin.

Amalie jeta un coup d'œil à l'horloge de la cuisine, puis à sa montre. Pourquoi les aiguilles tournaient-elles soudain si lentement ?

Ayant un peu de temps devant elle, elle alla changer de pull-over, se parfuma, appliqua un soupçon de blush sur ses joues, une ombre parme sur ses paupières. Puis, après avoir hésité un instant, elle passa le collier à médaillon d'Helena autour de son cou. Les autres bijoux de sa sœur, plus luxueux, ne convenaient pas à son style. Elle en avait déjà rendu la plus grande partie à Matthew et lui rapporterait la montre et les boucles d'oreilles lorsqu'elle irait à Seattle. Mais elle porterait ce médaillon en souvenir de sa sœur. Et, dès que possible, elle remplacerait sa propre photo à l'intérieur par un portrait d'Helena.

Un coup frappé à la porte la fit sursauter, puis sourire. C'était lui, enfin. D'une façon ou d'une autre, Grant avait franchi la porte donnant sur la rue, pourtant munie d'un verrou de sécurité, et il était arrivé avec vingt minutes d'avance !

Elle courut à la porte et l'ouvrit d'un geste vif et ample.

Puis elle se figea à la vue de l'homme grand et mince qui se tenait dans l'encadrement.

— Cela fait six semaines, Helena, dit-il en posant sa main en travers du chambranle pour empêcher Amalie de refermer la porte. Et j'en ai assez d'attendre ta réponse.

Grant examina sa nouvelle coupe de cheveux dans la vitrine du fleuriste. Il ne lui était jamais venu à l'idée qu'acheter des roses à Revelstoke un 14 février pourrait se révéler difficile.

— Vous auriez réellement dû commander, monsieur. C'est la Saint-Valentin, aujourd'hui.

La vendeuse, qui lui avait répondu d'un ton presque réprobateur, avait des cheveux courts, hérissés sur le crâne à grand renfort de gel et semés de paillettes scintillantes. Grant pensa qu'elle était bien trop jeune pour comprendre ce que cela signifiait pour lui.

— Vous ne voulez pas dire que vous n'avez plus de roses ? Plus aucune rose ? insista-t-il tout en regardant ostensiblement une magnifique composition à travers la vitre de l'armoire réfrigérée qui se trouvait derrière la jeune fille.

La vendeuse suivit son regard et haussa les épaules.

— Celles-ci ont été commandées il y a deux semaines. Il ne nous reste que quelques roses… roses, là, ajouta-t-elle en désignant du menton un vase qui contenait cinq fleurs en boutons serrés.

Grant les considéra un moment, puis secoua la tête. Il s'agissait quand même d'une déclaration. En pareille occasion, lui semblait-il, la douzaine de roses rouges à longues tiges s'imposait.

Tandis qu'il réfléchissait, le carillon de la porte retentit derrière lui. Il se retourna et vit un homme en costume et pardessus taper ses pieds sur le paillasson. Grant détourna les yeux, puis les reporta sur l'homme.

« Qu'est-ce que tu paries, se dit-il. C'est lui, à coup sûr. »

Et comme de juste, un instant plus tard, l'homme se penchait au-dessus du comptoir pour indiquer le superbe bouquet de roses rouges. La vendeuse s'empressa de le sortir de sa vitrine et le posa devant elle, jetant un coup d'œil à Grant, avant de se tourner vers son client pour dire :

— Voici vos fleurs, monsieur Elliott. Je vais les envelopper dans une feuille de Cellophane afin que le froid ne les fane pas prématurément.

Grant s'approcha de l'homme.

— Pour votre femme ? s'enquit-il aimablement en désignant de la tête le bouquet autour duquel s'affairait à présent la vendeuse.

L'homme acquiesça du menton.

— Vous êtes mariés depuis longtemps ?

— Quinze ans, répondit l'homme laconiquement sans quitter ses fleurs des yeux.

— Donc, c'est un mariage solide. Vous n'avez pas de problèmes particuliers avec votre épouse…

— Non mais enfin…, dit l'homme d'un ton agacé en se tournant vers lui. Est-ce que nous nous connaissons ?

Grant esquissa un geste d'excuse.

— Pardonnez-moi, je ne voulais pas me montrer indiscret. C'est juste que… Eh bien, j'ai l'intention de demander à une femme de m'épouser, ce soir. Je n'ai aucune idée de ce que sera sa réponse. A vrai dire, j'ai l'impression que tout joue contre moi. Est-ce que vous accepteriez de…

L'homme recula légèrement.

— Ecoutez, vous êtes probablement quelqu'un de très sympathique, mais ma femme aime vraiment les roses.

L'employée, qui avait terminé son savant emballage, plaça délicatement le volumineux bouquet entre les bras de l'homme. Puis elle lança un regard oblique à Grant.

— Vous feriez mieux d'arrêter d'ennuyer mes clients, ou je serai obligée de vous demander de partir.

— Vraiment ? rétorqua-t-il, amusé.

Se faire expulser d'un magasin de fleurs avait de quoi faire sourire.

Sauf que la situation n'était que moyennement drôle. Allait-il devoir renoncer ? partir bredouille ? songeait Grant en fixant les roses rouges dans les mains de l'homme. Non. Il lui *fallait* ces fleurs.

Amalie reconnut en son visiteur l'homme qui l'avait regardée curieusement au Rock Slide Saloon alors qu'elle revenait de la piste de danse avec Grant. Et elle ne voyait absolument pas pourquoi il aurait voulu lui parler. Prise de panique, elle repoussa la porte, bien décidée à lui écraser les doigts si cela s'avérait nécessaire. Mais l'homme la devança, plaquant son épaule contre le battant pour le maintenir ouvert.

— S'il te plaît, laisse-moi entrer, Helena. Si ta réponse est non, est-ce que je ne mérite pas au moins une explication ?

Le ton de sa voix n'était pas menaçant. Amalie jugea que son attitude ne l'était pas non plus. Il paraissait fatigué, un peu égaré, peut-être. Ayant jeté un bref coup d'œil vers la porte fermée de la chambre de Davin, elle sortit dans le couloir, désireuse de dissiper le malentendu.

— Je regrette de devoir vous apprendre cela, commença-t-elle, mais je ne suis pas Helena. Helena est morte dans une avalanche, il y a trois semaines. Je suis sa sœur jumelle, Amalie.

— Allons ! s'exclama l'homme, dont les yeux bleus s'étaient agrandis d'incrédulité. Je sais que tu as émis des réserves quant au fait que je puisse progressivement nouer des contacts avec Davin, mais tu n'as pas besoin d'inventer une…

Le sol sembla se dérober sous les pieds d'Amalie.

— Davin ? articula-t-elle péniblement. Comment vous appelez-vous ?

L'homme fit un pas en arrière, apparemment ébranlé par l'intensité contenue de sa voix.

— Tu sais très bien…

Il s'interrompit, la dévisagea, et prit une brève inspiration.

— Vous… vous n'êtes pas Helena. Vous êtes sa jumelle.

Il recula encore, les épaules affaissées, les mains pendantes.

— Est-ce qu'Helena est vraiment morte ?

Il paraissait réellement secoué. Amalie regretta d'avoir à le lui confirmer.

— Oui, c'est la vérité, malheureusement.

— Oh non ! C'est tellement injuste !

Il se détourna et se cogna volontairement le front contre le mur.

Amalie se rappela tout à coup l'une des rares visites qu'elle avait rendues à sa sœur à Toronto après que celle-ci eut quitté la maison. Helena avait invité quelques amis à qui elle tenait à présenter sa sœur.

— Vous êtes le père de Davin, n'est-ce pas ?

19.

Grant sifflotait l'air qui lui trottait dans la tête depuis des semaines tandis qu'il descendait la petite rue enneigée qui menait à l'appartement d'Amalie. Sur le siège passager se trouvaient une bouteille de champagne et douze roses rouges à longues tiges.

En échange de son bouquet, il avait offert à l'homme du magasin de fleurs et à sa femme, ainsi qu'à deux ou trois de leurs amis s'ils le désiraient, une randonnée en haute montagne qu'il se ferait un plaisir d'organiser lui-même et dont il serait bien entendu le guide. Il espérait seulement que la femme de ce monsieur aimait le ski, car il aurait eu horreur de mettre en péril quinze longues années de mariage.

Quoique ce soit pour la bonne cause.

Ses chances de convaincre Amalie de rester à Revelstoke étaient difficiles à évaluer. Toutefois, la manière dont elle l'avait regardé à l'hôpital lui donnait de l'espoir.

Enfin, il était arrivé. Grant se gara le long du trottoir et, chantonnant toujours, remonta en courant l'allée qui menait au porche du chalet. Il fronça soudain les sourcils comme les paroles lui échappaient, puis fit un tour sur lui-même en se remémorant la phrase qui lui manquait en même temps qu'il se revoyait valsant avec Amalie sur la piste de danse du

Rock Slide Saloon alors qu'on jouait cet air nostalgique qui le poursuivait depuis.

S'il avait dû pointer du doigt le moment auquel il était tombé amoureux d'Amalie, cela aurait été celui-là. Et bien sûr, c'était la raison pour laquelle il ne pouvait s'ôter de la tête cette fichue mélodie.

Il appuya sur la sonnette marquée Helena Fremont et attendit.

Mais c'était Amalie qu'il venait voir. Amalie.

Finalement, l'ouvre-porte grésilla et il put entrer. Il grimpa les marches de l'escalier deux par deux, prenant bien garde à ne pas écraser ses fleurs et évitant de secouer la bouteille de champagne. A sa surprise, la porte de l'appartement était entrouverte. N'ayant aucune main disponible, il la poussa du coude et vit immédiatement Amalie, assise dans le canapé, le visage vide d'expression, comme vaincue par une soudaine faiblesse.

La peur s'abattit sur lui comme le mur de neige d'une avalanche. Quelque chose de terrible était arrivé. Ou alors, elle se préparait à rompre toute relation avec lui.

— Que se passe-t-il, Amalie ? Il est arrivé quelque chose ?

Il posa ses présents sur le sol et alla s'asseoir auprès d'elle, puis il passa un bras autour de ses épaules.

Elle poussa un soupir à fendre l'âme.

— Est-ce que Davin va bien ?

— Oui. Il dort dans sa chambre.

— Alors... quoi ?

— Je viens de recevoir une visite. La plus surprenante visite que j'aie jamais eue... je peux à peine y croire encore.

— Dis-moi.

Enfin, elle se tourna vers lui et le regarda. Il vit qu'elle avait pleuré.

— C'était le père de Davin, Grant. Il s'appelle Bobby Bradshaw, et il travaille pour le franchiseur Pizza Paradise.

— Comment sais-tu qu'il est le père de Davin ? Et pourquoi refait-il surface justement maintenant ?

— J'ai rencontré le petit ami d'Helena une fois, à Toronto, mais c'était il y a longtemps et je ne l'avais vu que brièvement. Je ne l'ai pas reconnu immédiatement. Mais lorsqu'il m'a raconté son histoire, tout s'est éclairci.

Grant remua sur le canapé, attirant Amalie plus près de lui.

— Bobby se trouvait au Rock Slide Saloon le jour où Ralph Carlson y a amené Helena pour prendre un verre.

— Lorsqu'elle est arrivée en ville ?

— Oui. Il l'a observée un moment, puis elle a disparu aux toilettes. Lorsqu'elle en est revenue, il l'a interceptée et lui a parlé. Il lui a dit qu'il avait toujours regretté d'avoir tourné le dos à son fils et lui a demandé s'il pouvait le rencontrer.

— Seulement le rencontrer ?

— Pour commencer, oui. Il dit qu'il voulait laisser Davin décider de la suite à donner à leur rencontre.

Grant passa une main dans ses cheveux. Il se rappelait ce qu'Amalie lui avait dit, à propos de la mort de sa sœur, que l'un de ses regrets était que Davin ne saurait jamais qui était son père, car Helena avait emporté son secret avec elle. De ce point de vue, la soudaine réapparition de Bobby Bradshaw était donc un événement dont on pouvait se réjouir. Malheureusement, elle survenait au pire moment.

— C'est la raison pour laquelle Helena a décidé de rester à Revelstoke, poursuivit Amalie. Elle n'est pas restée à cause d'une histoire de pneus, mais parce qu'elle voulait se donner le temps de réfléchir à la demande de Bobby. Il passe en ville environ toutes les trois semaines. Elle était supposée lui donner une réponse, mais elle n'a pas cessé de repousser le moment où elle lui ferait part de sa décision.

— Jusqu'à ce qu'il soit trop tard.

— Oui, dit-elle, pressant sa joue contre son torse. Bobby m'a vue danser avec toi, ce jour-là, au Rock Slide Saloon, et il n'a pas compris pourquoi je l'ignorais. Il me prenait pour Helena naturellement.

— Tout ça est vraiment incroyable. Qu'est-ce que tu vas faire ?

Elle releva la tête. Il aimait la sentir ainsi blottie contre lui. La peur qu'il avait éprouvée en entrant s'atténuait progressivement. Ce n'était pas la fin du monde. Ils pourraient surmonter ça. Quoi qu'elle décide, il serait là pour la soutenir.

— Je crois que nous devrions le laisser lui parler. Qu'en penses-tu ?

La manière qu'elle avait de l'inclure dans l'équation gonfla son cœur et ranima tous ses espoirs.

— Pour être sincère, dit-il, je suis un peu jaloux. Je crois que je me suis en quelque sorte projeté dans le rôle du père de Davin ces derniers temps.

Il lui jeta un bref coup d'œil, incertain de sa réaction. Elle souriait. Timidement, peut-être, mais c'était un sourire.

— Néanmoins, reprit-il, je suis d'accord avec toi. Je pense que Davin a le droit de rencontrer son père biologique.

Amalie jeta ses bras autour de son cou. Il enfouit son visage dans ses cheveux, heureux de pouvoir de nouveau la serrer dans ses bras. Cependant, au bout de quelques minutes, il s'écarta pour demander :

— Je peux aller voir Davin ?

Elle hocha la tête, avec ce même sourire tremblotant qu'elle avait eu un instant plus tôt.

— Je voulais seulement qu'il se repose un peu, mais je crois qu'il est parti pour dormir jusqu'à demain matin.

Amalie se laissa aller contre le dossier du canapé et posa ses mains sur son ventre. Les crampes qui tout à l'heure lui nouaient l'estomac avaient fini par se calmer. La réapparition de Bobby Bradshaw avait été un véritable choc, mais tout irait bien maintenant. La réaction de Grant l'avait complètement rassurée. Il n'aurait rien pu dire qu'il l'eût davantage réconfortée.

Elle téléphonerait à Bobby le lendemain, à son hôtel, lorsqu'elle aurait parlé à Davin. Elle ne savait pas du tout comment celui-ci envisagerait la perspective de rencontrer son père. Mais elle était presque certaine que, quel que soit le rôle que jouerait Bobby dans la vie de Davin, Grant serait toujours l'homme numéro un, celui que Davin admirerait et prendrait en exemple.

Se sentant mieux, plus forte, elle se leva et s'étira. A la première inspiration, une odeur retint son attention…

Mince ! Le dîner ! Elle avait mis son plat au four quelques minutes avant l'arrivée de Bobby, et elle l'avait ensuite complètement oublié.

Amalie se précipita dans la cuisine et sortit le plat du four. Le dessus était presque noir et les bords tout desséchés. Elle était en train de contempler le désastre avec dépit quand Grant la rejoignit, un énorme bouquet de fleurs dans une main et une bouteille de champagne dans l'autre.

— Le dîner ? interrogea-t-il en se penchant au-dessus du plat.

— Des cannellonis, dit-elle en soupirant. Ma spécialité.

— Hum… Ce doit être une *très* vieille recette de famille.

Elle posa le plat sur le comptoir et éteignit le four.

— Savais-tu que c'était la Saint-Valentin aujourd'hui ? demanda-t-il en lui tendant les fleurs.

— Non. Je n'y avais pas pensé.

Les roses étaient magnifiques. Parfaites. C'était un peu dommage de les mettre dans une cruche en plastique, mais il n'y avait pas de vase dans l'appartement. Et elles étaient superbes de toute façon.

— Merci, Grant.

Elle se tourna vers lui et il l'enlaça.

— Du champagne aussi ? s'exclama-t-elle en découvrant la bouteille qu'il avait posée derrière lui sur le comptoir.

De l'index, il releva son menton.

— Au cas où tu ne t'en serais pas aperçue, j'avais l'intention de te faire la cour, ce soir.

— Moi aussi, avoua-t-elle en coulant un regard vers le plat racorni.

— Tu voulais me convaincre de repartir avec toi à Toronto ? demanda-t-il en prenant son visage entre ses mains. Parce que je le ferai, tu sais. J'emménagerai dans l'Ontario. Peut-être pas à Toronto, mais un peu plus au nord. Je pourrais sans doute demander une mutation auprès de Parks Canada.

Amalie songeait à ce moment magique où ils avaient dansé ensemble au Saloon, à la manière dont leurs corps s'étaient accordés, comme si tous deux ressentaient la musique exactement de la même façon.

— Jamais, dit-elle. Ce n'est pas un endroit pour toi. Tu appartiens à cette région, Grant, à ces montagnes.

— Mais, tes parents...

— Ils vont devoir apprendre à s'occuper d'eux-mêmes. Grant, ils n'ont jamais vraiment accepté Davin. Ils n'aimaient pas assez Helena pour éprouver le besoin de venir ici quand vous avez retrouvé les corps. Ils n'iront même pas lui dire un dernier adieu à Seattle. Je leur ai parlé aujourd'hui, et je sais maintenant qu'ils ne se préoccupent pas plus de mon bonheur qu'ils ne se sont souciés de celui d'Helena.

276

Elle se mit à promener ses doigts dans les cheveux de Grant, puis s'arrêta.

— Tu t'es fait couper les cheveux, observa-t-elle. Par un *professionnel*.

— Ce matin. J'ai pensé que j'avais besoin de mettre toutes les chances de mon côté. Après l'accident de Davin, cet endroit doit te terrifier encore davantage et…

Elle posa un doigt sur ses lèvres pour l'empêcher de continuer.

— En fait, non. C'est très étrange… je pense que c'est en voyant ton équipe travailler en te regardant toi, et peut-être même aussi en observant mes propres réactions…

— Qu'essais-tu de dire ?

— Je n'éprouve plus cette peur irraisonnée qui me paralysait. Je sais que les avalanches font partie des phénomènes naturels que l'homme ne pourra jamais totalement maîtriser, mais je vous ai vus à l'œuvre, toi et tes collègues, et je comprends à présent que vous pouvez agir sur les éléments, diminuer les risques, parce que vous êtes préparés, entraînés, et que vous respectez la montagne.

— C'est ça, dit-il en prenant ses mains dans les siennes. Tu as tout compris.

— Je me demande combien de vies tu as déjà sauvées.

Elle le regarda dans les yeux et sut qu'elle n'obtiendrait pas de réponse.

— Et combien tu en sauveras encore, reprit-elle. Je ne veux pas t'enlever à ce pays, Grant. Je me suis rendu compte à Balu Pass que ton amour pour ces montagnes était l'une des raisons pour lesquelles je t'aimais.

— Merci.

Il l'embrassa alors et ce fut comme s'il lui promettait de la protéger toujours, en même temps qu'il l'invitait à partager sa passion de la vie et de l'aventure.

— Je t'aime, Amalie. Et je veux t'épouser. Je ne sais pas si tu es prête à entendre ça, mais tu es la femme la plus courageuse que j'aie jamais rencontrée.

— Et belle, ne l'oublie pas, ajouta-t-elle en l'embrassant, sur le menton d'abord, puis dans le cou. Et aussi sexy.

— Oui, et encore oui, dit-il en l'étreignant.

Il promena ses mains dans son dos, descendit jusqu'au creux de ses reins et émit un gémissement suggestif.

— Amalie… il m'a semblé tout à l'heure que Davin dormait *très profondément.*

— Tu crois ?

Elle releva la tête, approchant de nouveau ses lèvres de la bouche de Grant. Elle ressentait dans tout son être le désir que l'homme qu'elle aimait avait d'elle et c'était une sensation merveilleuse.

— Dans ce cas, je ne vais pas me tracasser à propos du dîner, dit-elle.

— J'adore ton sens des priorités.

Presque en un seul mouvement, il se baissa, passa un bras derrière ses genoux et la souleva dans les airs comme une plume. Puis il l'emporta le long du couloir.

Une rafale de vent fit vibrer les vitres de l'appartement situées à l'est. Une nouvelle tempête se dirigeait sur Rogers Pass. La météo annonçait vingt centimètres de neige au lever du jour dans toute la région des Selkirk. Il faudrait de nouveau fermer l'autoroute, contrôler le manteau neigeux, et probablement déclencher de nouvelles avalanches.

Mais pour Amalie et Grant, serrés l'un contre l'autre sous la couette, bien au chaud dans le cocon de leur amour tout neuf, la neige et le froid n'existaient pas. Leur bulletin personnel ne prévoyait que des ciels clairs et des températures torrides. Et toute une vie ensemble.

Chère lectrice,

Vous nous êtes fidèle depuis longtemps?
Vous venez de faire notre connaissance?

C'est pour votre plaisir que nous avons
imaginé un rendez-vous chaque mois
avec vos auteurs préférés, vos
AUTEURS VEDETTE dans les
collections Azur et Horizon.

Les **AUTEURS VEDETTE** vous
donneront rendez-vous pour de
nouveaux livres vedette.

Pour les reconnaître, cherchez
l'étoile... Elle vous guidera!

Éditions Harlequin

AUT-R-R

HARLEQUIN

LE FORUM DES LECTEURS ET LECTRICES

CHERS(ES) LECTEURS ET LECTRICES,

VOUS NOUS ETES FIDÈLES DEPUIS LONGTEMPS?

VOUS VENEZ DE FAIRE NOTRE CONNAISSANCE?

SI VOUS AVEZ DES COMMENTAIRES, DES CRITIQUES À FORMULER, DES SUGGESTIONS À OFFRIR, N'HÉSITEZ PAS... ÉCRIVEZ-NOUS À:
LES ENTERPRISES HARLEQUIN LTÉE.
498 RUE ODILE
FABREVILLE, LAVAL, QUÉBEC.
H7R 5X1

C'EST AVEC VOS PRÉCIEUX COMMENTAIRES QUE NOUS ALLONS POUVOIR MIEUX VOUS SERVIR.

DE PLUS, SI VOUS DÉSIREZ RECEVOIR UNE OU PLUSIEURS DE VOS SÉRIES HARLEQUIN PRÉFÉRÉE(S) À VOTRE DOMICILE, NE TARDEZ PAS À CONTACTER LE SERVICE D'ABONNEMENT; EN APPELANT AU (514) 875-4444 (RÉGION DE MONTRÉAL) OU 1-800-667-4444 (EXTÉRIEUR DE MONTRÉAL) OU TÉLÉCOPIEUR (514) 523-4444 OU COURRIER ELECTRONIQUE: AQCOURRIER@ABONNEMENT.QC.CA OU EN ÉCRIVANT À:
ABONNEMENT QUÉBEC
525 RUE LOUIS-PASTEUR
BOUCHERVILLE, QUÉBEC
J4B 8E7

MERCI, À L'AVANCE, DE VOTRE COOPÉRATION.

BONNE LECTURE.

HARLEQUIN.

VOTRE PASSEPORT POUR LE MONDE DE L'AMOUR.

COLLECTION HORIZON

Des histoires d'amour romantiques qui vous mènent au bout du monde!

Découvrez la passion et les vives émotions qu'apportent à la Collection Horizon des auteurs de renommée internationale!

Captivantes, voire irrésistibles, ces histoires d'amour vous iront assurément droit au coeur.

Surveillez nos trois nouveaux titres chaque mois!

ROUGE PASSION

De fiévreuses histoires d'amour sensuelles!

De provocantes histoires d'amour passionnées et romantiques qu'on lit d'une seule traite. Aventureuses, parfois humoristiques, et sensuelles, elles mettent en vedette des hommes et des femmes d'aujourd'hui.

ROUGE PASSION...
trois nouveaux titres chaque mois.

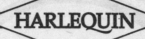

69 L'ASTROLOGIE EN DIRECT
TOUT AU LONG
DE L'ANNÉE.

(France métropolitaine uniquement)
Par téléphone 08.92.68.41.01
0,34 € la minute (Serveur SCESI).

Composé et édité par les
éditions Harlequin
Achevé d'imprimer en juillet 2005

BUSSIÈRE
GROUPE CPI

à Saint-Amand-Montrond (Cher)
Dépôt légal : août 2005
N° d'imprimeur : 51711 — N° d'éditeur : 11456

Imprimé en France